誰念西風獨自涼

著 / 张漫

重庆出版集团
重庆出版社

图书在版编目（CIP）数据

谁念西风独自凉/张漫著.--重庆：重庆出版社,2019.1

ISBN 978-7-229-11122-9

Ⅰ.①谁… Ⅱ.①张… Ⅲ.①纳兰性德（1654～1685）–词（文学）–诗歌欣赏 Ⅳ.①I207.23

中国版本图书馆CIP数据核字(2016)第077268号

谁念西风独自凉
SHUI NIAN XIFENG DUZI LIANG
张 漫 著

责任编辑：李 梅
责任校对：杨 婧
装帧设计：九一设计

重庆出版集团
重庆出版社 出版

重庆市南岸区南滨路162号1幢 邮政编码：400061 http://www.cqph.com
重庆升光电力印务有限公司印刷
重庆出版集团图书发行有限公司发行
E-MAIL:fxchu@cqph.com 邮购电话：023-61520646
全国新华书店经销

开本：889 mm×1230 mm 1/32 印张：8.5 字数：290千
2019年3月第1版 2019年3月第1版第2次印刷
ISBN 978-7-229-11122-9

定价：39.80元

如有印装质量问题，请向本集团图书发行有限公司调换：023-61520678

版权所有 侵权必究

目录 CONTENTS

序言 001

算来好景只如斯，惟许有情知 003

心悄悄，红阑绕 010

连朝镜里，瘦尽十年花骨 017

谢却荼蘼，一片月明如水 023

连理千花，相思一叶 028

蓦地一相逢，心事眼波难定 033

万帐穹庐人醉，星影摇摇欲坠 039

湿尽檐花，花底人无语 045

情知此后来无计，强说欢期 050

别有根芽，不是人间富贵花 056

花月不曾闲，莫放相思醒 062

可耐暮寒长倚竹，便教春好不开门 067

赌书消得泼茶香。当时只道是寻常 072

别后心期和梦杳，年来憔悴与愁并 078

但是有情皆满愿，更从何处著思量 084

瞬息浮生，薄命如斯 091

滴空阶、寒更雨歇 101

君不见，月如水 110

到更深、迷离醉影 116

尘土梦，蕉中鹿 122

教看蛾眉，特放些时缺 129

目录 CONTENTS

飘零心事，残月落花知 135
好花月、合受天公妒 141
把朱颜、顿成憔悴 148
心灰尽，有发未全僧 154
眉谱待全删，别画秋山 160
一丝残篆、旧薰笼 167
还留取、冷香半缕 172
莫减却、春光一线 178
天公尽付，痴儿骏女 184
想玉人、和露折来 189
扁舟，一种烟波各自愁 195
珍重别拈香一瓣，记前生 200

是一般风景，两样心情 206
凭君料理花间课，莫负当初我 212
长漂泊，多愁多病心情恶 218
叹纷纷蛮触，回首成非 224
添竹石，伴烟霞 229
爱他明月好，憔悴也相关 235
为怕多情，不作怜花句 242
辛苦最怜天上月，一昔如环 247
春归归不得，两桨松花隔 252
聒碎乡心梦不成，故园无此声 257
人生若只如初见，何事秋风悲画扇 262

序言

纳兰词,已经成为许多人心头的一粒珍珠,圆润而美好,在经过岁月的打磨之后,仍旧散发着柔和的光。就像有花香的地方就会有人流连忘返,有纳兰词的地方,也有无数的人将它细细品尝。

纳兰容若离我们并不遥远,他生活的时代不过是三百年前的康乾盛世。我们在他的字里行间漫游追忆,似乎还能看到身着青衫的他,手拈翠翘,在花前月下、大漠天涯里,低声吟唱着忧伤,然后淡然地转身离去,只留给我们一个旖旎的背影,还有无数叫人称奇的篇章。

纳兰词里,有那么彻底的哀伤,穿过街角,穿过喧杂,穿过心与心的设防,触动你内心里那一根最纤细的神经。《采桑子》《少年游》……种种般般的词牌是他的心灵轨迹。他把寂寞捏进心房,掐进肉里,或者直接,或者委婉,或者周折,却总有它悲哀的隐情。

最牵肠挂肚的,怕就是这份柔情,带着些分量,带着些妩媚和亲切,带着他独善其身的认命。

他有一颗伤心,一段柔肠,把一生过成了传奇。纳兰词,就像他留给

世人的真实写真，让我们可以看见那个未曾经历过的世界，领略从未体悟过的心情。

他的句子，一次又一次地路过了我们心上。好的东西从来不怕反复琢磨——反复不会让它失色，相反，会为它添彩。

一千个人的心里，就有一千个纳兰容若。我不惮于将我心中的那一个他，捧出来给你们看。

> 算来好景只如斯，惟许有情知。
> 寻常风月，等闲谈笑，称意即相宜。
> 十年青鸟音尘断，往事不胜思。
> 一钩残照，半帘飞絮，总是恼人时。
> ——《少年游》

少年时代，正是"为赋新词强说愁"的好时候，只是当事人往往不知，等流年散尽了凉薄，再回首时，方知不知不觉逝去的旧韶光，已经成为悲哀的过去式。

少年，是让人欲语还休的词，人一旦开始说少年，恐怕就是回忆的开始。《少年游》，多动听的名字，只是写下这首词的人，往往不再是少年了。你可以再走很多路，再过许多桥，但再不会遇见从前的风景，再不会拥有从前的心情。

走过车水马龙的街头，走过喧嚣热闹的巷尾，却因为隔了太久的时间，寻觅不到当初的印迹，找回不了心中的惦念。

《少年游》这个词牌，源于宋代晏殊《珠玉词》里的一句："绿鬓朱颜，道家装束，长似少年时。"晏殊少年得志，一生顺畅圆满，怀念过去时，总叫人生出一股意犹未尽，好似过去如此，现在也如此，没有变化。而柳永的《少年游》，则另有一番景象：

长安古道马迟迟，高柳乱蝉嘶。夕阳岛外，秋风原上，目断四天垂。

归云一去无踪迹，何处是前期？狎兴生疏，酒徒萧索，不似去年时。

末句"不似去年时"，一说为"不似少年时"。柳永的眼里尽是萧条——古道瘦马，目断天涯，一生的辗转让他忘却来处，又寻不到去路。在回忆的时候，柳永少了年少的轻狂，多了厚实的沉淀。一句不似从前，说不清是怀念，还是厌倦，但总有一股沉甸甸的落寞在里面。

柳永同晏殊的生活经历相比，可谓天上人间。他终生潦倒，生前混迹于烟花之地，为妓馆填词换取生活来源，死后要靠妓女捐钱才得以安葬。柳永歌词写得妙，也是因为他有真实生活体验。醉卧花阴也要真心才好，他就是这样的人，再不堪的日子也叫他过出情趣来。

再说纳兰的少年，可谓繁花似锦，羡煞旁人。父亲明珠，是康熙时期权倾朝野的宰相。他出身贵胄，用一句俗话来说就是含着金汤匙出生的，注定拥有许多寒门子弟求之而不得的荣华。奈何造化弄人，身为富二代的纳兰，却并不眷恋权贵，偏偏向往自由自在的生活。

纳兰自幼聪颖，过目不忘，18岁中举人，22岁中进士二甲，仕途通畅，一路做到一等御前侍卫。他随着康熙帝南巡北狩，游历四方，见识过大好风光。只是世上的风光大多类似，说到底无非是山水亭阁，见多了也就没什么感觉了。

或许正因为这样，他才落寞地说，"寻常风月，等闲谈笑"——目之所及，不过是一般的风月景色；耳之所闻，也不过是寻常的谈笑风生。

纳兰所追求的，是一种身与心的和谐交融，但他所处的环境却注定了他许多身不由己的困境。其实，相由心生这四个字，倒可以用来说风景：你看到的景致，其实被自己的心绪所左右，比如看到落花，有人想到飘零的苦，有人想到丰收之乐。一个人，如果心里尽是荒芜，就算看到繁花似锦，同样不会觉得是美景。

"青鸟音尘断，往事不胜思"。许多人都在猜想，纳兰所说的"音尘断"是与谁，是妻子，还是沈宛，或者深宫中的那位女子？没有定论。我倒觉得，纳兰说的是自己。少年时的自己和此时的自己，因为隔了数年的光景，已经没有任何"音尘"往来；而这个过程中，陆续遇到与失去的人，也已经各自天涯，生离，或者死别。

时过境迁，物是人非，心境变了，能留下的只有回忆，但往事不胜思。回忆，已经是他唯一能做的事，但其实没有意义，不能改变分毫。

多数的词，都是先写景色物件，最后一两句才如画龙点睛般抒情，纳兰这首《少年游》却截然相反，一多半都在抒情，直到最后

【算来好景只如斯，惟许有情知】

一笔,才写景:"一钩残照,半帘飞絮,总是恼人时。"纳兰没有用太多的笔墨,却把景色写得漂漂亮亮让人玩味。他走了另外一条曲径通幽的路,把整个氛围营造出来,感染我们,让我们同他一起沉溺,感受那份落寞的情怀,感受发自一个词人敏感内心的声音。

纳兰对月,总是有一种莫名的迷恋。月在他的词中无数次出场,或缺或圆,或晴或阴,总是相宜——称意即相宜。

这次,是"一钩残照",月色黯淡,倒是飞絮很活跃,像往事一样将他笼罩,确实是恼人的时候。

月光,是照进心里去了,而飞絮,也是在人心里起舞,纷纷扰扰,似摆不脱的愁绪。

《少年游》的最妙一句,当属首句,"算来好景只如斯,惟许有情知"。多读几遍,总觉得与柳永的《雨霖铃》末句里藏着的情绪多少有些类似:"此去经年,应是良辰好景虚设。便纵有千种风情,更与何人说!"

纳兰说,好景只如斯,惟许有情知,带着一股空空的落寞。

柳永说,良辰好景虚设,风情无人说,同样是一种寂寥。

或许词人的心,都是一朵寂寞开无主的花,哪怕周遭有再多美景,没有知音陪在身边共同欣赏,也是枉然。但知音难觅,不是每个伯牙都有幸遇到子期,那种满腔心事却无人倾吐的愤懑,闷闷地憋在心里,只能诉诸笔端。词人的情绪总是满溢的,因为在现实中少有可以交流的人,所以才把满腹情怀用笔墨流露出来。只是"惟许有情知",有些人,听不见词人笔下的声音——也许耳朵听得见,心听不见。

沿着记忆的路线,走回从前,一场少年游的回归,个中滋味,如人饮水，冷暖自知。纳兰将自己的词作选集自名为《饮水词》，也是这个原因。

《少年游》，算不得词人最爱的词牌，算来算去，知名的也不过寥寥几首。除去纳兰这首，最著名的莫过于周邦彦的《少年游》：

并刀如水，吴盐胜雪，纤手破新橙。锦幄初温，兽烟不断，相对坐调笙。

低声问向谁行宿？城上已三更。马滑霜浓，不如休去，直是少人行。

佳人垂手明如玉，新橙饱满而色美，虽带着一股艳气，倒也有趣。据说，这首词背后藏了一个尴尬的典故。周邦彦与宋徽宗同好李师师。一次，他正在她的闺房，皇帝竟也来了，于是，这位词人慌不择路地钻入床下。

事后想起，难免觉得滑稽，于是作词留念，当然，写得异常隐晦。上阕写美人姿态，下阕是孤身归家，披星戴月。同纳兰的《少年游》不同，周邦彦记录了人生的一幕折子戏，嵌在了悠长的记忆里。就算后来时过境迁，人心转变，也会一直记得曾经的笙箫合奏，美人相伴，虽然也有不尽如人意的意外。

我们知道，同一首词牌的格局，也就是字数、断句会大致相同，而纳兰性德与周邦彦的这两首《少年游》，似乎略有差别，尤其是上阕。实际上，《少年游》的曲调变化多端，在词牌中属少见，后人全然不顾晏殊前辈定下的格律，添字减字，自由得很。这

【算来好景只如斯，惟许有情知】

就同少年一样吧，受不得过多约束，总想出格，总想挣脱，闹个石破天惊才好。

《少年游》这词牌，倒是出了不少绝美词句，除了"算来好景只如斯"，"纤手破新橙"，还有"看朱成碧"。"看朱成碧"源自张耒，宋代的青年才俊，苏门四学士之一，也是个风流才子，喜好歌妓刘淑奴，曾为她写下《少年游》：

> 含羞倚醉不成歌，纤手掩香罗。偎花映烛，偷传深意，酒思入横波。
> 看朱成碧心迷乱，翻脉脉、敛双蛾。相见时稀隔别多，又春尽、奈愁何？

朱，是最热烈奔放的颜色；碧，是最清新可人的颜色。什么样的美，能叫人心迷乱到看朱成碧？不由得想起《天龙八部》里的阿朱和阿碧，同是姑苏燕子坞的丫鬟，两种最亮的颜色，完全不同的性格。

张耒写尽了缠绵，描足了风月，可末了，却仓皇地问一句："相见时稀隔别多，又春尽、奈愁何？"少年游，哪怕路过再多繁华，也终归于沉寂。少年，总是经不起时光的打磨，还来不及好好品味，就已经颓然过去，只剩下回味了。

少年，只那么短短几年，却要用余生的全部光阴去凭吊。

毕竟，少有人能洒脱如晏殊，"长似少年时"。而纳兰，他逝在31岁的光景，31岁，离少年还并不遥远，虽然可惜，也是幸事——我们未能看到老年的纳兰再来写这《少年游》，他在没来得及老去的时候，生命就戛然而止，给我们留下了最完美的姿态。

这个突如其来的句号，虽仓促了一些，却也因为有意犹未尽的遗憾，而显得格外美丽，也格外叫人珍惜。

就算走再多的路，看再多的风景，最终我们还是要回到让自己的内心舒适安宁的地方去。旅程和爱情，或许有些异曲同工。

你就是我心里的绝世风光，你走之后，良辰好景虚设。

只记得他年少时候，鲜衣怒马，走过京城繁华的街市、酒楼、茶坊、红灯笼，管弦笙歌，拂去铅粉残妆，谁知还有没有纯粹的真心，一如往初？

不识少年真面目，只缘身在少年时。其实觉得那一路走来的沿途风光美好，皆因有一位如花美眷，在似水流年里曾与他结伴少年游。

后来，纳兰幽幽地说："人生若只如初见。"初见的时候，他还是眼波流转的少年，她还是未经尘世的姑娘，那最初的爱情，开出最清新的模样，好似不会衰败一样。

如果时光，能够一直定格在那一刻该有多好！

【算来好景只如斯，惟许有情知】

谁念西风独自凉

心悄悄,红阑绕

月落城乌啼未了,起来翻为无眠早。薄霜庭院怯生衣,心悄悄,红阑绕,此情待共谁人晓?

——《天仙子》

纳兰的词,现在读起来,像一部怀旧的电影。先是一幕清冷的画面,有声有色,动静相宜:是清晨要降临了吧,鸟雀开始鸣叫,月已经缓缓地降下去;而那个一夜无眠的人,却着了薄薄的衣衫,沿着走廊,一个人走着,脚步很轻,速度很慢。

镜头沿着他的脚步缓缓地拉伸,是一条曲径通幽的走廊。尽头处,是隐约能看见晨色的庭院,我们仿佛能感受到一股扑面而来的冷气,让人立即进入到他描绘的画面里,欲罢不能。

纳兰喜欢在繁华里写寂灭,也许是与他的文人情怀有关,他总能从日常的情景中透析出生命本质里的寂寥。按说,他的生活本该如花锦绣,可过于繁重的情思,就好比他装上了一副沉甸甸的脚镣,让他行走起来无比艰难。

但这一腔文人情怀,也成就了纳兰,让他的词曲代代流传。近些年纳兰词越来越热门,大概连他自己也料想不到,那些信手写下的心情,字字句句,能够在几百年后让无数人动容感怀,铭记在心。

其实旗人举名不举姓,他在那个朝代里,是被唤作容若的,正如他的父亲被称为明珠。我却更愿意叫他纳兰,有一些淡淡的疏离感,我愿意这样远远地看着他,反而能看得更多,更全。

这首《天仙子》的首句,最能让人联想起唐朝张继那首著名的《枫桥夜泊》:"月落乌啼霜满天,江枫渔火对愁眠。姑苏城外寒山寺,夜半钟声到客船。"

同样是霜降转寒的秋色,同样是清晓月落、城乌遍啼的夜末,同样是辗转难眠的人,只是,张继在一叶扁舟上面对空旷的江枫渔火,是豁达的景致;纳兰却从九曲回廊里款款地走来,另有一种含蓄的美。

张继的夜,除了乌啼,还有钟声,有独在异乡的离思;而纳兰的夜,却单薄了许多。月下的他,青衣长衫,羽扇纶巾,看起来俊逸非凡,只是眉眼带愁,思念满溢。

《天仙子》,就像纳兰的某一篇日记,记录了生活的一个片段:难眠的深夜,他一直辗转反侧,彻夜烦乱,于是只好起身,迎着惨淡的月色在院落里一个人走走,心里既寂静,又落寞孤单,因

为此情无人共晓。

这种孤单对他来说,是刻骨的。不得不说,有一些情绪只适合在夜里品味,白天太喧嚣,太光亮,太多人事纷扰,心中那些缱绻的情感,只好秘而不宣,无处遁形。夜里,方能看出骨子里的寸寸柔情,那才是最真实的他。

"月落城乌啼",但纳兰的心里却"悄悄"。但凡心里有故事的人,总是多少有一些自闭的。他可以赏风赏月赏佳人,可心里为自己保留了一处谁也进不去的角落。这里透彻、寂静,只容得下自己一个人。

纳兰的心里"悄悄",却并不平和,但看"翻""绕"两个字,就晓得他的心思有多乱。这两个动作,就像泄露了天机,让纳兰的一腔心事都有了缺口,流水一样倾泻出来。那流水翻过水中的石块,绕过凸起的小丘,流得很不顺畅。

一个失眠的人,面对静谧如水的黑夜,心里却喧嚣地打起一场仗,总是轻易想起谁的容颜,夜夜上演清醒无眠。

凌晨的庭院里落了一层薄薄的霜,正值夏末秋初,天气渐渐转凉。"生衣",即夏衣,陆游在《晨起独行绿阴间》里说:"楸槐阴里漏朝晖,芳草离离露渐稀。不恨过时尝煮酒,且欣平旦著生衣。"同样是季节转换的时候,同样是夜幕即将过去的凌晨,陆游却有一股顺应环境的悠然自得,因他本来就是闲适的性格;而细腻的纳兰,表现出来的却是一种无奈的不适和一种深切的怀念,他是害怕任何一点变故的。

"心悄悄,红阑绕",他的心思像蜿蜒的回廊,总是迂回的。沿着这样一条回旋的路,走走停停,像重温了人生的某一段路,兜兜转转,遍寻不到自己最想去的角落。

《天仙子》之二：

　　梦里蘼芜青一剪，玉郎经岁音书远。

　　暗钟明月不归来，梁上燕，轻罗扇，好风又落桃花片。

　　许多诗人词人，都喜欢借用女性视角来写相思，纳兰的这首词也是以闺中妇人的口吻，来写伤别情怀。故事里的那个女子，梦里看到一片青青的蘼芜，却只能默默地问自己——我的夫君，为何久久没有音讯？

　　蘼芜是一种香草，风干后可以做香料，做香囊。而古时候的人相信，它可以使妇人多子。《玉台新咏》里有一句"上山采蘼芜，下山遇故夫"，就写一个或因不孕而被休弃的妇人，在采蘼芜的归途中遇到前夫，从而引发一段关于新欢与旧爱的对话。

　　对古代的女子来说，家庭是全部的生活重心，丈夫在身边，膝下有儿女，就是她们最大的盼望。但这种看似寻常的天伦之乐，仍是难以实现。

　　其实，纳兰是在影射自己的孤单，再也没有比置身繁华却觉得孤单更让人悲戚的事了。白天的时候，他万众瞩目，拥有别人求之不得的荣耀；晚上，他孤单一人，如此落寞。纳兰20岁娶卢氏为妻，23岁时，这位女子就因病而逝。那些漫漫长夜，他却无人相伴。难怪，他会那么刻骨地了解思妇盼郎归的心情。后来，纳兰续弦，但似乎对新人并无多少情分，根本没有阻挡得住他思念故人的刻骨深情。

　　词里的思妇说，深夜的钟声响起来，已是明月当空，只是那个

人,他还是没有归来。梁上的燕子已经归巢,人却只能轻摇罗扇,看着片片桃花随夜风飘散。许多世事,就像四季转换、花开花落一样,不为人左右。

翩翩堂前燕,冬藏夏来见。飞鸟来去尚且有固定的轨迹,秋去春回,生活得有条不紊,而心里思念着的人,却不知去处,不知归期。

再浓的情,都会有分别的时候,有时候是因为生离死别,有时候是因为"情到深处情转薄"。太少的人能够相伴到老,到末了,爱过一场的两个人,往往如同被风吹散的桃花一样,凋零在不同的地方。

《天仙子》之三:
　　水浴凉蟾风入袂,鱼鳞蹙损金波碎。
　　好天良夜酒盈尊,心自醉,愁难睡,西南月落城乌起。

又是彻夜难眠。大概是回忆起太多的往事积压在心头,以至于思绪总是纷纷扰扰,好梦无缘。水中月光浮动,清风吹起了衣袂,鱼儿来回游动,搅碎了一池的月色。面对美景良辰,他却孤影独饮,灵魂醉得东倒西歪,心碎了一地。还是愁难眠,一转眼,月落西山,东方须臾日高起,时光日复一日地流转。

这首词有一个副标——渌水亭秋夜。渌水亭,是容若府邸的池畔园亭,他曾在《渌水亭宴集诗序》中描述它的美轮美奂,烟波晃漾,芙蓉映碧叶田田。只是几百年后,这座府邸仍在,渌水亭却荡然无存,在历史的变幻中人事全非。

岁月走散了故人，也凉薄了四季轮回，历史渐渐褪去了颜色，但纳兰的词，还保持着最初的味道。春夏秋冬，渌水亭自有一番景象。在这里，卢氏陪了纳兰三年，沈宛陪了他一年，但最终还是他独自一人度过人生中仅余的最后时光。

他的一生好比惊鸿一瞥，忽然就结束了，像是专程为某种使命，某段情缘而来，留了遗憾，匆匆归去。所以，很多人都乐意将纳兰与宝玉相比，都是水晶般的人儿，都生在富贵门里却只贪恋红尘情事，都有一颗干净的心。

纳兰的一生不快乐，他的眼睛像能够过滤掉那些寻常人总能轻易发觉的欢喜。他把自己所有的目光，都集中在浸透了悲欢离合的情爱上，视线之外的一切，不复存在。

一个"情"字，他舍身体会，琢磨得透彻，才会提笔生花，为天下有情人，写下那么多或者隽永或者凄婉的文字。

他赏过无数相似的月夜，只有月缺月圆的差别。而那些路过了他生命的女子，却以各种姿态在他的记忆里怒放过，又凋谢了。

时光总是在潜移默化中，把人们珍爱的东西都带走或改变。纳兰去世得早，没有经历货真价实的苍老，也未被无情的岁月打磨成惨不忍睹的模样。于是，无数后人沿着《饮水词》的路线走回来，看到的仍是渌水亭畔那个孤单的身影。那少年公子一身白衣，用一颗干净的心，孤单但清幽地浅吟低唱。

《天仙子》之四：

好在软绡红泪积，漏痕斜罥菱丝碧。

古钗封寄玉关秋，天咫尺，人南北，不信鸳鸯头不白。

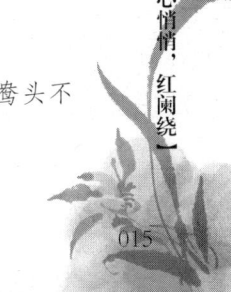

这第四首《天仙子》，比较特别，有一种浑朴古拙，深致动人的味道。他借古诗里常用的征夫思妇典故，来表达自己的情绪，有女儿的缱绻，也有男子的气概，糅合得浑然天成。

泪水洒湿了衣衫，草字行行，犹如缠绕的藤蔓。藤蔓，就是相思的姿态，缠绵缭绕，但也怕，春尽的时候就失去了生机。写一封书信，寄给千里之外的征人，天涯咫尺，人各南北，如此的愁思，即使朝夕相伴的鸳鸯见了也会愁白青丝！

"不信鸳鸯头不白"，带着一股狠狠的倔强，细读起来，其中的味道，倒像是那句古诗《上邪》："我欲与君相知，长命无绝衰。山无陵，江水为竭，冬雷震震，夏雨雪，天地合，乃敢与君绝。"

虽然前者表"相思"，后者是"盟约"，但都有一种任性而倔强的可爱。一个说自己的相思之苦，足以让鸳鸯都愁白了头；一个非要逼着天地出现那些异象，方才断绝自己的情缘。用一句话来总结，便是"情到深处无怨尤"。

连朝镜里，瘦尽十年花骨

> 梦来双倚，醒时独拥，窗外一眉新月。寻思常自悔分明，无奈却、照人清切。
>
> 一宵灯下，连朝镜里，瘦尽十年花骨。前期总约上元时，怕难认、飘零人物。
>
> ——《鹊桥仙》

  真正的锦绣文章，未必是用华丽的辞藻堆砌。那些看似轻描淡写，白纸黑字不过寥寥几行的句子，却总是能轻易唤醒我们心中的悸动和共鸣，让我们忍不住暗自叹息：确实是这样啊，这样的心情，我们也曾经历过。

  这首《鹊桥仙》是纳兰怀念亡妻之作，字里行间尽是无法实现的思念，遥不可及。时间很长，但长不过思念，是思念把时间无限延长，在漫长的时光里不会褪色，也不会遗忘。

苏轼有一首怀念故妻的《江城子》："夜来幽梦忽还乡,小轩窗,正梳妆。相顾无言,惟有泪千行。"苏轼是词人里难得的理智派,竟连在梦里都是清醒的。自己知道是梦境,知道佳人已逝,知道轩窗红妆不过是一场虚幻,不敢去跟"她"说话,怕惊了梦,于是"惟有泪千行"。

而纳兰的梦里,大概还是美好画面,只是梦里的成双成对,恰恰反衬醒来的孤独,"梦来双倚,醒时独拥",独醒徒负同甘梦。这样的落差,让心里总在长夜半明时悄无声息地袭来苦涩。

《鹊桥仙》,初创者是宋代欧阳修,单从字面意义,也不难想到最初的缘由。鹊桥,自然跟牛郎织女脱不了干系,这一对隔了银河的恋人,自古就是相思的形象代言人。

欧阳修的《鹊桥仙》里"云屏未卷,仙鸡催晓,肠断去年情味",还是"相见时难别亦难"的旧腔调,再华丽也难免显得俗套。因为太多前人写尽了刻骨相思,后人再讲,不过是换一种方式,换一些字词来表达,争的是遣词造句上的真功夫。

而到了秦观,他的《鹊桥仙》里,却有了一种新态度:"柔情似水,佳期如梦,忍顾鹊桥归路。两情若是久长时,又岂在朝朝暮暮。"少了一丝苦到极致的涩,却多了一份无奈的欢娱——没有朝暮相伴又如何,你是金风我是玉露,一年一度一相逢,只管尽情享受便是;至于分离时候的悲戚,那又是另一种享受。

人都说一日不见,如隔三秋;我却说,见你一日,可抵得过一年的相思苦。可惜的是,这首词被不少登徒子拿去,作为薄情的因由:只在乎曾经拥有,不在乎天长地久,有点尽享眼前之乐,不顾日后之忧的轻浮劲儿。

到了纳兰，又用他最独特的方式来重写了《鹊桥仙》。纳兰的词里，有他的执念。那执念是蜿蜒的溪水而不是汹涌的湍流，不会决堤，不会澎湃，只会缓缓地流进人心。这种感觉，让人心里微微地痛，微微地痒，像想起了旧事，又像伤口尚未愈合。

正是这一独特的品质，让他的词被无数人喜爱。想想他的那些词句，每一字每一句，都是用最淡泊的姿态，说出最透彻的情理。

"梦来双倚，醒时独拥，窗外一眉新月"，我能想象这其中的无奈，梦中的场景那么美好，与醒后现实形成鲜明落差，就好比遽然断裂的山崖，罅隙巨大，叫人唏嘘难耐。要是美好只是黄粱一梦，倒不如不要醒来。

月色分明的时候与她共度，并不知死别会来得如此轻易，等到知晓了这个道理，却已经没有机会。

如今的月夜，那月亮该是一弯红黄的湿晕，像朵云轩信笺上落了一滴清泪，再慢慢地晕染开来，画出一道蜿蜒的痕迹，陈旧而模糊，惨淡的光也能照人清切。其实他的心里更清切，但从前的美好记忆，已经面目全非。

隔着数年的辛苦路望向记忆里，再好的月色，也不免带着一点凄迷。月光照着纳兰伶仃的身影，风从窗子缝透进来，青灯火苗被吹得摇摇晃晃，屋里光影晃动；而那面她曾对着贴花黄的镜子里，帘子脱了色，墙壁沾了尘，他的年少俊朗，也渐渐改变，有了沧桑。

"花骨"，是我见过最柔软又最坚硬的词，它是柔软的花蕊，又有极强的生命力和耐久的芬芳。花无百日红，却可以一岁一枯荣，而人，逝去或者苍老，却是一条绝不可能再回旋的射线。"瘦尽十年花骨"，其实瘦的并不是花草，是人吧。

怎能不忆往昔？以往，他们总是在上元节相约，花灯似月悬，星落声喧，夜空中开出大朵明艳的烟火，映照在佳人浅笑的眉梢眼角之上。那时他还年少，翠衣青袖，步履翩翩，二人执手相看，转眸，盈盈之间，莞尔成笑颜。

但如今，倘若能够再相见，怕你再认不出我容颜。

《鹊桥仙》之二：

倦收缃帙，悄垂罗幕，盼煞一灯红小。便容生受博山香，销折得、狂名多少。

是伊缘薄，是侬情浅，难道多磨更好？不成寒漏也相催，索性尽、荒鸡唱了。

纳兰的大多数词中，都是被追忆充斥。上阕，有一点香艳的味道。想帘幕低垂，红袖添书香，二人秉烛夜读，也是旖旎风光。纳兰写得很生动，倦倦地收起书卷，心里却有种迫不及待。灯火苗儿跳跃着，博山炉有袅袅的烟，像笼了一层薄薄的雾。

博山炉在古诗词里，就是欢爱的代名词。《清商曲辞·西曲歌》里就有一首《杨叛儿》，"欢作沉水香，侬作博山炉"，一对欢爱中的男女，好比香料同香炉的一场交颈之乐，香炉将香料承装，香气将香炉缭绕，你中有我，我中有你，难舍难分。

李白也有一首《杨叛儿》，"博山炉中沉香火，双烟一气凌紫霞"，记录了他在金陵古城同一位烟花女子共度良宵的小事，充满烟火味道。此事还被后人称为"史上最伟大的一夜情"，诗人就是诗人，连眠花宿柳都没有风尘味道。

诗词曲调里的男女欢爱都写得华丽至极。印象最深的，便是

《西厢记》里莺莺娇滴滴去寻张生的那一段。两情相悦，情浓得化不开。

纳兰的《鹊桥仙》，博山炉的香从两人共享，到一人独尝。孤单的日子里，他在这烟气缭绕中写下无数美词篇章，成就狂名，但这狂名也不过是一个人的光荣，没有人分享。

不是缘浅情薄，只是好事多磨。时光如脚步，步步相催，回想起从前"一生一世一双人"的盟约，反而更难入眠，只好一个人等着鸡鸣报晓。

他还在无奈地发问："是伊缘薄，是侬情浅，难道多磨更好？"情缘这回事，从来不会为人所左右，不是一朝爱了，就能够相伴到老。这不是谁的错，是时光惹的祸。

《鹊桥仙》之三：

乞巧楼空，影娥池冷，佳节只供愁叹。丁宁休曝旧罗衣，忆素手、为予缝绽。

莲粉飘红，菱丝翳碧，仰见明星空烂。亲持钿合梦中来，信天上、人间非幻。

都说每逢佳节倍思亲，本该是团圆喜庆的时候，但人却是孤单的，难免就容易心生感怀。

又是七夕，中国传统的情人节，但纳兰的佳人已逝，再无人相伴乞巧楼。纳兰是个细微到病态的人，任何一点往事残留下的蛛丝马迹，都会让他顺着线索沉溺到记忆中，不能自拔。

恋旧的人不容易快乐，他们总是活在回忆里，即便回忆里全是累累的伤。那些过去的人事，已经铭刻进骨血里，此生难忘。倘若

纳兰能够忘怀，也许更快乐一点，即便背着多情、轻浮"罪名"。

恋旧的人，总是要被记忆折磨，这是自己不肯放过自己，是对自己的残忍，也是一种享受。回忆告诉我们，那样大胆而用心地爱过动心过，是一生再难得的经历。

我想，纳兰在弥留之际回顾短暂的一生，最眷恋的，不会是金戈铁马，气吞万里如虎的边塞岁月，而是葡萄枝下，小儿女耳鬓厮磨的时光。一个"情"字，几个女子，让他的一生丰腴起来。

这个独自度过的七夕，纳兰说，不要晾晒旧罗衣。旧衣衫，他的妻子曾用纤纤素手为他缝补过，而今看到它，只能徒添悲伤。可是，有一些东西，就算眼睛看不见，心也看得见，因为它一直在那里啊。

只能回忆的日子里，好景只如斯。莲花开满了池塘，菱蔓遮掩了碧波，而对旧人的思念，填满了整颗心。

只愿天上人间，终有一天能相见。

谢却荼蘼，一片月明如水

谢却荼蘼，一片月明如水。篆香消，犹未睡，早鸦啼。

嫩寒无赖罗衣薄，休傍阑干角。最愁人，灯欲落，雁还飞。

——《酒泉子》

《红楼梦》第六十三回，众女儿为宝玉贺寿时，行起了"占花名"的酒令，八个人分别掣得了八支签，最后一支专讲麝月。书中云："麝月便掣了一根出来。大家看时，这面上一支荼蘼花，题着'韶华胜极'四字，那边写着一句旧诗，道是：'开到荼蘼花事了。'签上注云：'在席各饮三杯送春。'麝月问：'怎么讲？'宝玉愁眉，忙将签藏了，说：'咱们且喝酒。'"

荼蘼不争春，寂寞开最晚，花开到荼蘼的时候，也便是春到了

尽头。而"韶华胜极",则是盛极而衰。敏感的宝玉,已感到大观园里日益悲凉的气氛,看到这支签,心中大有感触。

"开到荼蘼花事了",源自宋代王琪的《春暮游小园》。荼蘼,是春天最后开花的植物,它开了,也就意味着三春过后芳菲尽,有一种末路之美。

但凡写到荼蘼,都有一种无望情绪。"开到荼蘼",意味着青春已经过去,感情已经终结,生命中最灿烂、最繁华或者最刻骨的爱,即将失去。

这种一半残酷一半绝美的花,大概最与纳兰的心境贴合。这一首"谢却荼蘼",就像心里开出的最后一朵花,从此以后,那里寸草不生,荒芜成一片蛮地。

《酒泉子》这一词牌,原为唐教坊曲,共有两种词体,纳兰采用的,是流传最广的温庭筠体。且读一读温庭筠《酒泉子》当中的部分句子:

罗带惹香,犹系别时红豆。泪痕新,金缕旧,断离肠。
一双娇燕语雕梁,还是去年时节。绿阴浓,芳草歇,柳花狂。

字里行间,看得出来经过精雕细琢,只是太偏重于修饰,如花中柔蕊,词的内涵上就有了略微的遗憾,不耐琢磨。

晚唐温庭筠,是花间词派的鼻祖。词这种文学形式,也正是在他的手里才真正地脱离雏形,向着成熟方向发展。他的词清婉精美,对纳兰的词作,也有不小的影响。

纳兰喜欢花间词,曾说"仆少知操觚,即爱花间致语",还把与友人谈诗论词的地方,命名为"花间草堂",一度将写词唤作"花间课"。

不过,纳兰也有自己的追求。他更推崇的是南唐后主李煜的词。花间词如玉器,贵重华美,但也正因为这样,缺乏适用性;宋词倒是适用了,却在某些方面缺少贵重,好似摆放在哪里都不起眼的一件装饰。

而李后主的词,纳兰以为兼有花间与宋词之美,更有烟水迷离之致。因为个人气质的相似以及纳兰的有意靠近,纳兰词的风格也以哀感顽艳的特点为主,却没有李煜那种彻心彻骨的绝望。他的词,随性而就,某次茶余饭后,某次辗转难眠,一切生活场景都成为词中素材,柔中带有一股贴近生活的阳刚之气。

李后主虽然背负国恨家仇,笔下情绪却总是围绕自己;而纳兰的词里,除了自己,还有情理。人们喜爱李后主,多爱他因惨痛经历而生的悲苦;而爱纳兰,却多是因为他的词里有一种共通的、能够引起共鸣的情感。国破家亡人深重固然让人难忘,但纳兰能将自己小儿女情事的经历写得刻骨动人,叫人拍案叫绝,也是一种功力。

谢了荼蘼春事休,再无繁花缀枝头。纳兰开头便说"谢却荼蘼",春尽了,仍旧是月明如洗,只是月亮已不是昨天的月亮。斗转星移,它看似不变,却又变了。月光因为百花凋落而让庭院显得尤为空旷,便少了一份迂回婉转的美。

春到了末梢,篆香已经烧到了头,灯影也摇摇欲燃尽。纳兰的《酒泉子》里,无处不透露着一股穷途末路的美,就好比知道自己经过几多情殇、几度春秋,好年华已不剩几许,而幻灭有了征兆。

他像往常那样,在月明乌啼的夜里难以入睡,披着单薄的衣衫在

【谢却荼蘼,一片月明如水】

庭院里消磨夜色，却又说，"休傍阑干角"。李后主也说过："独自莫凭阑"，他的因由是"无限江山，别时容易见时难"。这两位，都是极孤单的人，总怕独处，总在独处，仿佛天生就与寂寞有缘。

李后主，有身在异乡又寄人篱下的苦，他从高高的殿堂，一落千丈，跌落在尘埃里。而纳兰，他虽是臣子，也算得天独厚，有显赫家世，有圣主厚待，只是这些都不是他的心之所向，所以置身荣华也会感觉落寞。他们天生就带了那一副愁肠，以及水晶一般易碎的心肝。

宋代女诗人朱淑真，作过一首《鹧鸪天》：

　　独倚阑干昼日长，纷纷蜂蝶斗轻狂。一天飞絮东风恶，满路桃花春水香。

　　当此际，意偏长，萋萋芳草傍池塘。千钟尚欲偕春醉，幸有荼蘼与海棠。

朱淑真，一个精致的，但同样是寂寞的女子。她婚后因夫妇不和而毅然返回家乡，从此深闺独住。一个年仅20余岁的少妇，青涩刚刚褪去，成熟的风情浮上眉眼，却偏偏以这样一种在古代看来大逆不道的方式，给自己安置了一个孤单的余生。

"阑干"，也是词人们喜欢用的意象，它给人身体上的依靠，却也容易挑起心灵上的孤苦。朱淑真"独倚阑干"，泪垂心伤，一面期盼一面无奈，最后只落得个郁郁而终的下场。古代的才女，似乎都被命运薄待，尊严被打磨得薄如纸片，比如蔡文姬，比如李清照，都经历过许多生命中不可承受之重。

看朱淑真文字里堆积的哀怨和愁绪，透过繁华岁月的迷雾，仍然在悄悄地弥散。我们似乎还能听见她唇上的一声叹息，就好像穿越沧海的蝴蝶，悠然地坠落在多情人的心尖上。

朱淑真说，"幸有荼蘼与海棠"，海棠，同样是春末开花，花朵开得比荼蘼还大还繁盛，只是花落的时候，也更凄迷。这两种花木，都是提醒人莫醉在春里，它转瞬即逝。

李煜、朱淑真、纳兰容若，这三个人，在各自的时代里，用各自的愁肠，深深浅浅地唱着荼蘼里的孤单和落寞。

"荼蘼谢""篆香消""灯欲落"，如果是拍电影，应该是黑白色调，先拍荼蘼花落了满地，零落成泥的姿态；然后，是燃尽了的香，只剩下最后幽幽的一缕烟，缓缓地上升，越来越微弱，终于消失不见；镜头再转向那盏青灯，灯油已耗尽，灯光渐渐地变小，变小，整个场景的色调也越来越暗，直至陷入漆黑。

镜头转向窗外，夜色里鸿雁犹在飞行，只是待到秋来，它们也将飞往南方，给北国留下一片寂寥。

也许，这荼蘼、篆香、灯影、鸿雁，便是代指在生命中匆匆路过的那几位女子吧。纳兰一生，经历过几场感情，却因为各种理由无疾而终。

现代人的感情，最常见的结束方式就是无疾而终，从一开始相看两不厌，慢慢耗完了热情，消磨了感情，到最后相看两倦，甚至反目成仇。这样被时光打败的爱情，没有经历过大风大浪，不知是幸运，还是不幸。

纳兰的感情，总是百转千回。表妹入宫，卢氏早逝，沈宛被迫离去，他生命中挚爱的几个女子，没有一个人能陪他到最后，不能不说是一种遗憾。

【谢却荼蘼，一片月明如水】

谁念西风独自凉

> **连理千花，相思一叶**
>
> 白狼河北秋偏早，星桥又迎河鼓。清漏频移，微云欲湿，正是金风玉露。两眉愁聚。待归踏榆花，那时才诉。只恐重逢，明明相视更无语。
>
> 人间别离无数，向瓜果筵前，碧天凝伫。连理千花，相思一叶，毕竟随风何处。羁栖良苦，算未抵空房，冷香啼曙。今夜天孙，笑人愁似许。
>
> ——《台城路·塞外七夕》

　　情怀迥然不似出身华阀、长于荣华的"富贵花"，这就是纳兰性情异于常人之处。有谁能如纳兰一般，将随天子出行这样他人眼里的"荣耀"，看成行役天涯的苦差事呢？

　　他的身体里，流着一个劲健雄强的游猎民族的血液；他的祖辈曾经征战丛林，驰驱南北；他出身钟鸣鼎食之家，自幼生长在贵胄繁华之地，得父母的宠爱、天子的赏识。但凡常人心心念念向往、期盼，孜孜不倦追求的，他几乎都已经拥有了，却从来无视这些所谓的功名利禄。

纳兰只想找一方沃土,未必繁华,却可以同心爱的女人、投缘的友人一起把酒言欢,这,就是他想要的繁花似锦。

《台城路》,是纳兰初次扈从时候所作。第一次护驾塞外,却看不出他有丝毫的欣喜和新鲜感,只有满篇的寂寞和心酸。纳兰因为志不在此,才会对出巡远行有发自内心的排斥吧;何况,又恰恰赶上了七夕。

对多情的纳兰来说,七夕是个重要的节日。只可惜,这一天却不得不护着天子,随着大军一路艰难地行走在荒无人烟的塞北,凄凉无处言说。

白狼河,是今辽宁境内的大凌河,因为地势气候,这里的秋天来得格外早,虽未到深秋,却已经是满目荒芜。这仿佛提前而至的秋天,让纳兰的心里更加对远方的家乡牵肠挂肚,多想立即赶回去,兴许还可以来得及,再看一眼如花盛夏残留下的痕迹。

"星桥又迎河鼓",是对七夕节最婉约的说法了。鹊桥之上,牛郎和织女苦苦盼了一年,终于等来了一年一度的相会。时间在一点一点地流逝,湿云微微时,金风玉露又相逢,人间,也该是情人欢聚的日子。只可惜,他却远在塞外,与他做伴的只有寂寥的秋色和颠簸的行程,怎不叫人"两眉愁聚"?

"待归踏榆花,那时才诉。"在塞外征程上,纳兰找不到自己的归宿,他心里只有乡愁,恨不得立即踏上返程,倾诉对这种生活的不满意和满腔的心事。可又怕重逢的时候,因为太多的话要说,四目相对却是怔忡,两个人反而说不出话来,欲语还休。

纳兰也知道,随驾出巡,不是自己说走就可以走的。他的一生

【连理千花,相思一叶】

029

谁念西风独自凉

都在委曲求全地做一些自己不想做的事,并为此忧愤不已。纳兰厌烦扈从,却一次一次地随着康熙的脚步北上南下,误了许多可以陪在爱人身边、与友人煮茶作词的好时光——这是他逃脱不掉的宿命。

眼前,是没有尽头的漫漫长途,自己的脚步却由不得自己做主,身后,是一路跋涉经过的山水和渐渐远离的家。而且这只是一个开始,是纳兰作为康熙近身侍卫的第一次出征。他不喜欢,却比谁都了解,以后还会有无数这样漫长的日子,怕是一生都要如此,任由命运摆布。

七夕佳节,他却只能站在塞外的星月之下,惦念着家里的她,心里有一个家的梦,希望有一处地方,把流离失所的心装进去,一生无忧。"人间别离无数,向瓜果筵前,碧天凝伫。"世间还有许多的离别之人,在七夕也得不到团聚,只有独自仰望碧天,遥寄相思。而那些连理枝、相思树的誓言,却不知随风飘向了何处。

从京城出发,一路跋涉,途经一路的繁华,羁旅的苦,他在塞外无以言说。想起家里的伊人,也同样孤单地守着闺房,盼着他的归来。两个人,天各一方,同心而离居,各自忧伤成灾,越望越无望,也只能暗自流着泪,直到天明。

七夕夜,天上的牛郎织女,怕也要嘲笑人间的眷侣多离愁别苦吧。最好的时光,都徒然地消耗在分离里,记忆里莺飞草长,心思却渐渐荒芜。人心里的秋天,也来了,风卷残叶,寸草不生。

"今夜天孙,笑人愁似许"。织女又怎会晓得,人间也会有看不到的"银河",将有情的人分开。对纳兰来说,他面前的"银河",是官职、是君命,也是他一生的枷锁。这条"银河"将他隔在自己的梦想之外。他的心泛滥成一片苦海,看尽斗转星移,品完世态冷暖，可那些无能为力的事，始终无能为力。

纳兰从不在意权贵荣华，所以能尽情地书写风月。他看重的，是世间的自然之美以及人心里最真挚无瑕的感情。倘若不是随驾出巡，他应当是乐意周游的那种人吧，最好有情投意合的人陪在身边，一起走出世俗禁地，先去把风景看透，再去赏细水长流。

而一次次身不由己的出巡里，他心里唯一想的，只是"归踏榆花"。对他来说，身在不称意的风景里，心就在受煎熬。

他并不爱这孤单飘零的天涯，对着"寒月悲笳，万里西风瀚海沙"的塞外，他似乎有太多的寂寞。他也曾在荒芜的天地间，心中满是落寞地问，"谁道飘零不可怜？旧游时节好花天，断肠人去自经年"。

随驾出征，对他而言没有什么可骄傲的，不过是追随着他人脚步亦步亦趋的木偶，生命的主线被他人牵在手里，自己就失去了生机。飘零怎不可怜？原本是可以与爱人好友一起游园赏花的好时节，而如今，他却只身在天涯，独自断肠无人知。

这首《台城路》，只是他羁旅词里的一首，兴许还是第一首，又怎一个悲字了得？静静地，一字一句地读下来，如同看到塞外霜天里，万帐穹庐下，他用那支饱蘸了青墨的笔，静静地，一字一字地写出来。

岂止是悲，岂止是泣，更是伤，只不过伤到极致泪似尽，痛到深处更无声。

这世界太宽，连孤单都减速变得缓慢，他一路走，一路咀嚼着生就带来的惆怅；这世界又太窄，窄到容不得他心里只是一个普通文人的梦想。

谁念西风独自凉

　　纳兰的一生都在走，行行重行行，从一地走到一地，从某时走到某时，周围尽是观众。有些人中途退场，从他的世界里消失不见，也有些人守到了结局。纵使有倾世的风华绝代、超凡脱俗，他却好像在透支着好时光，耗尽之后，生命就戛然而止——太过美丽，所以短暂，就像美好的日子总是转瞬即逝。

　　翻着《饮水词》，我们能看到他在繁华的世界里，越光鲜却越寂寞，因为揣着一颗饥肠辘辘的心，所以渴望寻常人家的温暖，未必奢华，但于身于心，都有朴素的温度。

蓦地一相逢，心事眼波难定

> 正是辘轳金井，满砌落花红冷。蓦地一相逢，心事眼波难定。
>
> 谁省，谁省，从此簟纹灯影。
>
> ——《如梦令》

纳兰的词，是清朝文学里的一朵奇葩。

词这种文体，在两宋最盛，这跟时代风气有关。举个例子，我们在博物馆里可以看到旧瓷中，唐瓷华丽，美不胜收；宋瓷清雅，纤巧传神；而元瓷，不论质地，形状上多奔放粗犷，沾染了元人的豪气；到了明清时代，倒是精工细作了，可往往带着一股俗艳——颜色上，大红大绿，喜庆有余、韵味不足。

再说文体，如果说唐诗如同纯文学；宋词，就发展成了小资风；而元曲多调侃，类似于一群文痞在卖弄风流；明清之际，文学融合了之前数家的风格，倒让自己显得愈发没有风格。

词经历过元明时代的衰落之后，虽然在明末清朝又有了"中兴"的苗头，却少有大成者。算起来，纳兰的词独树一帜，别具一格。

《如梦令》，最初的名字叫做《忆仙姿》。说起它的来历，也颇有意思。那是在晚唐，五代十国割据混战，一些小朝代迭起，更替频繁，长的十几年，短的只有几年，纷乱得很。差不多在李煜的父亲李璟还是太子的时候，后唐庄宗李存勖经过一番血战，从后梁手里夺取了政权。

武夫李存勖，也有一副文人心肠。登位之后，他倒没有立即沉溺在声色犬马中，反而开始关心起文学来。他自小就精通音律，擅长歌舞，更喜欢看戏作曲。据说，他经常涂脂抹粉，与优伶俳人一起登台表演，"粉墨登场"这个成语，便是由此而来。

李存勖做皇帝，远远没有做文人成功。他的小令婉丽，连苏轼都颇为佩服，特地选《忆仙姿》里的一句"如梦，如梦，残月落花烟重"，取字"如梦"，自填了两首《如梦令》。

要说让《如梦令》变得家喻户晓的，当属李清照。"知否？知否？应是绿肥红瘦"，"争渡，争渡，惊起一滩鸥鹭"，这些字句，就像在人心里撒下一地红豆，掷地有声。易安居士的清秀娟丽，也如在眼前。

纳兰的梦，便是从那"辘轳金井"旁边开始。金井，装有精美华丽的栏杆，这是一个富贵人家的后院。纳兰，他本就是贵族出身，身居要职，文武双全，但真正的快乐与财富、家世等世俗的东西无关，他的心是忧郁的，所以才容易感怀，容易居安思危，容易透过现实的本质洞穿到人生最本质的悲哀。他的心晶莹透彻，能看到别人看不到的真相，也享受别人忍受不了的悲哀。

华美的栏杆圈住了水井，却没有什么能拴住那颗总在寂寞里游走的心，或者说纳兰被一个"情"字束缚了，禁锢了，于是他的一生都无缘快乐。快乐总是很短暂：与表妹两小无猜的时候快乐过，但她一入宫门深似海；与卢氏举案齐眉的时候快乐过，但她那么早就香消玉殒；与沈宛惺惺相惜的时候快乐过，但他这次终于做了先离开的那个人，剩下她独自飘零。

这样也好，他终于自私一次，离开这纷扰他许久、辗转经行的万丈红尘。人们总是容易过多地关注身体上的折磨、物质上的匮乏，却忘了，心灵上的苦难才是刻骨。纳兰不是无病呻吟，他在那个时代里找不到自己的位置，高官、厚禄、权势，在他的眼里心里，还不及一首兴之所至的词来得珍贵。

记得当年的辘轳井边，满地的落红凋零，也许那一刻开始，就注定了没有圆满的结局。但还是不得不承认，"蓦地一相逢"，曾看见人间绝色，那是他心里无与伦比的美丽，因为短暂，而显得更弥足珍贵。

人生就是如此：当事情发生的时候，是一部动作连续的电影，但当你回忆过去，往往只剩下几个凄美的片段，甚至只是某个定格的画面。那画面是静止的，但却无比清晰，你能清晰地记得当时的背景，比如辘轳金井，比如落红满地，周遭的花花草草，那时的天阴天晴，都那么记忆犹新。而她站在灯火阑珊处，眼波流转地看着你，眸子里有晶莹的色彩，无论时光如何变迁，哪怕人事全非，这画面，也丝毫不会褪色，不会在记忆里泯灭。

忘不掉的人和忘不掉的画面，是记忆里一颗浑圆的珍珠，它滚动到哪里，你的回忆就落到哪里，惊起往事无数。在记忆深处，纳兰还是一位"心事眼波难定"的少年，遇到她的时候，他和她，谁都没有说话，但所有的心思都通过眼波互相传达了。"情"这个字，就是有这样的魔力：什么都不用多说，你想的我全能了解。

可是相逢又能怎样，谁也拦不住离别，之后，她的心思还有谁能懂？"谁省，谁省，从此簟纹灯影"，又只剩纳兰一人孤苦伶仃。

沈宛，字御蝉，也是一位难得的才女。她的《选梦词》，许多人认为并不逊色于纳兰。他是倾慕汉学文化的忧郁词人，她是聪慧有才思的汉家才女。两个人一相逢，便志趣相投、互相倾慕。

二人经历了不少曲折，才能在一起。在朋友的帮助下，纳兰终于成功地纳沈宛为妾。这个身份委屈她，但她并不介意。而纳兰此时已经三十而立，却因为突如其来的爱情，快乐得像个情窦初开的少年。这些年来孤寂愤懑的情伤，终于因为红颜知己的陪伴，有了愈合的迹象。但是，他和她都没有想到，会有一场无法预料的灾难躲在幸福后面，只等杀他们一个措手不及。

沈宛是汉族女子，因而恪守满族传统的明珠对这个儿媳十分不满，百般刁难，小两口婚后苦多乐少。一年之后，沈宛不得已带着身孕返回了江南家乡。不久之后，纳兰寒疾发作，在无限的遗恨中郁郁而终。

而沈宛的下落，最终也只成为一个扑朔的谜。据传，沈宛生下了纳兰的遗腹子，取名富森。这一对璧人，终归还是生死相隔，一段风流憾事，也被心酸湮没。至于原因，倒可以借用《鹊桥仙》里的那句话来总结："是伊缘薄，是侬情浅，难道多磨更好？"

多磨不好，只是好事却总多磨。

纳兰也曾写过几首似乎是思念沈宛的《如梦令》，如这一首：

纤月黄昏庭院，语密翻教醉浅。知否那人心，旧恨新欢相半。

谁见，谁见，珊枕泪痕红浥。

这一首，与开头的那一首异曲同工。看，多半都是在追忆，写景写物，写美好的记忆，但最后一句，却又回归到纳兰惯常的忧郁情绪里。

纤月、黄昏、庭院，三个代表时间和地点的词联系在一起，看似平常，却营造出一幅清雅的景观。当然，还带着一股轻微的落寞——纤细的月亮，日薄西山的光，本来就是浸染着哀伤。

而这种名词的堆砌，叫人想起马致远的《天净沙·秋思》："枯藤老树昏鸦，小桥流水人家，古道西风瘦马，夕阳西下，断肠人在天涯。"前三句，尽是名词的叠加，看似无序，其实有意，让人觉得古代人的文字游戏玩得实在妥帖而有趣。

黄昏，新上的初月在庭院高处行走，静悄悄，怕扰了一双人的情话。缠绵的絮语，反而驱散了深浓的醉意。无数的遗憾与欢乐叠加在一起，错综交织。

回忆结束，纳兰回到现实：谁曾看见，那珊瑚枕上的人儿寂寞孤单，以泪洗面，难以成眠？

纳兰与沈宛，有相知相恋的默契，不只是因为爱情，更是一种灵魂上的相知。他是感情上受过伤的人，而她的出现，给了他慰

【蓦地一相逢，心事眼波难定】

037

藉。没想到欢乐却走得那么仓促,来不及说再见,就已经再也不见。分开之后,纳兰仍然在关注着南下的她,"消息半浮沉,今夜相思几许",他在词里写,心如秋雨一般愁苦,一半儿已经被西风吹走,伴着远方的人而去。

如此想,倒觉得人生最好的境界,可以用两句前言不搭后语的诗句来解释,第一句是,曾经沧海难为水;第二句是,柳暗花明又一村。

以为见识过沧海的瑰丽,眼底心里再也无法容纳别的水色,没想到,却在辗转之后又遇到转机。这本是幸事,只是,美好只是昙花一现,就像露水遇到阳光一般,转眼失去了踪迹。

> 万帐穹庐人醉,星影摇摇欲坠
>
> 万帐穹庐人醉,星影摇摇欲坠。归梦隔狼河,又被河声搅碎。还睡,还睡,解道醒来无味。
>
> ——《如梦令》

这首《如梦令》,也是一首填于出巡岁月里的词。

王维作那一句"大漠孤烟直,长河落日圆"的时候,恐怕没有想到,后世一位以婉约著称的词人,也被边塞催发出豪情,以一句"万帐穹庐人醉,星影摇摇欲坠",直追他的笔锋,毫不逊色。

不如先来看王维的《使至塞上》:

"单车欲问边,属国过居延。征蓬出汉塞,归雁入胡天。大漠孤烟直,长河落日圆。萧关逢候骑,都护在燕然。"

王维也是在奉命出访边塞时，留下了这千古佳句，可惜的是整首诗里，也只有这一句叫人拍案称奇。纳兰的《如梦令》，却逐字逐句都触动心弦。

到了边塞的王维，已是用官方的姿态来看塞外，因而他的眼里，除了景，还有朝廷和兵士；而纳兰，他走到哪里都是一个文人，眼里和心里，只有一个"情"字。他不会打官腔，不会摆官态，只会细细地描述自己的所见，抒发自己的所感。

对这个人来说，武官身份也好，策马出巡也罢，心中拥有的始终是一副柔肠，也正是他的可爱之处。

情痴纳兰，他的身份是八旗子弟。对清人而言，习武是本业，骑射的功夫绝对不可以荒废。纳兰虽然以文章出名，却以武官任职。康熙帝对他的文武兼备很是赏识，破格提拔，并委以重任。

实际上，纳兰在战场上也有不少显赫的战绩。他曾奉命出塞，在大清与沙俄边境进行战略侦察，立下功劳，又得加官晋爵。纳兰的侦察，对后来大清取得"雅克萨战役"的胜利有重要的帮助，可惜捷报传来的时候，纳兰已经病逝。

只是，纳兰在政治上的作为，不足以扬名青史。他在朝廷，坐是正襟危坐，行是如履薄冰，给人的感觉是一个孩子偷偷穿了大人的衣服，装成另一副模样，浑身都不舒适。只有潜身到诗词的世界里，纳兰才算找到了自己，如鱼得水。

读完纳兰的词，如果用医生的眼光来看，他是一个略带抑郁、稍微羸弱，同时易失眠、又畏寒的人。纳兰经常说冷，怕是身体与心的双重寒冷。这样的身心，是否能耐得住塞外的冰天雪地？纵是在北京城，他也经常感觉到彻骨的寒，有时候真正是天气上的寒，有时候是人情冷暖。

《如梦令》，却分毫没有写到寒冷，也与以往总是彻夜难眠不同，他居然也有这样的夜："还睡，还睡，解道醒来无味。"

听说鸵鸟遇见危险，会把头埋进草堆里，以为看不见就是安全。此时的纳兰，多像那只鸵鸟，把自己埋在睡眠里，反正现实无味，能这样一直沉沉睡着，就可以不用看外面那苍茫的天地。

嘴上说着嗜睡，其实，他是从梦中醒来，看到帐外风光，边塞夜空，才有感而发填成这首词。外面是，"万帐穹庐人醉，星影摇摇欲坠"，浩瀚与渺小相映成趣。地下是夜深千帐灯，天上是星光闪烁如钻，仿佛醉了一般摇摇欲坠。

这种场面，若是作成画，最好用尽笔墨去画光，星光、灯光，点点滴滴地洒在画面上，再有白色的军帐与黄色光芒交错点缀。地面应该是一片荒芜的深青色，那个人，穿着单薄的衣裳，只身站在万帐穹庐之下，只留一个简单的背影，看不到他的表情，但那些心碎滋味，却明明白白地显露出来。

康熙倒也算个好帝王，起码他作为九五之尊的圣主，没有待在皇城那个安乐窝里，而是时不时四处巡视。只是不辞劳苦的皇上，每一趟出巡也必定要大费周章，各项周全，一个都不能少，就苦了随行的臣子们，不得不一次次远行。

征夫的眼泪，既珍贵，又廉价。珍贵是因为男儿有泪不轻弹，廉价是因为在路上，没有人对你嘘寒问暖，更无人在意你的眼泪。

用一千遍的日有所思，换一个夜有所梦，也是值得。他在沉沉的睡梦中，似乎回到了思念已久的家园，见到一直在等他归来的妻子。只可惜好梦易碎，塞外的狼河浊浪滔滔，轰鸣的水声将重逢的梦拍得粉碎。

"归梦隔狼河,又被河声搅碎",各种无奈可想而知。美梦被打破,真真是一件叫人愤恨的事情。现实中抵达不了的地方,梦是一种迂回的补偿。乘着梦,人可以一日千里去重逢,可以与逝去的人相见,虽然是暂时的慰藉,但也很难得。

当梦醒的时候,他起身仔细回味梦中情景,她的面目已经变得模糊不清,与梦一起消逝,叫人无处找寻,再回味也是徒增惆怅。于是他干脆恼羞而赌气地试图重新睡去,希望还可以重新回归到方才的梦里。

梦如人生,都是无迹可寻的。当纳兰年少的时候,也有轻狂模样,只是被世俗的规矩打磨了太久,渐渐磨平了棱角。他作为康熙的武官侍卫,其实也毋须上战场杀敌,只需英姿飒爽地站在康熙身边,像花瓶一样撑撑门面就行。

可他满腹的才学,并不只是为了做摆设。花瓶再美,也只有供观赏的价值,越华贵,越容易破碎。

关于边塞怀远诗,还有一首同样成于塞外的《于中好》,倒是可以作为对这首《如梦令》的诠释:

别绪如丝睡不成,那堪孤枕梦边城。因听紫塞三更雨,却忆红楼半夜灯。

书郑重,恨分明,天将愁味酿多情。起来呵手封题处,偏到鸳鸯两字冰。

身在边城,一夜苦雨,纳兰却在回忆家乡闺中夜里挑灯的妻子。别绪难书,提笔想写愁味道,奈何边塞太冷,写到鸳鸯两字的时候,如同结了冰。"偏到鸳鸯两字冰",这震慑力十足的七个字,便是纳兰侠骨柔肠的铁证。

再唱一首《如梦令》,英雄气短,儿女情长,这就是纳兰的一生啊!

纳兰有精致的心,与塞外的粗犷格格不入,像一枚珍珠掉进沙砾里。

他用他的纸笔才思,写下了一首首的不如归去,可在路上的依然在路上,守空房的依然守空房。正因为这些个离别,大好年华里不能相伴,卢氏逝世之后,他才用一生的时间来懊悔,恨自己从前未曾多多地陪在她身旁。

纳兰的眼界与心思,都异于常人。常人眼里的壮观,在他看来只是寻常;常人眼里的寻常,在他看来却是心之所向。在纳兰的心里,乱世英雄还抵不过一个凡间俗梦。褪下戎装,他只想做一个花间行走、吟诗填词的人,一生与文字为伴,有知己相随。

在梦里,再远的路也可以关山度若飞,在现实,人却很容易举步维艰。一个人思量得太多,身上肩负的重量越重,行走就越来越艰难。在厌倦了官场的时候,纳兰也无法决绝到像陶渊明那样拍拍屁股离去;在与沈宛的感情被百阻千挠的时候,他也决计不能痴狂如卓文君一般,带着心上人一路私奔,不管不顾。

心事重的人,往往不容易快乐。纳兰其实很可怜,一生在追寻,却不知追的是什么;满腔的抱负,却不懂在坚持什么。他的确是冷处翻飞的雪花,美了一时,悄然融化,生前活得像一个茫然的问号,死后,却给人们留下一个意犹未尽的省略号。

太多的说不尽,就是纳兰:他的品格,他的个性,他看似记录平常生活却透着生命真谛的《饮水词》。

【万帐穹庐人醉,星影摇摇欲坠】

一首首《饮水词》，是纳兰用纸笔为自己录下的心灵传记。字里行间，他的蹙眉，他的惆怅，他一腔难以言说的心事，以及花前月下的缱绻、塞外风中的沧桑，都鲜活地跳跃在纸面上。

尘缘旧梦，情分似风，他那些温润如玉的往事，像是沿着时光缓缓地流淌出来。你用手去接，还是透过指缝滑落不少。能余在掌心的，就是你用自己的阅历与心情读出来的纳兰，也许并不全面，也不算透彻，但却最熨帖你心。

匆匆几百年的时光，故事还是演绎了一遍又一遍，真相被还原成了一千种模样，但拂去时光中的漫漶不清、众说纷纭，他仍是绝艳，是我们心中的一句惊叹。

湿尽檐花，花底人无语

何处？几叶萧萧雨。湿尽檐花，花底人无语。掩屏山，玉炉寒。谁见两眉愁聚，依阑干。

——《玉连环影》

《红楼梦》里，宝玉为黛玉取号颦儿，道："《古今人物通考》上说：'西方有石名黛，可代画眉之墨。'况这林妹妹眉尖若蹙，用取这两个字，岂不两妙！"

的确妙哉，眉，是女子脸上顶顶有味道的表情。古代女子，脸上都是规规矩矩，笑是浅笑，哭是低泣，所有情绪的玄机，都是从眉梢眼角里表露出来。

李商隐曾有一首《无题》诗，写一个小女孩儿学大人画眉的稚态,"八岁偷照镜,长眉已能画",读起来可爱至极,就像我们小时候偷用妈妈的化妆品一般,一边期待,一边慌张,心里是又惊又喜。

小时候我们偷偷画眉,盼望可以早一点长大,长大之后又开始怀念小时候那张素净的脸庞,没有妆容,不染铅华,心里也未有这世间留下的尘埃。

眉毛,在诗词里多用来渲染悲伤。像温庭筠的"懒起画蛾眉,弄妆梳洗迟",写一个女子久久无人欣赏,最终连自赏的心情都没有了。这是一种慵懒的绝望,没有爱的人,就像一朵孤单的花,缺少赖以为生的养料和光,只能自己慢慢枯萎。

关于眉毛,还有一个典故。据说,唐玄宗专宠杨玉环之后,有天忽然意识到冷落了其他妃子,尤其是梅妃江采萍。于是,他赐了一斛珍珠,派人送过去,谁想到个性刚烈的梅妃,又把珍珠原封不动地送还,并附了一首诗:"柳叶双眉久不描,残妆和泪污红绡。长门自是无梳洗,何必珍珠慰寂寥。"玄宗看后,自是明白梅妃一腔哀怨之后的情愫,只是,他已经被新人的眉眼倾倒。

或许眉和心是连在一起的吧,所以李清照的"一处相思,两处闲愁",才会"才下眉头,却上心头"。而男子的愁眉,又另有一番味道。纳兰的心,仿佛天生就是寂寥的,心有所思,表情上就有所体现。

面对这个一生浸泡在悲苦里的他,我们竟无法想象他的欢颜模样,两眉凝愁,就是他留给后世人最真切的印象。

《玉连环影》,据说是纳兰首创的词牌。这词牌颇为有趣,尤其是开篇,略显突兀的两个字,好比一部小说的开头就放出第一个悬念，把我们的好奇心高高地吊起来。"何处？几叶萧萧雨"，夜里那一场淅淅沥沥的雨，打湿屋檐下的花木枝叶，也把纳兰的心弄得冰凉一片。

一个敏感的人，很容易被外界的变化干扰。这世间的任何风吹草动，都可以在他的心里留下痕迹，触动思绪。粗枝大叶的人，往往会有简单的快乐，而细腻的他，却与那份快乐无缘。

情发怎会无端？他的满怀凄楚和旷世寂寞，总是无人能懂。纳兰是个多情的人，他对所爱的女子用情极深。但无限恩爱之后，总是好景不长，美好的生活总是转瞬即逝，剩下他，在时间的无垠荒野里，恰似一叶飘萍。

人生有八苦，除了"爱别离"，其他的他都不在意。转眼之间，物是人非，有人生离，有人死别，一切都发生得那么迅猛。唯有时光从不老去，它永远安静而残忍地看着尘世里每一个人的生长轨迹，悲欢离合。

而记忆，是时光留给我们的最温柔的慈悲。我觉得，记忆是世间最大的地方，多少沧海桑田装进去，还是空荡荡。往事就像一阵路过回廊的穿堂风，没有根基，没有重心，只能飘来荡去。

纳兰，他是一位时光拾荒者，那些岁月沉淀下来的小事，都被他精雕细琢地封裱起来，像人生的一枚枚徽章。

他轻轻地把屏风掩紧，玉炉中焚烧的香已经燃尽。香炉，在纳兰的词里多次出现，让人想起张爱玲的《沉香屑》："请您寻出家传的霉绿斑斓的铜香炉，点上一炉沉香屑，来讲一个陈旧的故事。"

纳兰的一生，就是一个耐人寻味的故事。如果没有他的故事来当作《饮水词》的主线，这词也许就不会那么精彩。故事，要能打

【湿尽檐花·花底人无语】

动人心才好，他就是在字里行间渗透着的无限多情中，把自己的故事说给我们听。听的时候，耳边仿佛还能听到雨滴落到空阶上的寂寞，能嗅到小篆沉香里的味道，还能看到他早已消失在流光里的翩翩身姿，满目愁容。

才睡。愁压衾花碎。细数更筹，眼看银虫坠。
梦难凭，讯难真，只是赚伊终日两眉攒。

这一首《玉连环影》，很像是上一首的承接，前篇是难眠，这篇是才睡。纳兰的词之所以写得生动，是因为他总能推陈出新。他也惯常用典，或者借用前人的华笔，但是，总能用自己最独特的方式表达出来。

同样是"愁"，李煜会说"一江春水向东流"，从此把"愁"与"水"链接了起来；李清照会说"这次第、怎一个愁字了得！"说起来，都有些直抒胸臆。而纳兰的则要婉转一点，"愁压衾花碎"，织印在被枕上的图案，那些锦绣的绣花，似乎都要被生生地压碎了，这是怎样一股缱绻难缠的愁？

更筹，是古代夜间报更用的竹签；银虫，是斑斓的灯花。一个人数着更筹看时光飞逝，看灯火坠落，想想那个音讯全无的她，在梦中都没有痕迹，也只好，整夜地相思皱眉了。

筹，同音"愁"，他的字里行间都藏着玄机。

纳兰的原配之妻卢氏，是两广总督之女，"生而婉娈，性本端庄"，这门婚事，可以说是一段天赐的良缘。成婚后，二人夫妻恩爱，感情颇深。那段生活，可以说是纳兰生命中最平稳的快乐时光，可是，只延续了三年。卢氏死于产后受寒，对纳兰来说是一个极大的精神打击，从此之后，悼亡之吟不少，知己之恨尤深。很长的一段时间，他的词里一直流露出一种哀婉凄楚的相思和怅然若失的怀念。

后来，纳兰听从父辈安排，又娶了续弦关氏，并有侧室颜氏，却仍然没有填补上心中的那一块空缺。纳兰一生为爱而活，也因爱而变得精彩。他出身豪门，钟鸣鼎食，入职高殿，平步宦海，却拥有天生不羁的性格以及超凡脱俗的秉赋。纳兰对官场厌倦，对仕途不屑，更对富贵轻视。他对这些别人求之不得的身外之物不屑一顾，只求爱情却不能长久，不得不说，是一场憾事。

"梦难凭，讯难真，只是赚伊终日两眉颦。"她已经音讯全无，连梦里也难觅踪影，愁绪难以释怀，他也只能，终日紧锁着眉头，满是哀怨。

无数个寂寞孤枕夜，他只能如此独自思量。香炉里升起袅袅青烟，笼罩着他凝聚了愁绪的眉间，一个人看尽月色茫茫。

谁念西风独自凉

> 情知此后来无计，强说欢期
>
> 而今才道当时错，心绪凄迷。红泪偷垂，满眼春风百事非。
>
> 情知此后来无计，强说欢期。一别如斯，落尽梨花月又西。
>
> ——《采桑子》

纳兰词里，我最早接触的便是这一首，初读到的时候，为"强说欢期"这四个字惊艳至极，也为这背后的一段悲哀隐情，心痛不已。

很多人都有过"当局者迷"的情感经历。在置身其中的过程里，我们一直懵懂，却在时过境迁之后，终于看得透彻。可此时此刻，早已物是人非，就算看得再清楚，也已经于事无补。

"而今才道当时错",这迟到了的幡然悔悟,还有什么用处?无非是触动心中那条最隐秘的弦,叮叮咚咚,奏出久违的旋律,然后顺着有关过往的蛛丝马迹想起从前,让我们深深陷进回忆中,心绪凄迷。从前的甜蜜那么真实,在记忆里留了余味,但毕竟已经只是一种形而上的追忆了,现实中,早已没有它的余地。

你所知道的世上最能装的东西是什么?那应该就是记忆吧。记忆里装满了不可磨灭的种种印记,往事纵横贯穿,密密麻麻,织成禁锢我们的网,时时捆绑着人心,令我们渐渐无法呼吸。

每一段伤筋动骨的情事,来的时候,都很像永远;在的时候,都很像爱情。可是,走的时候,却从来不留情。记忆里,还有那时那日的寸光存暖,点滴恩爱;可面前,却是冰冷冷的现实。我似乎听见他的心,哗啦啦,碎了一地。

最初的纳兰,还只是一位"心事眼波难定"的少年,有幸的是,他在最好的时节里遇上那个最好的人,两小无猜,爱情一触即发。与他青梅竹马的女子,据说是他的表妹,两个人,许下"一生一世一双人"的盟约。可偏偏,意外总是匆匆上演,才不管你是不是两情相悦——她成为选入宫廷的秀女,再无力对抗自己的命运,更别说争取自由的感情。一入宫门深似海,美好的爱之萌动,也不过昙花一现,就失去了生机。

作者不详的《赁庑笔记》里,记载了这一件事:"纳兰容若眷一女,绝色也,有婚姻之约。旋此女入宫,顿成陌路。容若愁思郁结,誓必一见,了此凤因。会遭国丧,喇嘛每日应入宫唪经,容若贿通喇嘛,披袈裟,居然入宫,果得彼妹一见。而宫禁森严,竟不能通一语,怅然而出。"

所爱之人入宫后,想念的力量如此庞大,竟逼着一位循规蹈矩的贵族少年,为了爱情剑走偏锋。执着的纳兰,冒着被杀头的危险,暗地里打通了关节,佯装成喇嘛混进了宫。这样华丽的冒险,只为了看朝思暮想的恋人一眼:"相逢不语,一朵芙蓉着秋雨。小晕红潮,斜溜鬟心只凤翘。 待将低唤,直为凝情恐人见。欲诉幽怀,转过回阑叩玉钗。"

深宫,层叠的厚墙之后,四目相顾,两下怔忡,女子宛如一株芙蓉立在秋雨中,美艳、戚然、泪泫,脸庞上泛起小小的红潮。

虽然脉脉不得语,但他觉得,她似乎说了很多话,眼波流转里倾诉着一颗心、多少恨、万般情。她云鬓间的凤钗,在风吹雨打下折射出阴晴不定的光影,迷离着,一如当年的甜美往事。他想要相认,想要呼喊,又怕被人看见听见;她欲诉衷怀,却也只能拔下玉钗,在回廊轻叩,咚咚咚,那是爱情来过又离开的脚步声。

皇家大院之内,回廊九曲,一对曾经的璧人,心思九环。那一段隐秘的情事,那一些沉淀的爱,你我心知,却不能言明。爱情,被世俗逼到绝境,他和她踽踽而行。再多的蜜意浓情无限,也只在颊上红潮、钗头脆响、眉眼无声中点点滴滴地透露出来,不着一言,这就是他们最后的相见。

自此,他是有未来的男子,她是有过去的姑娘,却注定了,不会再有故事发生。也许他们的心依然相通,只是生活中他们再不相干。她和他,不过是两颗孤独的流星,各有轨迹,偶尔轨道交叉时,他们相会了,两颗心相碰,不过一瞬之间。

所有的流星,都逃不开灰烬的结局,又有谁会在意,那一刹那的相逢?现实如刀刃,生生分开无数对苦命鸳鸯。

相传,那位女子在宫中郁郁寡欢,不久便香消玉殒。她在纳兰心中留下的痛,一生都无法释怀。他陆续写下不少作品,迂回地表达了深沉幽怨与无尽伤怀。但这种抒发，冒着巨大的风险，只能曲笔隐晦，任思念如瀑，幽怨如水，想倾泻，却泻不出去，天长日久郁积心中，岂能不成病？

终归她，还是成为他心中的最美。这世上，得不到的，已失去的，从来都是最美的。时光节节败退之后，谁不是内心潜伏着一腔缺憾，谁的记忆里没有凄美片段，谁不曾遇到最珍爱的那一人，却只能藏在心底？

"红泪偷垂，满眼春风百事非"，悲哀的泪水，像街头的一场春风春雨，一直潮湿到了心里。纳兰不敢太过悲恸，怕泄露心中所想，但缱绻的悲伤更叫人肝肠寸断，延绵不绝。春风一直吹，春雨一直下，只是心中的那位女子和那段往事，已经成为过眼云烟，再也寻不到了。

有一位好友，常自称在现实的千锤百炼中，修炼出了一副钢筋铁骨钻石心肠，很难再对什么事情有感动。但他却几次跟我说起，在看到电影《画皮》中，赵薇饰演的原配为丈夫甘愿喝下妖毒变成白发魔女，面对众人误会和追打的时候，那一回头流下的红泪，表情里的绝望和哀伤，叫他潸然动容。

人就是这样，就算碌碌的生活消磨了你的多愁善感，但总有一瞬间能打动你的心，因为我们都是感性的动物，有些柔肠，是再坚硬的伪装也掩藏不起的真意。那时候，纳兰把泪偷偷地垂，被春色染红的记忆深处开了大片大片的芙蓉花，她的巧笑，她的娇颜，都在眼前一幕幕上演。

"情知此后来无计，强说欢期"，说的是分别时候的场景。这一幕画面，是会记一生的吧？他短暂又绵长的一生。明明知道，我们的感情已经走到了头，再也不会有续写的可能，却还是忍着心痛，许下欢期，说我们还有未来，安慰你，也安慰自己。

人生之苦，莫过生离死别。生离，是悠长绵延的苦；死别，是痛彻心扉的疼，但因为她去的是皇宫，他们的生离，相当于死别。他们的爱情，已经被宣判死刑了。

"一别如斯，落尽梨花月又西"，离别之后，时间忽然失去了概念。日薄西山，华灯初上，夜深人静，星月失色，东方泛白，纳兰陷入日复一日的轮回里。梨花落尽，每一个月上柳梢头时，他蓦然回首，再无那站在灯火阑珊处的女子。

梨花，离花，其实点点都是离人泪，落在人心里。

纳兰之所以能感动那么多人，是因他总是一语中的，引起众人心里的和鸣。

《采桑子》这个词牌，历来被许多词人青睐，欧阳修、冯延巳、晏殊、苏轼、辛弃疾等人都曾偏爱，留下大量的词作。不过，我倒是颇喜欢一首年代不明、出处不知、作者不详的《采桑子》：

年年才到花时候，风雨成旬。不肯开晴，误却寻花陌上人。

今朝报道天晴也，花已成尘。寄语花神，何似当初莫做春！

不记得何时，从何处寻来这首词，每次读它，它都能触动我心。想那每年花开的时候，偏偏风雨连绵，等了一日又一日，迟迟不肯放晴，耽搁了多少期待赏花的陌上人。终于有一天，放晴了，风和日丽很是喜人。但谁想此时，花期已过，曾经的姹紫嫣红，早已经零落成泥。所以，这位匿名的词人略带任性地埋怨花神：既然有如此安排，还不如在制定四季的时候，不要这个春！

而那些为情所困，被爱所伤的人，一定也这样抱怨过：既然有那么多悲欢离合，干脆就舍弃了"情"这一字。可我们又都知道，一段感情，就算被时空人事逼得无处遁形，百般滋味尝尽，日后千般苦，也晓得曾经有甜蜜，不后悔。

能在最好的花期里，找到最想要的那一朵，哪怕是冒着凄风苦雨而来，也心甘。花堪赏时只须赏，抓住转瞬即逝的美丽；感情也是如此，珍惜转瞬即逝的感动，因为也许明天，离别就匆促地上演。

就像沈从文说的，我走过许多路，经过许多桥，却只爱过一个正当最好年纪的人。

这个人，会一直留在心里。有朝一日我想起你以及蜂拥而至的从前，我终于可以，记忆作词，现实当曲，放声高歌一曲情到深处的《采桑子》。

别有根芽，不是人间富贵花

非关癖爱轻模样，冷处偏佳。别有根芽，不是人间富贵花。

谢娘别后谁能惜？漂泊天涯。寒月悲笳，万里西风瀚海沙。

——《采桑子·塞上咏雪花》

这首《采桑子·塞上咏雪花》，是纳兰陪同康熙出巡塞外时候所作。

纳兰文才盖世，却一生任职武官，不得不说是一种遗憾。宦海生涯，使他见识了皇室内幕；多次出巡，又给了他开阔视野的机会。不过，他并不喜欢这种扈从的生活，多次在出巡的时候写下厌倦这种生活的词作。

康熙十五年补殿试，纳兰获二甲七名，清兵入关不久，一个满人子弟能够有如此的成绩，已经不易。一般来说，殿试选出来的人才，多会被送进翰林院，可纳兰却封了三等侍卫，官位五品，比编修高了一级。但把一个层层考试选拔出来的文才子，一生都安在侍卫的职位上，多少显得有点怪异。

不过转念一想，也无可厚非。那时的满人尚武不重文，满人子弟，也以能在宫中当侍卫为荣。对刚刚入主中原的满人来说，骑射武力才是关键，舞文弄墨只是一种茶余饭后的消遣。许多满人对以文为主的汉人是极为不待见的，而翰林院的院士，其实没什么权力，还经常受满人的气。

另一方面，纳兰的父亲明珠，曾是功臣，却日渐利欲熏心，康熙大概是对他不放心，所以有意把他的儿子留在身边。不得不说，也可能是一个政治上的布局。

显然，纳兰并不喜欢这个工作，为此烦闷不已。他是个情感细腻的人，非常敏感，看他那些词作，就好比字字句句都触摸到你心里。

据记载，纳兰外貌出众。曹雪芹的祖父曹寅，曾经与纳兰共事，他写道："忆昔宿卫明光宫，楞伽山人貌姣好。"楞伽山人，是纳兰的号，可见，纳兰是个翩翩美公子。

同时，他又是个内秀的人，喜欢把喜怒哀乐都放在心里，写在笔下，从来不会影响到别人。纳兰对自己的职位并无眷恋，却尽职尽责，做好自己本职。他个性谨慎，身为康熙的贴身侍卫，却从不参与政治性的敏感话题。每次扈从出行，也都尽心尽力地护主。

康熙每次出巡，纳兰都被钦点伴君侧，走过大江南北，也留下了无数出游词。康熙很喜欢纳兰的文才，多次郑重或随性地赏赐些

【别有根芽，不是人间富贵花】

东西给他，大到金牌，小到字帖、香扇。纳兰是敬重康熙的，但仅仅是敬重，他对权力并无眷恋。纳兰的骨子里，与视名利富贵如浮云的李白有所相似，只是，他没有李白那样猖狂的个性，在皇帝面前也敢肆意一把。

"不是人间富贵花"，正是纳兰自身的写照。雪花洁白，来自天上，越寒冷的地方，越是轻舞飘扬，有人间富贵之花无可比拟的高洁。纳兰，不似那些权势里打滚的人那般肮脏。他的内心，是一个隐士，只是，他不能像陶渊明那样归园田居，而是隐于市、隐于朝。他的姿态，应该正如陶渊明所写的诗，"结庐在人境，而无车马喧。问君何能尔，心远地自偏"，心远地自偏，他的心里是清静而纯洁的，所以，就算是置身朝堂，也仍能保持高尚的心和美丽的灵魂。

只是，雪花无根无芽，转瞬即化，生命太短。总觉得，纳兰对自己的命运，就像是有一种神秘的预知。他的词里，总是出现那些短暂的东西，比如烛火、檀香、雪花，或者动辄提及来生缘。可以看出，纳兰对这些东西，是不自禁的喜欢，但这种喜欢让他自己都觉得害怕，因为它们都无缘而生，又凭空消失；突至，又一闪而逝。

就连他喜欢的人，都转瞬即逝。纳兰的心是清静的，那些来自皇帝和朝廷的恩宠，并不是他向往的生活，反而让他的处境尴尬。

宦海沉浮，纳兰一直被苦闷的情绪折磨，常有窒息之感。这样的人，在紫禁城里就好比被判了无期徒刑。他虽然是皇帝面前的红人，但对自己而言，这样的生活，是在摧眉折腰，委屈自己的内心。他渴望像雪花那样自由，有一副自在的"轻模样"。

历史上喜欢雪花的人很多。话说晋时一个雪天，谢太傅一家聚会，跟小辈们谈诗论文，让他们以雪作诗："白雪纷纷何所似？"兄长的儿子说："撒盐空中差可拟。"而兄长的女儿道韫却说："未若柳絮因风起。"获得盛赞。谢道韫，后来成为王凝之的妻子。后世，还把有才华的女子称为"谢娘"。

"谢娘别后谁能惜？漂泊天涯。"纳兰是在为雪花的遭遇鸣不平，更是在扼腕自己的人生。谢娘故去之后，还有谁能真的了解它、怜惜它呢？他的一生，也好比这雪花一样，没有根基，只能随风飞舞。在寒冷的冬天里凝结成的"花"，却会在温暖的气候里无奈融化。

纳兰词里的"富贵花"，大致就是牡丹这样的花吧，看起来雍容华贵，但太娇气，需要太多的外在环境条件。陶渊明爱菊的清雅超然，周敦颐爱莲的不染世尘，而众多世人对牡丹的爱，多是一种向往，向往富贵的生活和姿态。其实在许多人眼里，纳兰应该就像一朵牡丹，生在金雕玉砌之家，仕途又一帆风顺，这些对旁人来说，都是求之不得的。

但他却以雪花自比，其实雪花不是花，更谈不上富贵花，它甚至都不需要土壤和水分，只是淡然地在人间走一场，用不了多久，就挥发成水汽，回归到自然中。这也是纳兰的一生。

"寒月悲笳，万里西风瀚海沙。"雪花在天涯飘荡，看尽了冷月，听遍了胡笳，感觉到的，无非是西风遍吹黄沙的凄凉。这说的不是雪花，是纳兰自己。他因官职所累，多次来到边陲，见够了这里无限荒凉的风光。

塞上人烟稀少，物景荒凉，看得最多的，怕就是漫天翩跹的雪花了。

谁念西风独自凉

历史上，李白、王昌龄、杨炯、李昂等都喜欢从军诗，但基本都是豪放做派，诗里尽是刀光剑影。王昌龄的《从军行》八首，倒也写过边疆思怀，其一："烽火城西百尺楼，黄昏独坐海风秋。更吹羌笛关山月，无那金闺万里愁。"其二："琵琶起舞换新声，总是关山旧别情。撩乱边愁听不尽，高高秋月照长城。"

他把边塞军旅生活的画面截取下来，写出战士除了奋勇作战，也有隐藏的另一面。饮酒作乐的时候，独坐黄昏的时候，其实心里是温柔而凄迷的。万水千山总关情，是因为心里有放不下的地方和人。

纳兰生活的时代，与王昌龄相比已经算是太平盛世，他没有经历过大的战乱，所以词里，没有王昌龄那种惊心动魄、事关生死的情怀。纳兰笔下，是淡淡的一种情绪、一片乡愁。

随君扈从，给了他一个机会，离开京都，跳出情爱的小圈子，从新的视角观察世界。如果纳兰只是一介文人而无侍卫身份，今天，我们就看不到这些清新的边塞词了。世人说纳兰，多从情爱入手，叹他哀绝顽艳，却一再忽略他的边塞词里也有一腔感人至深的情谊。他把唐人的高旷雄浑与自己的深婉多情糅合在一起，有时代之感，也有身世之慨，天衣无缝。

文人心思，武官职位，这才是完整的纳兰性德，只此一家，别无分店。这样一个心思透彻的人，在塞外风雪中思乡心切，记忆里的故园之象纷呈而来，但美梦醒来终是梦。

一个渴望安稳生活的人，却不得不一次次地行走在路上，受颠簸之苦，偏偏人在羁旅上更容易感怀。于是，他就在各地各处书写自己的落寞和愁绪。

边关的那一场大雪,是落到了他的心里,一片凉意随之泛滥而生。雪花不是人间富贵之花,但却拥有难得的自由;而他,更多的却是身不由己。

他身处人间富贵,背着众多枷锁踽踽而行,心却在世俗之外飘然若仙,轻装上阵。

花月不曾闲，莫放相思醒

散帙坐凝尘，吹气幽兰并。茶名龙凤团，香字鸳鸯饼。

玉局类弹棋，颠倒双栖影。花月不曾闲，莫放相思醒。

——《生查子》

单从家世和才能上来看，纳兰算是顶着万千宠爱出生的人，仿佛人生没有任何瑕疵，叫人生羡。但是，可能正如多数人所说，上天总是公平的吧，给你一些东西的时候，就会收走你的另一些东西。他的几段情事，无一圆满。

纳兰的一生为情所累，也因情，而千古留名。

《生查子》是一个特殊的词牌，通篇到尾都是五字一句，读起来倒像是一首五言律诗。它本是唐教坊曲名，又叫做《楚云深》，后来用作词牌。先来看欧阳修那一首脍炙人口的《生查子》：

去年元夜时，花市灯如昼，月上柳梢头，人约黄昏后。

今年元夜时，月与灯依旧。不见去年人，泪满春衫袖。

这首词的上下两阕，落差之大，很有点"人面不知何处去"的味道。同样的月上柳梢头，同样的花市灯如昼，只是去年的那个人，已经走失在时光深处。

纳兰的这一首《生查子》，从意境上来讲，还处于欧阳修上阕的那种状态，还是好时光。整个词里，就是贵族之家绮艳优渥的生活场景：读书的时候，四周积聚了些许微尘，身边有爱妻陪伴。

吹气幽兰，是"并"，茶的名字，唤作"龙凤团"，焚烧的香料，又叫"鸳鸯饼"，这首词，就像是一封表达爱意的情书一般，字里行间都充满了浓情蜜意。仔细想一下，也许，那时那日，是纳兰为了博得妻子的笑颜，而精心设置的场景，邀请她同他，把那恩爱叙尽。

他和她，兴之所至，共坐对弈，情到深处，眼中看到的是缠绵缱绻，就连棋盘上的影子也成双。如此这般花好月圆，人也团圆，好不惬意。

正是多情少年时，此时的纳兰，还没有遇到后来的那些崎岖。若生活能够保持最初的面貌该有多好，一直停留在人生初见的时光里。只是，这样的心思，多半是在徒增变故之后才有，才开始一遍一遍悲哀吟唱。

"花月不曾闲，莫放相思醒"，是纳兰的敏感在作祟，患得患失，生怕幸福的日子，就像一个梦，总有一天会醒过来，在不经意之间就破碎。他的担忧，并不是全无因由。他知道身在富贵之家，有太多的身不由己，所以哪怕在感到幸福的时候，也会转念就想到，这种日子会否很快就结束？

彼时的纳兰，恐怕也没有想到，幸福时光的终结真会来得那么快。

他和卢氏虽是包办婚姻，但纳兰的婚后生活，却是难得的美满。这对少年夫妻无限恩爱，就如这首词里所说的，充满神怡心醉的燕尔之悦。纳兰为夫人画像填词，两人读书对弈，琴瑟和鸣，其乐融融。

能遇到一位精神伴侣，是一生最难得的事。纳兰和卢氏，在世俗的眼光中，是几近完美的一对。家世背景上，他们没有司马相如和卓文君那样的天壤之隔；家庭压力上，他们也没有陆游和唐婉那样的家长反对，可是，看似得天独厚的一对宠儿，却也逃不过命运的追捕，生死两相隔。

就算拥有全天下的财富和爱，也改变不了生老病死的宿命之苦。于是纳兰和卢氏，也成为命运手中的棋子。

数年以后，她芳姿不再，而他站在满地繁华里唱一首佶屈聱牙的歌，无人能懂他的孤单。

卢氏的去世，彻底打碎了纳兰的生活，这个多情种，把卢氏病逝的责任归到自己身上，长期处于无法自拔的自责中，陷入难以解脱的痛苦。也正是因此，他的词风大转，写下了无数叫人肝肠寸断、万古伤怀的悼亡之词。

下面这首《生查子》，写于卢氏去世之后，和之前的那首完全是天上人间的差别：

　　惆怅彩云飞，碧落知何许。不见合欢花，空倚相思树。
　　总是别时情，那待分明语。判得最长宵，数尽厌厌雨。

彩云飞逝，一如一去不返的美好光阴，已经不知道去往何处，就像天人相隔的爱人，让人徒然惆怅。两个人的甜蜜，终于变成一个人的悼念。

合欢花，又叫绒花树，一树浅红色的花，白天对开，晚上闭合，衬着翠绿的枝叶看过去，如梦似幻，清香袭人。合欢，有一个凄美的传说。据说，它原本的名字叫做苦情树，也不开花。有一个秀才寒窗苦读十余年，一朝赴京赶考，妻子粉扇指着苦情树说，夫君一去，必能高中，只是京城乱花渐欲迷人眼，切莫忘了归家路！

秀才应诺而去，却从此杳无音讯。女子等了一生，青丝变白发，也没等来丈夫身影。弥留之际，她拖着病体来到苦情树下，用生命发誓：如果他变心，从此以往，让苦情树开花。夫为叶，我为花；花不落，叶不老；一生不通信，世世夜合欢！

第二年，苦情树果然开出了粉色的扇形绒花，而叶子，也随着绒花的开谢来晨展暮合。

相思树的背后，则是另一个故事。《搜神记》里说，战国时候宋康王的舍人韩凭，有一位貌美的妻子何氏，奈何康王觊觎美色夺之，还把韩凭囚禁了起来。这对被拆散的夫妻，相继自戕而死，留下遗言，希望能够葬在一起。可是盛怒的康王自然不肯成全，特意命人将两人各自下葬，两坟相望。不久之后，二冢之端各生一株树木，屈体相就，根交于下，枝错于上，取名为相思树。

合欢花也好，相思树也罢，纳兰是在这些故事里，为自己的心碎寻找慰藉。合欢，在他的眼里和心里，都是甜蜜爱情的回忆，直到临死之前，他仍在念念不忘那琴瑟和鸣的美好生活。

他住的庭院里，的确植有合欢树，只是卢氏死后，合欢花就只开在心里和梦里了。只有相思树似乎用了他无限的追忆和怀念做养料，枝叶疯长。

"总是别时情，那得分明语"，失去她时候的情景，历历在目，言犹在耳，只是伊人不再。纳兰的一生，都在无休止地惦念着卢氏，她在他的心里安营扎寨，占地为王，从来不曾离开。

能用短短的三年时间，占据了纳兰一生的思念，若她在天之灵得知，也许也会感激他多情，亦怪他多情。

他活在记忆里，用"花月不曾闲"的美好时光狠狠地虐待自己，眼前的寂寞更寂寞，忧伤无以缓解。"判得最长宵，数尽厌厌雨"，相思的人，甘愿在空荡荡的夜里辗转反侧，彻夜难眠，将孤独凄冷的苦，尝了一夜又一夜。

点燃一盏灯，回忆情分的温存，再轻关上门掩去夜色深沉。陷入相思时，心有感怀时，他执笔研墨，再写一首《生查子》，且把这些情，散得漫天都是。闭上眼睛去回想，曾经的春暖花开里，龙凤团，鸳鸯饼，二人对弈的欢好时光。

还记得那时他眷恋着她，并为着她，莞尔笑，缠绵歌。不管世事如何变迁，他的心思都从来没变。

可耐暮寒长倚竹，便教春好不开门

欲问江梅瘦几分，只看愁损翠罗裙，麝篝衾冷惜余熏。

可耐暮寒长倚竹，便教春好不开门。枇杷花底校书人。

——《浣溪沙》

纳兰总是能从繁华里看到凋敝，心里带着一丝寂静的凉，外界的喧闹无论如何强大，都无法侵入。

《浣溪沙》这三个字叫人想起若耶河畔的浣纱女西施。实际上，这首词牌也正是由西施的故事得来，最开始是唐教坊曲名，后来被众多文人墨客青睐，以此作词。

苏轼就喜欢这个词牌，有一次，他词兴大发，信手把张志和《渔歌子》给"山寨"成了《浣溪沙》。《渔歌子》如下：

谁念西风独自凉

西塞山前白鹭飞,桃花流水鳜鱼肥。

青箬笠,绿蓑衣,斜风细雨不须归。

苏轼曾经赞这首词"语极清新",但可惜不符合曲度,不适合传唱,成不了流行歌曲,于是,"加其语以《浣溪沙》歌之":

西塞山边白鹭飞,散花洲外片帆微,桃花流水鳜鱼肥。

自庇一身青箬笠,相随到处绿蓑衣,斜风细雨不须归。

苏轼也算妙笔生花,寥寥改动几处,意思还是那个意思,意蕴上,却贴上了苏门标签。"自庇一身青箬笠,相随到处绿蓑衣",这一句,最能展现出苏轼向往渔农生活的心境,有一分独有的洒脱和乐天,多了一分欣喜欢然。

纳兰的词平实如话,但因为情真意切,总是能够直抵人心最柔软的角落。有一些难以言传的情绪,在他的笔下淋漓地表现出来,叫人叹服。纳兰的词,是用来细细地追究的,字字句句都有他独特的味道,就像一杯老酒,越是品味越是香醇,那股香气,绕梁三日都散不尽。

这一首《浣溪沙》,就是需要细细去品。"欲问江梅瘦几分,只看愁损翠罗裙",以"花瘦"来写"人瘦",几乎成了一个传统,其中最得力的一位就是李清照,"莫道不销魂,帘卷西风,人比黄花瘦"(《醉花阴》),"露浓花瘦,薄汗轻衣透"(《点绛唇》),"知否,知否,应是绿肥红瘦"(《如梦令》)。

大多数此类诗词,都是以花来衬托人;而纳兰,有点反弹琵琶的味道,他把花放在了前头:要想知道江边的梅花瘦消了几分,去看看伊人翠罗裙中愈发纤细的腰肢便能知晓了。好似更关心的是花而非人。此时正是初春,乍暖还寒的时候,寂寞空庭,香残衾冷,如何不叫人憔悴呢?

纳兰的词很有"味道",因为他总是花很多笔墨在写花香,写博山炉、沉香屑,写鸳鸯盘香,这次是麝篝,一种燃烧麝香的熏笼。可以看出,纳兰是个讲究情调的人。

纳兰也算是个另类,长在官场之中,也能成为一个至情至性的人,或许他的慧根原不在做官上,所以我们所知道的纳兰性德,并不是顶戴花翎的铜臭官人,而是麝香醇厚的绝代词人。

作为世代为官的士人,纳兰入世极深,但他向往的却不是朝堂和富贵,而是温馨自在的生活。在康熙身边多年,他看尽了清廷里的党派之争和政治倾轧。想做的事不能做,不想做的事却必须天天做,在喧嚣的朝廷中,他像一只被囚禁的鸟。

他一直对这样的生活不敢苟同。侯门大院,红门高墙,对他来说其实就是一个禁锢了自由的牢笼,把人锁在里面,徒然耗蚀青春年华。

"可耐暮寒长倚竹,便教春好不开门",这一句,大概就是纳兰身在官场的自身写照:即使门外有再好的春光,我也提不起开门赏玩的兴致,倒不如一个人独自倚靠在竹林之畔,感受春天傍晚的微寒。

不开门,是纳兰对权贵的态度。外面是尔虞我诈,蝇营狗苟,

【可耐暮寒长倚竹,便教春好不开门】

是纳兰不喜欢的世界。他把自己关进门里,关进诗文的天地里,即使孤单,但干净纯粹。他有一颗澄澈明亮的心,从不染尘埃。

当然,还是会有"凌寒独自开"的寂寞。"枇杷花底校书人",末句看起来似乎有些突兀,其实大有含义。唐朝诗人王建曾有作一首《寄蜀中薛涛校书》:"万里桥边女校书,枇杷花里闭门居。扫眉才子知多少,管领春风总不如。"

纳兰的"校书人",王建的"女校书",其实都是指唐代的女诗人薛涛。

现在,在博客空间写个无病呻吟的日志,都会被冠以"才女"称号;而古代,这两个字却很是难得。"女子无才便是德"的古训,贯穿了几千年。女子,似乎就应该对镜贴花黄,修炼三从四德,舞文弄墨的事,轮不到她们插手。偶尔出几个女才子,也都命途多舛,薛涛也不例外。

薛涛的悲剧,早在出生前就开始了。她的父亲薛勋,原本在京城为官,奈何恰恰遇到"安史之乱",唐明皇都带着杨贵妃逃了,更何况这些臣子。薛勋带着大腹便便的妻子一路逃亡蜀中,不久,妻子诞下一女,便是薛涛,取字洪度,寓意她是度过了惊涛骇浪的洪流之后降生的,希望她一生自此风平浪静。

薛涛自小聪明,八九岁就能作诗,只是薛勋早逝,她沦为乐籍,做了歌妓。薛涛多才多艺,与那时的许多知名诗人都有往来,名噪一时。不可否认,薛涛有才,但"才"这个东西,对女子来说可以是锦上添花,也可以是雪上加霜。古代的女子,美貌、才华、性情,任你再十全十美,也不过是为自己增添一份被观赏的筹码,少有人会真正地尊重和珍爱你。

当时的中书令韦皋,曾经欣赏薛涛的文气而准备提拔她为校书郎，却引起争议一片，只好作罢。但是，"女校书"的名号，却渐渐地流传开来。薛涛的家门口，种了几株枇杷树，人多以"枇杷花下"形容她的住处，后来，"枇杷巷"就成了妓馆之雅称。薛涛一生，就是被"才女"和"妓女"这两个称号所累，她几经沉浮，爱情上也屡遭打击，还曾同著名花心文人元稹有过一段情，无疾而终。

虽然有不同的经历，但纳兰与薛涛，那种寂寞且身不由己的感觉是共通的。纳兰是喜欢这个女才子的，以一种同病相怜的心情。

纳兰这首词，似是写给沈宛。沈宛，是纳兰柳暗花明里遇到的另一位红颜知己。卢氏死后，爱情成为栖在他心头的睡美人，再无人可以唤醒。而沈宛，用她的才气和温柔，叩响了纳兰紧闭良久的心扉。二人虽然遇到很多磨难，枝分连理，聚少离多，但终归是互相慰藉，给过彼此温暖。

谁念西风独自凉

> 赌书消得泼茶香。当时只道是寻常
>
> 谁念西风独自凉，萧萧黄叶闭疏窗。沉思往事立残阳。
>
> 被酒莫惊春睡重，赌书消得泼茶香。当时只道是寻常。
>
> ——《浣溪沙》

一首好的词，是有"词眼"的，也就是画龙点睛的那一笔，是整首词的招牌。如果说那一首《木兰花令·拟古决绝词》的"词眼"是首句"人生若只如初见"，那这首《浣溪沙》的"词眼"，便是末句。

"当时只道是寻常"，可谓纳兰一生情痴的总结与概括。他之所以这样恋旧，这样孜孜不倦地追忆，正是因为一直在怀念着当时的寻常事。

得不到的永远在骚动，被偏爱的都有恃无恐，唯独一些寻常温暖，因为细微而显得乏善可陈，总是被忽略，从未被惦记。

人生里的不愉快多是由此，拥有的时候并不晓得贵重，从未去珍惜，心里想的念的，都是那些得不到与已失去的事。等到幡然醒悟，才发现为时已晚，此情可待成追忆，只是当时已惘然。

你有没有这样的经历，当你隔了许久，忽然想起一个人的时候，或者与许久不见的人叙旧的时候，总是在回忆那些寻常的小事。一起读书写字，手携手走过一条熟悉的街巷，他每天与你说晚安或者叫你起床，所有的嘘寒问暖，在那时看来无比寻常，可当这一切都沦为过眼云烟，你才知道，这也是回不去的珍贵过往。

我的一位好友，曾对我提起一件小事。她半夜容易口渴，每次推醒身边的爱人，他都去给她倒水、吹凉，再喂她喝下去。后来，爱情无疾而终，两个人还是分道扬镳。隔了许久，他身边有了新幸福，她还在流浪，有一夜又口渴难耐，一时鬼迷心窍，竟打了电话给他。

她说，我渴了。他在电话那端答，那我去给你倒水。说完二人各自失笑，可他不会知道，她忍住了哽咽，却忍不住滚滚而下的泪水。原来，更渴的不是口，是心，是对回不去的从前的渴望。

纳兰对妻子，也是如此。佳人已逝，只留下他一个人做了回忆的追随者。他从来没有将她忘却，生活的点点滴滴，拥有的时候那么轻；现在却突然变得沉重，层层叠叠地压下来，让他不堪重负。

他们曾共同经历过一段好时光，奈何总是短暂，想珍惜的时候，才明白原本触手可及的东西，都忽然变得遥不可及。想追，追不回，想念，念到锥心刺骨。

【赌书消得泼茶香。当时只道是寻常】

谁念西风独自凉

往事是一把刀,美丽,锋利,刀刀都砍到现实里,你的心已经血肉模糊。越是追忆,却越是愧疚,当时只道是寻常,竟不曾仔细地品尝,而今连余味都不留,空余心中一腔填补不了的缺憾。

流光过尽的他,已经有了沧桑模样。西风独自凉,他孤身一人站在萧萧寒秋里,看黄叶纷飞,如铺天盖地袭来的往事。小轩窗旁,再不见他与她斜靠共赏景光的身影,再不闻耳鬓厮磨的小情话。

上阕,多像画家笔下的一幅苍凉图卷,秋意袭人,背景寂寥,那个记忆深处的人,一直都在。只是往事里的旧人旧事,已经荡然无存。"沉思往事立残阳",平白的句子却有不平白的情谊,正是欲语还休的时候,再找不出华美的语言来诠释心中情谊了。

而这些看似简单的字句,用来追忆"只道是寻常"的当时,不正称意么?

人成各,今非昨,山盟虽在,锦书难托,他也只能独自面对着日薄西山,怕人寻问、咽泪装欢。沉思的人,表面是静态,内心却是汹涌的动态,这世上唯独回忆最能憔悴了人。

纳兰也曾自嘲自艾地说:"我是人间惆怅客,知君何事泪纵横。断肠声里忆平生。"(《浣溪沙·残雪凝辉冷画屏》)他是惆怅客,又是断肠人,一生哀愁,往事饱满,现实却干涸。

情路苦,官路愁,人生之路走得颤颤巍巍,纳兰看似惹人羡慕的一生,其实却有那么多的无可奈何。断肠声里一次又一次地忆平生,也唤不醒尘封在岁月里的往时人事,失去的永远不再得。

若早知如此,我定在仍能触碰到你的时候,多珍惜你一些。不要频繁地出巡扈从,不要庸碌的官场应酬,只陪着你,二人执手相看，将好日子放缓，缓慢一些，再缓慢一些。

纳兰与卢氏，在年少的岁月里遇到的时候，彼此是那么惊喜。古时候的规矩，也许成婚的那天，方才是他们的初次见面，各自怀着一半希望，一半忐忑。洞房花烛的一刻，他揭开她的红盖头，再和她说说话，两两庆幸，竟真是投缘的一双人。

赌书泼茶，是用了李清照的典故。李清照生命前期的生活，可以说是幸福而圆满的。与丈夫赵明诚恩爱有加，难得的是，两人志趣相投，一起收藏品析古玩字画，一起勘定考校，婚后的生活十分惬意。那时候，他们经常玩一个文人之间的游戏，煮一壶好茶对坐，轮流由一人说出一句诗文，由对方凭借记忆来说出是哪本书、哪一卷、哪一页、哪一行，如果答错，便饮一杯茶。李清照的记忆力特别强，也或许是因为赵明诚的有意退让，她赢得多，他不得不甘拜下风。

李清照将这一段生活趣事，记录在二人合作的《金石录后续》中，成为一段佳话。只是，佳话没有唱到尾，由于党派之争和战乱灾祸，李清照和赵明诚这对鸳鸯也被活活拆散，饱受相思苦。

再后来，赵明诚病死，留李清照一人伶仃，孤寂的时候选错了人，再嫁张汝洲。奈何张汝洲不过是个觊觎她钱财和古玩的登徒子，发现她并无万贯家财之后，就开始了家庭暴力。对向来与人斗文的才女来说，暴力简直就是一种侮辱，于是她便状告丈夫，还因此入狱。所幸的是，九天之后便被释放，这段婚姻也走到了终点。晚年的李清照，被国破家亡的环境所困扰，贫苦忧苦，流徙漂泊，再回想起那段年少夫妻好时光，只觉得恍若隔世。

"被酒莫惊春睡重,赌书消得泼茶香",这些都是纳兰回忆起来的"寻常",与卢氏的从前。那时尚不知愁滋味,跟知心的她把酒言欢,煮茶赌书。他在微醺的时候仔细打量着她的眉眼,情意在不知不觉中落地生根,发出芽,再开出花来,簇拥成锦绣花团。

陆游在《钗头凤》里,回忆起夫妻生活的甜蜜,说,"红酥手,黄滕酒,满城春色宫墙柳",亦是对前妻唐婉的念念不忘。与纳兰与卢氏的死别不同,陆游与唐婉是生离,明明是一对璧人,却硬生生被世俗戒律分开,同样没有回旋的余地。

于是那些再寻常不过的甜蜜,也已经成为明日黄花。在情爱的世界里,从来没有身份之别,所有沉浸其中的人,九五至尊也好,街井小民也罢,都是一样。唐明皇高高在上,也曾为了杨贵妃的口舌之欲,一骑红尘千里送荔枝,酿成著名的甜蜜,到终了,还是马嵬坡之变生离死别。寻常或者不寻常的往事,也不过是零落成泥。

爱情初来乍到时,如惊鸿一瞥,叫人惊艳;而后进入婚后生活,在人间烟火里安稳一生,是纳兰的渴求。可是,这样看似寻常的希望,却也只是一场虚妄,从来没有实现。

当时只道是寻常,怎会想到,当时光渐度之后,却变得那么非比寻常。时光苍老了容颜,苍老了心,却能够叫人把过去看得更加清楚。

置身其中的时候,人反而容易迷失了自己,看不清本来的面目。当岁月步步推移,将你推离一段旧时光,再回过头来凝望,你会看到一个真实的你和你真正的心意。但这个时候,对过去而言,你只是一个旁观者了,再无参与的机会,所有你错过的,弥补不得;所有你失去的,挽回不得;所有你未珍惜的,都已经离你而去了。

这是时光的残忍，但也正因为它的不可逆，才让旧日子显得弥足珍贵，让那么多人哭泣地追悔。

诗词中的意境，每个人的内心都有独特的理解，正如那两句诗云："横看成岭侧成峰，远近高低各不同。""当时只道是寻常"，不同的人能读出不同的韵味，但贯穿其中的种种遗憾，是可以共通的。

转念一想，生活中其实也有许多的事，经历着的时候以为惊心动魄、荡气回肠，而时过境迁之后再回想起来，会发觉，当时只道是寻常。就好比一场突如其来的艳遇，惊艳了时光，似乎给了你许多激情燃烧的岁月，但总有一天你会明白，只有朴实无华、细水长流的爱情，才最珍贵，最值得人惦念。

寻常不寻常，总是要在时间的砥砺下方能见胜负分晓。

谁念西风独自凉

> 别后心期和梦杳，年来憔悴与愁并
>
> 五字诗中目乍成，尽教残福折书生。手授裙带那时情。
>
> 别后心期和梦杳，年来憔悴与愁并。夕阳依旧小窗明。
>
> ——《浣溪沙》

这首《浣溪沙》里提到因诗结缘，自然会让人想到才女沈宛。纳兰与沈宛，因为在诗词上的情投意合而走到了一起，也算佳缘。虽然后来生出许多曲折，这一段故事，还是叫不少人迷恋心碎。

若说卢氏是纳兰的曾经沧海，那么沈宛，就是他一次小小的峰回路转。卢氏之死，对纳兰的打击是持续而绵长的，他几乎把余下的一生都用来追忆了。这对沈宛来说，似乎有些不公。

刻骨铭心，纳兰已经有过了，一生一次足矣；而沈宛对他来说，只是另一段慰藉。他年少时候痴狂的感情，随着佳人的离世、几年时光的打磨而所剩无几了，能留给她的，少之又少。

谁叫遇见的时候，他已经是千帆过尽的姿态，匆匆地路过了她的生命，像流星一样转瞬即逝。纳兰死后，徐乾学为其写墓志铭，只说纳兰娶卢氏，续娶官氏，也未提及沈宛——她只是他纳入仅一年的妾侍而已。

他生前，她在他的心门外打转；他死后，她也未能在他的墓碑留下名字，为这段感情，平添了一种凄美感。纳兰的心已经缺成一个无底洞，她对他的付出与给予，就好比一碗水倒进一个湖，有它没它，谁又分得清楚？

所有浮生面孔，都因爱而隆重。我们并没有理由怪纳兰什么，毕竟感情的事，同样无人说得清楚。

"五字诗中目乍成，尽教残福折书生"，纳兰对用词的讲究，都体现在细节里。两情相悦，感情应该是长久的事，而一个"乍"字，似乎带着一股惊喜。有时候，感情就好比电光火石里的奇迹，迸发于一瞬，突如其来地到来了，叫人措手不及。

"目成"的时候，是美好而值得铭记的。许久之后，当我们回忆起一人的时候，中间的许多过程，极有可能被忽略或者忘记，唯有最初的那一刻，景象历历在目——两个人，通过眉梢眼角，互相表明心里情谊，结为亲好。想来，纷纷扰扰的尘世，熙熙攘攘的人群，我独与你目成，纵是日后未能偕老，今日的邂逅也已是难得。

纳兰说，人生若只如初见，也有一层含义，是因为初见，总是给人留下最深印象。情动的最初，也总是纯粹而认真的，只是，每一段感情都会遇到各自的曲折，前方像隔了无数的沟壑，有的能度

【别后心期和梦杳，年来憔悴与愁许】

过去，有的不能，如是而已。

目成之后，却是残福。福分总是那么薄弱，支撑不起感情的重量。也许纳兰对沈宛，不能说是没有悸动，只是因为感情上的旧伤痕，心儿不再那么雀跃了。不知为何，降临到他身上的总是短暂的幸福，与卢氏的三年婚姻是，与沈宛也是。如果，只是说如果，再给他们一些时间，这一对同样爱文如痴的男女，兴许就可以战胜记忆和现实，彼此拥有想要的幸福也说不定。

"手挼裙带那时情"，因为爱情到来而紧张到不停地揉搓衣带的人，是他，还是她？那时候的场景，一直历历在目。眉眼乍成，空气里都是新鲜的味道，一男一女，在不知不觉中结下了缘分，并为此心喜中带着心焦，手足无措，六神无主，不知如何是好。当爱情来敲门的时候，任谁都会忽然失了章法吧，每一场情动都像情窦初开。

此情此景，的确是值得铭记一生。纳兰与沈宛，论才情可以说是极为登对的一双璧人。那时候，纳兰的词名远扬，而江南女子沈宛，也并非无名之辈。她是汉人，他又有许多结交的汉人才子，兴许，他们就是通过文人之间的口传，听说了彼此的名字，互相起了倾慕之情吧。

看上阕，感觉二人似乎是在某次文人之间的吟诗填词活动中正式认识，从此有了交集，成就了一段略微伤感的佳话。沈宛的《选梦词》，的确可圈可点，亦同是悲婉风格，文字里似乎和了泪一般。怀了这样心思的她，该是能够读懂纳兰眉头心头的那些愁。只是，纳兰的一整颗心，似乎都给了卢氏。卢氏"素未工诗"，却赢得了纳兰全部的心；而迟来的沈宛，也只能对着纳兰心里卢氏一直未走远的背景，徒然兴叹。

纳兰与沈宛的感情,并不顺利,短短的时间里却遇到不少的阻挠。明珠就第一个反对纳兰与这个汉人的女子交好,何况又是个女才子。女子无才就是德的时代里,一个喜欢舞文弄墨的姑娘,多少会让顽固的正统人士觉得不安分、不务正业。

沈宛入纳兰家的门,很费了一番功夫。可能正因为这其中的曲折艰难,也有不少后来人推断她是妓女。历史上,青楼里的确出来不少才貌双全的传奇名女子,不过,也没有确凿的证据把沈宛归入此列。

距纳兰故去,也不过三百余年,许多事实却依然被湮没,再无人知道真相如何。

沈宛的汉人身份,却是可以肯定的,他们两个人,经历过一段时间的离合,好不容易她有了卑微的名分,却还是不招人待见。后来,沈宛回了江南,纳兰又事务繁忙,相见的时间很是有限。

"别后心期和梦杳,年来憔悴与愁并",眉目中情谊萌生的那一刻,似乎还近在眼前,可不过转眼间,他和她就天各一方。一别后,不晓得何时才可以团聚,欢期远到看不到,就连梦里,都未必是相见。这样的日子,怎不叫人思念而生忧,衣带渐宽,为伊人憔悴。

夕阳里凭窗眺望,伊人何时归来?那些欢好的时光,都已经随着岁月里的坎坷,渐行渐远了。

沈宛曾有一首《菩萨蛮·忆旧》,写得温婉悲戚,虽并不知填词因由,拿来回纳兰的《浣溪沙》,倒也合适:

雁书蝶梦皆成杳,月户云窗人悄悄。记得画楼东,归聪系月中。

　　醒来灯未灭，心事和谁说。只有旧罗裳，偷沾泪两行。

　　纳兰说心期梦杳，沈宛作蝶梦成杳，一对有情人，似乎都对这段感情并未抱有多大的期冀了，从一开始，敏感的他们就预测到了没有未来路。纳兰梦里凭窗眺望的时候，沈宛也曾推窗望月，回忆起从前也有过的好时光，虽然短暂，也是曾经拥有过。

　　遇见爱，总把才子佳人折磨成凄怨模样。她在一派愁绪中，不知不觉地睡过去，梦也不回他身边，再突然醒来，发现灯光仍在摇曳，深夜尚未过去，那满腹的情绪更无人言说。唯独眼泪坠下，湿了那时旧衣裳。

　　纳兰和沈宛的故事，的确叫人扼腕。他对卢氏的深情无可厚非，但总觉得，这个以深情自居、以深情传世的男人，毕竟亏欠了沈宛。

　　是他，对沈宛用情不及卢氏，却还是把她带到了自己身边。沈宛不在意纳兰身边有妻，心里也住了一位卢氏，甘心做妾，他却并没有给她妥善的照顾，让她明明有了爱人，但仍流离失所。而后来，纳兰又走得太仓促，以至于这段感情还没来得及怒放，就匆匆地枯萎了。沈宛途经了他的世界，也终于，恢复到伶仃一人。

　　关于沈宛的事，大多数已经无迹可考。她这样的女子，在纳兰的生命里像是一处美丽的点缀。不管三百余年前的纳兰，是否真正将沈宛放进心里，而今，每每提起纳兰的情事，都会情不自禁地想起这位昙花一现的才女，一直站在纳兰身后的灯火阑珊处。她的才气，她的可惜，都成为一曲哀婉的绝唱。

男女情事，从来没有绝对的平等，有一些人，在另一些人的故事里，永远是可有可无的配角。戏开场，每一个配角都努力投入，珍惜一分一秒出场的机会，但那人却未必看得见。

有些人，因为寂寞才爱上另一个人，也有些人，因为爱上了另一个人，从此寂寞了一生。寂寞就好比一把温柔的刀，一日一日，反复切割着容颜，却剜不出刻进血肉骨骼里的记忆。一生必须有一次，一次就好，甘心情愿为一个人忘记自己，毕竟缘分可贵难得，能够遇见，已经是一件不可思议的事了。

人生若只如初见，人生若只记得初见，反复地念，那时候，"五字诗中目乍成"，他望向她，澄澈的眸，晴朗的眉，仿佛云破日出里的第一道光束，让她无处藏身，低到尘埃的心事，忽然开出花来。

只是缘分是那薄薄的春幡，经不起现实的一握揉皱，等岁月冷却了最初的温度，叹息在舌尖心头萦绕的时候，那曾经熟读成诵的容颜，也再寻不见。一生一世一双人，誓约说起来如此轻松，却是望眼欲穿也难以抵达的虚妄。

而心头的那个人，记，也是苦；忘，也是苦。

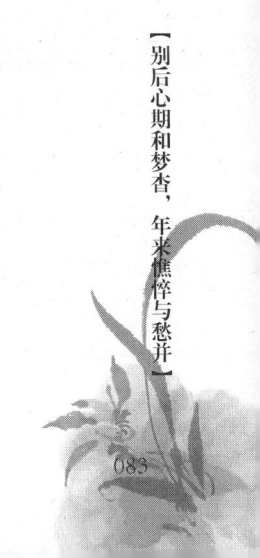

谁念西风独自凉

> 但是有情皆满愿，更从何处著思量

抛却无端恨转长，慈云稽首返生香。妙莲花说试推详。

但是有情皆满愿，更从何处着思量。篆烟残烛并回肠。

——《浣溪沙》

纳兰的心，仿佛是琉璃做的，看上去美丽透彻，却是易碎品，经不起打击。他的心似乎一直在碎着。

生性寂寞，再加上与妻死别之痛，与友生离之怨，壮志难酬之苦，扈从漂泊之累，种种般般，随着时光的流转，都让纳兰心里的郁结越来越深。

他一首一首的词里，凄婉之气扑面而来。有人曾经统计过，在纳兰尚存的三百余首词里，"愁"字出现九十次，"泪"字出现六十五次,"恨"字出现三十九次,而"惆怅""断肠""憔悴"等词也比比皆是。

当一个人的某种欲望得不到满足、某种情绪得不到疏解的时候,往往会祈求于神明,祈助佛道。纳兰的这首《浣溪沙》,就是在写自己心路历程的同时,也寻找一种解脱,希望通过佛法,求得心态的平和。

至于有无效果,恐怕只有他一个人知道了。

"抛却无端恨转长",他想抛却无端而生的烦恼,没想到,忧愁却变本加厉地更加悠长,唯有前往慈云寺祈祝归来之后,才觉得稍微缓解,香气四射,神清气爽。那些浓到化不开的愁绪,似乎已经慢慢地获得了稀释,心里不再愁云惨淡。

莲花,借指佛门妙法,纳兰试着去推究那些让人暂时放下了烦恼的佛门要义,试着净化自己的心灵。纳兰的人生是个解不开的团,他在情渊孽海里挣扎,但始终保持参悟宁静的追求,执着而坚韧。

"但是有情皆满愿,更从何处著思量。篆烟残烛并回肠",这句话蕴含太多意味。人们总是虔诚地许下各种愿望,可倘若所有的愿望都能实现,人生就再没有什么值得思量的地方。这是一种设想的可能,他没有明确地表明自己的态度,但字里行间,应该能感觉出,他并不喜欢那种感觉。若所有的愿望都圆满,怕会心里空落落,怅然若失,人生变得乏味不堪。

对一个文人来说,最重要的便是心中有所感念,才能写出动人的篇章。纳兰的心里,的确像篆香一样迂回周折,但这些集聚在心里的众多情绪,却正是他词的灵魂。如果缺失,《饮水词》也就没

【但是有情皆满愿,更从何处著思量】

085

有了精髓。

有时候，缺陷和遗憾，更是一种耐人寻味的美。人生正是因为那些无法补足的不圆满，才更显得弥足珍贵。"当时只道是寻常"，是悔恨的美；"情知此后来无计"，是无奈的美，都叫人心痛到扼腕。有一种美，叫做凄美，是比圆满更容易叫人动容的美丽，就如纳兰的一生。

纳兰对寺院，似乎有一种说不清的感情，来看他的一首《浣溪沙·大觉寺》：

燕垒空梁画壁寒，诸天花雨散幽关。篆香清梵有无间。

蛱蝶乍从帘影度，樱桃半是鸟衔残。此时相对一忘言。

大觉寺，创始于辽代，是北京城的"八大寺院"之一。纳兰当时所见的大觉寺，是明代时候的规制。它最初名为"清水院"，后来改为"灵泉寺"，明宣德年间重修，方才称作"大觉寺"。一直到今日，大觉寺的许多地方还保持着明代的木结构。

这首词，是纳兰的记游之作，像为这座寺院描了一幅画。空梁、画壁，这些都是大觉寺里的景观。大觉寺院落空阔，殿堂高大，而草木丛生，其中以银杏和玉兰最多。大殿之中，迄今还保留着精美的壁画和悬塑。

沿着纳兰的词，也沿着设想中的那条幽深古道，我们走进大觉寺，首先映入眼帘的是"燕垒空梁画壁寒，诸天花雨散幽关"，明朝修葺过的殿堂,到了清代大概是有些陈旧了,燕子在空梁上垒了窝,而壁画因为残破而显得清寒。"诸天",是佛教里的众护法天神,"花雨",并非说落花缤纷如雨,而是佛教里的专门词汇,形容诸天为赞叹佛说法的公德,散花如雨,后来用以赞扬高僧诵扬佛法。

词的首句,是从视觉角度来写大觉寺,接下来,换了听觉和嗅觉,"篆香清梵有无间",淡淡的佛香和清幽的诵经声,隐隐约约,似有若无,吸引着人继续往前走。

从大殿出来,步入后院,看到的另有一番景象,"蛱蝶乍从帘影度,樱桃半是鸟衔残",蝴蝶骤然从帘影中飞出来,蹁跹若舞,树上殷红的樱桃被鸟雀啄烂,这是一幅生动有趣的图景。纳兰行走在大觉寺里,能够静下心来观赏这些平日里被忽略的生趣,顿生一股梵天幽静之感,连心里都寂静了下来,变得空明,往日里的抑郁情怀迎刃而解,渐渐平息了下来。所以才会,"此时相对一忘言",无法用语言来表达自己的感受。

大觉寺建在山上,风景独好,古塔龙潭,木质廊檐,纳兰在这样幽静的环境里独立、遣怀的同时,也是徒增感伤。作此词之时,他丧妻两年,卢氏就像他笔下忽然飞出的那一只蝴蝶,在他的世界里惊鸿一瞥,就迅速地又消失在花丛里,寻不到踪迹。

她离去后,他的心就像那一树的樱桃,被鸟雀啄到残缺,流出红液,美得叫人心碎。

佛教里,人生有八苦,生、老、病、死、爱别离、怨憎会、求不得、五阴炽盛。纳兰的一生,可以说是把八般苦楚都尝遍,比如"人说病宜随月减,恹恹却与春同"(《临江仙》),说的是病之苦;"百感都随流水去,一身还被浮名束"(《满江红》),道出

【但是有情皆满愿,更从何处著思量】

求不得之苦;"人生若只如初见,何事秋风悲画扇"(《木兰花令·拟古决绝词》),是怨憎会之苦;"一生一代一双人,争教两处销魂"(《画堂春》),是爱别离之苦……

这多般的苦难,都集于纳兰一身。他行走于佛院,翻阅佛经,听梵音诵读,其实都是在寻找抚慰心灵创痛的药,所以,不自觉流露出一些向佛的情愫。

康熙十五年的时候,纳兰风华正茂;事业上,殿试二甲第七名;生活上,与卢氏恩爱有加,正是年轻好时候,曾把自己的词作编成《侧帽集》。

"侧帽"这个典故,最早出于《北史·独孤信传》。据说他是个美男子,所以引起"东施效颦"效应,成为众多人争相模仿的对象。有一天,他出城打猎,回来的时候天色已晚,为了在宵禁之前赶回家,他策马奔腾,速度太快,帽子被吹歪了也来不及扶。不明就里的路人们看了这一新造型,大感惊艳,觉得潇洒极了。于是第二天,满城都是侧帽而行的男人。

侧帽,有一股风流自赏、洒脱不羁的味道。晏殊在《清平乐》里道:"侧帽风前花满路,冶叶倡条情绪",便是在回忆从前的意气风发、风流时光。

年少的纳兰,并没有预料到之后会有百般凄苦,直到他被钦点为御前侍卫,开始了扈从生涯,才发觉,人生的路线并不是掌握在自己手里。他说:"倚柳题笺,当花侧帽,赏心应比驱驰好。错教双鬓受东风,看吹绿影成丝早"(《踏莎行》),不遮不挡地诉说对侍卫生活的厌倦。

赏花题柳、风流自赏,闲适随心的生活永远好过马不停蹄地奔波。从驾驱驰的生活让他劳碌，身心俱疲。世人向往的金殿玉阶，在他眼里却一目苍凉，落满寒鸦，生了春草。

他的愿望，只是悠闲地登楼赏月，而不是沾染这世间肮脏的锱尘，让自己的心日益苍老。

纳兰的心渐渐在变，从年轻，到苍老，那几年发生太多事。不断的扈从让他疲惫，而卢氏的病逝更是致命打击。康熙十七年，他在顾贞观的协助下，把自己的词作重新整理，更名为《饮水词》。从侧帽到饮水，其中的处世之叹叫人感慨。

他生于相门宰府，长于钟鸣鼎食、绮罗香泽，却自认为"别有根芽，不是人间富贵花"，寂寞地发问："就中冷暖和谁道？"冷暖自知，是颇有一些佛学意味的。世事变迁，心境也随之变化，他已经不再是当初那个鲜衣怒马的白衣少年，虽然容颜还未算老，身躯里却裹着一颗千疮百孔的心。

他的心如藕节一般，表面看去光洁圆润，内里却是百窍千丝。纳兰时常研读经书，去寺庙里参加佛事活动，即便是随驾扈从、出巡边塞，遇到寺庙佛院，哪怕是萧条冷清，他也仍旧要瞻仰投宿，焚香膜拜，一是对佛学的敬重，二是，也希望能够寻到心灵的寄托。

只是，他终归未能从情孽中解脱出来，情丝难断，尘缘不了，即使是出塞夜宿寺院，也梦见与情人幽会场景：

客夜怎生过？梦相伴、绮窗吟和。薄嗔伴笑道，若不是恁凄凉、肯来么？

来去苦匆匆，准拟待、晓钟敲破。乍偎人、一闪灯花堕，却对着琉璃火。

【但是有情皆满愿，更从何处著思量】

——《寻芳草·萧寺记梦》

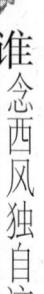

  梦中的妻子还在耳边娇嗔厮磨,只可惜来去匆匆,梦被佛院钟声打碎。东方须臾高知之,终了,还是只剩他一人空对这琉璃灯,看灯花坠落,黯然成伤。

  在轻倩的格调之后,在旖旎的温馨之后,隐藏着惨淡的变弦。这便是纳兰的词,不染铅华,内里是一腔最本真的情意。

瞬息浮生，薄命如斯

瞬息浮生，薄命如斯，低徊怎忘。记绣榻闲时，并吹红雨，雕阑曲处，同倚斜阳。梦好难留，诗残莫续，赢得更深哭一场。遗容在，只灵飙一转，未许端详。

重寻碧落茫茫。料短发、朝来定有霜。便人间天上，尘缘未断，春花秋叶，触绪还伤。欲结绸缪，翻惊摇落，减尽荀衣昨日香。真无奈，倩声声邻笛，谱出回肠。

——《沁园春》

纳兰的好友顾贞观曾经说："容若词，一种凄婉处，令人不忍卒读。人言愁，我始欲愁。"

在纳兰的所有作品中，悼亡词占了很大的比重，这个至情的人，为早逝的妻子留下了大量的佳作。

古诗词中，不少文人墨客都有过悼亡之作，元稹"诚知此恨人人有，贫贱夫妻百事哀"（《遣悲怀》），李煜"金窗力困起还慵。一声羌笛，惊起醉怡容"（《谢新恩》），苏轼"十年生死两茫茫。不思量，自难忘"（《江城子》），贺铸"空床卧听南窗雨，谁复挑灯夜补衣"（《半死桐》）……

同是悼亡词，虽然都为婉丽凄清的主旋律，但也各家有各家的特色。这要结合文人们的个人经历来说。元稹，写过不少对妻子韦丛的追忆悼念，尤其是那句"曾经沧海难为水，除却巫山不是云"，可谓千古名句，可他对莺莺的薄情却也叫人心寒不已，倒不如把辛弃疾的那句词拿来改变一下，送给元稹，为赋新词强说"情"。也许，那些情话说的时候是真的，连自己都被感动，可时过境迁之后，再浓厚的情谊也变得单薄。

李煜与周娥皇的故事，也算凄美。她去世得早，没陪着他度过亡国的屈辱之路，陪在他身边的是她的妹妹小周后。人生自是有情痴，李煜也算得上一个，他同纳兰，都是长在雕栏玉砌里，却并无心贪恋物质的"异类"。

而苏轼，看似以豪放著称的他，忽然写出一首凄婉可怜的词，幽梦还乡，回忆起妻子"小轩窗，正梳妆"的当时场景，也颇有一番味道。无处话凄凉，再铁骨铮铮的男儿，遇到"情"这一字，也有缱绻哀愁的时候。

纳兰追悼亡妻的这首《沁园春》，有一小序，交代了作词的因由："丁巳重阳前三日，梦亡妇淡妆素服，执手哽咽，语多不复能记。但临别有云：'衔恨愿为天上月，年年犹得向郎圆。'妇素未工诗，不知何以得此也，觉后感赋。"

这首词，作于卢氏去世三个月的时候，想是日有所思，他梦见已逝的卢氏前来执手相看，临别还赠上一首诗。但卢氏向来没有作诗习惯，想必，那句"向郎圆"的诗，正是纳兰心中所想。也难怪，他会对月有那般迷恋，因月上寄托了哀思。

"瞬息浮生，薄命如斯，低徊怎忘"，纳兰一提笔，便带一种类似于倾诉的开场白，人生苦短，转瞬即逝，而早亡的妻子却成为他记忆里的一粒朱砂痣，一直点缀在那里，不敢忘怀。"薄命如斯"，是哀婉妻子的早逝，却总让我想起另外一个杜撰出来的人物，霍小玉。

唐代蒋防的《霍小玉传》中，此女子惨遭抛弃时候怒斥负心人："我为女子，薄命如斯；君是丈夫，负心若此！韶颜稚齿，饮恨而终；慈母在堂，不能供养；绮罗弦管，从此永休。征痛黄泉，皆君所致。李君李君，今当永诀！我死之后，必为厉鬼，使君妻妾，终日不安！"

霍小玉是站在自己的立场，来感慨身为女子的命途不济，对古代的女子来说，再没有比遇到负心郎更凄惨的事了，那么美好的青春和容颜，那么深厚的感情和付出，怎么被取之尽锱铢，用之如泥沙，弃之如敝屦？

每个负心的男人后面，都应该站着一个虎视眈眈的霍小玉，一副厉鬼缠身的派头。

"记绣榻闲时，并吹红雨，雕阑曲处，同倚斜阳"，是记忆里的画面，是"当时只道是寻常"的画面，因为有了"并"和"同"字，即便是欣赏"红雨""斜阳"这样容易叫人陷入低迷情绪的景象，也变得欣然自得。这便是纳兰在《少年游》里所说的"寻常风月，等闲谈笑，称意即相宜"。

纳兰虽然不贪恋权贵，但诗词里却时常隐隐透出一股富贵味道。若是寒门文人，为功名或者生计所累，自然无法安心自在地写词作赋，更不会字里行间出现一些富贵人家才会有的"意象"，就

【瞬息浮生，薄命如斯】

比如这里的"绣榻""雕阑"。

我们可以回顾一下，纳兰的词里，这些词汇屡见不鲜，从床榻到回廊，再到庭院，处处彰显着一种低调的华贵。纳兰过的是一种优渥的生活，这对他的才情和痴情来说，也是一种物质上的保护。饱暖思淫欲，并不是没有道理，一个连生计都难以得到保障的人，怕是很难专心当情痴了。

比如司马相如，就是个有才情的穷困书生，而卓文君虽然是二婚，却也是个孔雀女，甘心陪他私奔，陪他当街卖酒，直逼得老丈人不得不低头，决心把这个穷女婿栽培成凤凰男，小两口才得以保障了温饱。相比之下，自然是纳兰的生活更小资，更文艺，除了感情，似乎也没什么可愁的了，于是愁起来就比较纯粹。

此二人忆往昔的时候，司马相如或许想起的是陋巷里的叫卖和讨价还价，而纳兰想起的，是九曲回廊上美丽的浮雕，渌水池畔翠绿的竹林，房间里博山炉中点了名贵的麝香，妻子的身上，也是一派珠光宝气，绸缎绫罗。从画面质量来说，自然是纳兰的回忆比较好看。

"梦好难留，诗残莫续，赢得更深哭一场"，又到了梦醒时分，也知道梦境里的那个她，一睁眼便是空，留不得，而她许下的那首"明月诗"，也"残"而不得"续"。

再说"哭"，其实在古代诗词里，很少直接用这个字，多见的是"泣""泪"等，尤其是在纳兰这种婉约词人的笔下，自然是越缱绻越好。"哭"似乎有些大，相对于词，诗中用得比较多，且多用于一些描写战乱或者时势的诗，比如杜甫，"少陵野老吞声哭"（《哀江头》），"新鬼烦冤旧鬼哭，天阴雨湿声啾啾"（《兵车行》），多用来描述比较壮阔的场面。而纳兰，一个细腻而讲究用词精美的人,也用了"哭"这个字,"更深哭一场",可见是悲恸到了极点的一种表现。

"遗容在,只灵飙一转,未许端详",梦里她的音容笑貌犹在,只是还来不及仔细看个够,就已经无处可寻。"灵飙",是说灵风,是妻子的一缕芳魂。逝去的妻子以及与她的甜蜜往事,轻薄得像一阵风,来去无踪。

纳兰的悼亡词,总能把人引入一种沉重到无法自拔的情绪里,字字句句,都沾了泪的感觉。《沁园春》的下阕,是对亡妻的深情告白。

"重寻碧落茫茫",是承接上阕,亡妻出现在梦里,换来纳兰的一夕欢愉和无尽悲凉,醒来的时候,她却音容俱逝,消失在天地茫茫中,不胜凄怆。这一句,出自白居易的《长恨歌》:"上穷碧落下黄泉,两处茫茫皆不见",写唐明皇对杨玉环一腔无处安放的多情。

死别这件事,是任谁都无法左右和挽回的。梦里的些许安慰,也弥补不了醒后受的罪。唐明皇在马嵬坡舍玉环保了天下,事后再找来各方术士,上天入地寻找妃子魂魄,于事无补。倒不如,像苏轼与纳兰那样,安安静静地梦一场,再深哭一场,虽然悲恸,也是真实的人间烟火。

"料短发、朝来定有霜",这一句跟苏轼异曲同工,"纵使相逢应不识,尘满面,鬓如霜",两个人,在梦到亡妻的时候,也都在感慨着岁月不饶人,愁又催人老。流光催老了故人,少年鬓角也染了白,如同夜里落了一层安静的霜。对镜的时候,该是如何凄凉心境?

【瞬息浮生・薄命如斯】

"便人间天上,尘缘未断,春花秋叶,触绪还伤",这是纳兰不死心的呼唤吧。就算是天人永隔,也相信自己和亡妻尘缘未断,那些春花秋叶,都像是心里的一条琴弦,稍有触动,就会奏响心里那些悲凉的情绪,一遍又一遍,从来无休止。

"欲结绸缪,翻惊摇落,减尽荀衣昨日香",是一种无奈的纠结。"绸缪",在最开始的含义是情深意切,缠绵不解的男女情事。汉代李陵有诗曰:"独有盈觞酒,与子结绸缪",元稹的《莺莺传》里也有:"绸缪缱绻,暂若寻常,幽会未终,惊魂已断",写出绸缪甜蜜仅是暂时,惊魂却紧跟其后的无奈。

结绸缪,是天下有情人的期盼,只是纳兰却只有在梦中,才能与心上人重逢。绸缪结不得,翻身就惊醒,人生无常,一对鸳鸯也只能两处漂泊。

从"欲结绸缪",到"翻惊摇落",个中无奈,只有当事人才能明白。纳兰的词,看似平淡,却处处充满了转折的落差,经常,前一句还在美好的回忆或者描写,后一句,却从天上掉到人间,从浪漫跌进现实。

记忆中,她衣服上的香味还在;现实里,却已经物是人非。荀衣,是用熏香熏过的衣服,留有香气,"减尽荀衣昨日香",是岁月无情地度过,旧物也渐渐脱了旧颜色,这是抵挡不住的变迁,只有他的一腔情谊仍旧在。

"真无奈,倩声声邻笛,谱出回肠",这是最后的总结,也是未完待续的提示。纳兰在写词上,既是灵感派,又是雕琢派,他会不断地推敲试用,来找到最好的表达方式。"回肠"二字,是比"断肠""愁肠"更叫人纠结的处境。秦观在《减字木兰花》里,也曾有"欲见回肠,断尽金炉小篆香"的词句,一个"回"字,意境全出。

另一首感人至深的《沁园春·代悼亡》，同样是悼念亡妻之作：

梦冷蘅芜，却望姗姗，是耶非耶？怅兰膏渍粉，尚留犀合；金泥蹙绣，空掩蝉纱。影弱难持，缘深暂隔，只当离愁滞海涯。归来也，趁星前月底，魂在梨花。

鸾胶纵续琵琶。问可及、当年萼绿华？但无端摧折，恶经风浪；不如零落，判委尘沙。最忆相看，娇讹道字，手剪银灯自泼茶。令已矣，便帐中重见，那似伊家。

在悼念亡妻的词里，纳兰是很舍得感情和辞藻的，每一首都精致。这一首《沁园春》，可以说是"色""香""感"俱全。

先说"色"，通篇下来，绿色蘅芜，金色刺绣，白色梨花，银色灯盏。再说"香"，蘅芜是香，兰膏渍粉是香，梨花是香，还有茶香。然后是"感"，梦是冷的，影是弱的，人是愁的。他的每一句，都蕴含着深意。且说蘅芜二字，就有一段纳兰很喜欢的典故。传说，汉武帝痛失"一顾倾人城，再顾倾人国"的李夫人后，日日思念，夜夜梦见佳人授予蘅芜，醒来的时候仍能嗅到香味，接连几个月都是这样。

佳人难再得，汉武帝的无奈，也是纳兰的无奈。卢氏的去世，让梦从此都是"冷"的，其实"冷"的是心，梦里那姗姗的步伐，是真实还是幻想？心里明白，只是不忍心跟自己道破。有时候梦，是唯一的慰藉了。

《红楼梦》里也出现"蘅芜",薛宝钗的居住地,就叫做"蘅芜苑"。曹雪芹是个很会做玄虚的人,尤其是取名给号上,"蘅芜苑",怎么听,都是"很无缘"。宝钗和宝玉,隔了黛玉这一堵墙,的确是"很无缘"。

"怅兰膏渍粉,尚留犀合;金泥蹙绣,空掩蝉纱",纳兰是个怀旧的人,即使爱妻已逝,他保留了许多她留下的东西:粉盒中残留的香粉、润发用的香油,都还在妆奁中静静地躺着;没绣完的绣品和装饰用的金屑,也仍旧在。种种般般,都是他在思念她的凭证。只是,空留这些纪念品,也不过是给回忆一个聊胜于无的寄托。

总觉得,纳兰是有一些恋物癖的,其实大多数恋物的人,都是在为心找一处承载的地方。他的恋物,是因为恋人。那些保存下来的物件,都是他回忆和悼念她的路径,是给记忆留下的缺口。

"影弱难持,缘深暂隔,只当离愁滞海涯",一个"弱",一个"深",又是现实和梦想的天壤之别,就像宝玉和黛玉倒是"缘深"了,却还是天人永隔。缘分这回事,在现实面前从来都是软弱无力。"难"和"暂",是纳兰惯用的姿态了,总是带着一股欲语还休的味道,不直白,不流畅,断断续续,缱绻迂回,总是被隔断被滞留,一如纳兰走得坎坷的情路和人生。

他还在不死心地突然呼唤,"归来也,趁星前月底,魂在梨花",梨花,离花,总是在怀念的时候在词里"客串"一下。从前是花前月下的双影,而今是星前月底的孤独。

下阕,可以用元稹的那名句来总结:曾经沧海难为水。之前说过,卢氏去世之后,纳兰碍于家庭的压力,不仅有了新妻,还有不止一个的妾。以他的身份,为卢氏从此不再娶似乎并不现实,但是这来来去去中，却让他更为感怀心伤。

纳兰写下那么多悼亡词，很少公开表示自己对新人的态度，这首《沁园春》，倒是隐晦地有所表示。"鸾胶纵续琵琶。问可及、当年萼绿华"，一个问句，却是给了自己答案。

鸾胶，传说是用凤凰嘴和麒麟角熬成的胶，可以粘合弓弩断弦，也暗指男子妻亡后再娶续弦。而萼绿华，是传说中仙女的名字，纳兰用来代作亡妻。纵然是娶了后妻，又怎能与当年的你相比呢？显然，在纳兰的心里，衣不如新，人不如旧。

虽然，这对新人来说并不公平。这世上最难战胜的情敌，就是已经故去的人了。卢氏从纳兰的生命里消失之后，在他心里的地位反而更巩固，没有人能够撼动。死亡，成全了她的爱情。纳兰和卢氏的爱情，是被死亡强行终结的，在开得最绚丽的时候戛然而止，这样的爱情是不会死的。而那些后来者们，纳兰的新妻和新妾，也只能看着他怀念故妻的背影，望而却步。

"但无端摧折，恶经风浪；不如零落，判委尘沙"，最好的爱情，往往是用来怀念的，它经历过曲折和风浪，备受摧残但是百折不挠。纳兰说，还不如随着她一起零落成泥，融入沉沙。他天性爱自由，却生在樊笼中，本来已经对处境充满无奈和厌倦，好不容易，遇到一位称意的妻子，成为唯一的寄托，却也轻易失去，后续难圆旧梦。他内心的困惑与悲观，登峰造极。

"最忆相看，娇讹道字，手翦银灯自泼茶"，纳兰说过，卢氏并不是一个擅长吟诗作词的人，她不是才女，不如后来的沈宛有才情，但这并不妨碍她与纳兰的恩爱。纳兰虽是大清第一才子，对女子的态度上却并不以"才"取人，对于卢氏，他最怀念的还是她读错了字的娇柔之声以及纤手剪灯芯的姿态。泼茶，仍旧是用李清照夫妻斗文的典故，谁输谁饮茶，想卢氏是次次输给纳兰，忍不住赌气去泼掉那杯中的茶，娇态毕露，怎不可爱？这一幕，是铭刻在纳兰记忆里的永恒印记。

苏轼的《江城子》中，与亡妻梦里相见，却无奈地说一句："纵使相逢应不识"，而纳兰也有同感："令已矣，便帐中重见，那似伊家"，一切的美好都已经结束了，就算得以再次相见，也不是从前的样子了。

纳兰天生一颗痴心，对凡能轻取的事物向来无心一顾，唯独追求爱情，但爱情总不长久。他短短的一生，都在哀婉和怀念。不幸中的幸运是，纳兰31岁逝世之后，葬于京西皂甲屯纳兰祖茔，带着无限的爱和思念，同永远19岁的爱妻卢氏合葬于山清水秀之间，从此终于相依相伴、再无分离，也算一偿他的心愿。

滴空阶、寒更雨歇

此恨何时已？滴空阶、寒更雨歇，葬花天气。三载悠悠魂梦杳，是梦久应醒矣。料也觉、人间无味。不及夜台尘土隔，冷清清、一片埋愁地。钗钿约，竟抛弃。

重泉若有双鱼寄。好知他、年来苦乐，与谁相倚。我自中宵成转侧，忍听湘弦重理。待结个、他生知己。还怕两人俱薄命，再缘悭、剩月零风里。清泪尽，纸灰起。

——《金缕曲·亡妇忌日有感》

那一首《沁园春·瞬息浮生》写于丁巳重阳前三日，也就是康熙十六年的农历九月初六，卢氏去世三余月。这首《金缕曲》，作于康熙十九年农历五月三十，卢氏三周年忌日。三年的时间过去，纳兰还在期期艾艾地问"此恨何时已"，用情至深，可见一斑。

在宋代，词有令引近慢四种之分，到了明朝，文人更为明了地把词分为小令、中调和长调。总的来说，令是小令，引和近相当于中调，慢词就是长调。慢词一般来说用字过百，而用韵一般较疏。

谁念西风独自凉

　　《金缕曲》在长调中，算是颇受文人喜爱的词牌，因为它风韵错落，音声转侧，虽然篇幅长，却丝毫不显拖沓。

　　写词，不仅需要灵气和功力，懂韵律格局，还需要丰富的知识积累，否则落笔则词穷，容易有生搬硬套之嫌。纳兰的学术根基极厚，他的词作中，喜欢用典故，更喜欢化用前人的佳句，再加以自己的特色，从而推陈出新，恰如其分地切合了词的境界和自己的心境。

　　"此恨何时已？"看似突兀，却像是一记锤砸在我们心灵上，纳兰的情绪，未加任何矫饰地宣泄出来。这个问句，其实他自己是知道答案的，天长地久有时尽，但此恨绵绵无绝期。

　　这一句，是化用北宋词人李之仪的《卜算子》中的一句："我住长江头，君住长江尾。日日思君不见君，共饮长江水。此水几时休，此恨何时已。只愿君心似我心，定不负相思意。"李之仪的这首词，颇有民歌的风味，明白如话，回环复叠，同时构思新颖，风格上有点像我们现在说的"小清新"。

　　一脉长江，既是隔断情人相见的阻碍，又是他们寄托遥思的载体，读起来别致有趣，也能悟会到词中小女子面对被"生离"隔断的爱情，仍然保持着一丝乐观的倔犟。而爱情被"死别"拆散的纳兰，就乐观不起来了。

　　"滴空阶、寒更雨歇"，便是化用了花间祖师温庭筠的《更漏子》："梧桐树，三更雨，不道离情正苦。一叶叶，一声声，空阶滴到明。"夜更寒雨，正是感伤和文兴发作的时候，隔着几个朝代，无数个文人有无数种感慨，温庭筠为离情别绪所苦，纳兰为丧妻而痛，"空阶"在寒夜里与雨滴相伴成声，很有孤苦的味道。

温庭筠的《更漏子》，也算是妙笔生花，早在两宋交接的时候，就被词人万俟咏炒了一次"回锅"，作一首《长相思》："一声声，一更更。窗外芭蕉窗里灯，此时无限情。梦难成，恨难平。不道愁人不喜听，空阶滴到明。"不过，这次"回锅"炒得并不算成功，因为整首词的出色之处，全是借鉴引用，再用几个平淡无奇的句子串联起来，有抄袭之嫌。

　　纳兰的词，则要自然得多。卢氏殁于农历五月末，正是落花时节，也就是"葬花天气"。提起葬花，怕每个人都会首先想到林妹妹的《葬花吟》："花开易见落难寻，阶前愁杀葬花人，独倚花锄泪暗洒，洒上空枝见血痕。"颦儿手把花锄泣涕涟涟的身姿，似乎就娇俏俏地走进我们的脑海里。不过，曹雪芹可是比纳兰晚出生整整六十年的人，可见，"葬花"的开创者应当是纳兰才对。

　　他的作词功夫，在字里行间表露无遗。不过是落花时节而已，但"落花"二字，因为被运用过太多次而显得略微俗套，纳兰用了"葬花"，除了新鲜，还平添了气韵——三年前葬在这里的是她；三年后，他踏着落花而来，把心也葬在了这里。

　　"三载悠悠魂梦杳，是梦久应醒矣。料也觉、人间无味"，面对如磐石无转移的感情，再多的时光也只能节节败退。三年的魂牵梦绕，已经太久，但是纳兰却迟迟不醒，他还沉浸在过去做困兽之斗呢。自己也知道，应该从往事里醒过来，奈何，却只觉得人间无味。

　　纳兰的心里有消泯不了的悲观，这或许是大多数婉约文人的通病，总是在心心念念地回忆，哀叹。"不及夜台尘土隔，冷清清、一片埋愁地"，是纳兰对天人相隔的无奈。夜台，是妻子的一处孤坟，也是他的埋愁之地。

【滴空阶，寒更雨歇】

谁念西风独自凉

"钗钿约，竟抛弃"，金钗，钿合，是夫妻之间的盟誓。看来古今的男女，都喜欢用首饰来表达情谊，《铙歌》里的《有所思》，就讲了一个跟首饰有关的故事，"有所思，乃在大海南。何用问遗君？双珠玳瑁簪，用玉绍缭之。闻君有他心，拉杂摧烧之，摧烧之，当风扬其灰"。故事里的女子，亲手为远方的恋人制作首饰，把一腔情谊都装在里面，哪知道，礼物还没送出手，恋人背叛的消息却先传了回来，于是她愤怒地摧毁了精心打造的簪子，恨不得挫骨扬灰，还字字铿锵地吐出决心："从今以往，勿复相思，相思与君绝！"

古人用"镜破钗分"，来代指夫妻失散，《长恨歌》里有"惟将旧物表深情，钿合金钗寄将去。钗留一股合一扇，钗擘黄金合分钿。但教心似金钿坚，天上人间会相见"。玩弄金钗银钿，其实正是缅怀过去，金钗留一股，钿盒留一扇，一人一半，只要两心能如金和钿一样坚牢，就算隔了天上人间，也终有一天能够相见。

纳兰和卢氏，也是许了"钗钿约"的，只是在命运面前，那些小儿小女的盟约从来就弱不禁风：说好绝不放开相互牵的手，而现实却说光有爱还不够，来不及一起老去看细水长流，就被宿命湍急的惊涛骇浪拍散。

纳兰心里有一片桃源，一片绿洲，一片海市蜃楼，他与现实格格不入，在心里保存了一块自留地，把自己封印在荒芜的时空里。这样的人，心是不会老的，从这一方面说，他永远都是少年。

这首词，可以说是一曲痴情缠绵、血泪交溢的超时空内心独白，"重泉若有双鱼寄。好知他、年来苦乐，与谁相倚"，这是纳兰对亡妻的渴望，如果黄泉也能够同人间通信，也好知道这些年来的喜怒哀乐，无人相依的岁月，各自都是如何度过。

"双鱼"，原本是古代人们用来传递信件的工具，正如乐府有云："客从远方来，遗我双鲤鱼；呼儿烹鲤鱼，中有尺素书。长跪读素书，书中竟何如？上言加餐食，下言长相忆。""双鲤鱼"，并非真的鲤鱼，而是一种古拙版的"信封"，两块鱼形的木板，一个为底，一个为盖，中间镂空，将信件夹入，再将木板用绳带系起来。收信人解绳开函，就可以看到中间用素帛或者简牍写的信件。这种鲤鱼形状的信封，沿袭了很久，"信封"虽然笨重，却很有趣味。"双鱼"，也算是美感与实用并重。

北宋赵令畤的一首《蝶恋花》里有"蝶去莺飞无处问，隔水高楼，望断双鱼信"，写尽暮春时节里的观景感怀以及思念的孤独之感，望断了天涯，双鱼信还是没有抵达。这中间隔着的不是山，也不是水，而是强大的时空。时空，就像在你我之间分割出一道鸿沟，一道天堑，却是无法逾越的。

据说卢氏死后，纳兰曾一度沉溺在亡妻的悲伤里，鳏居三年。父母一再提起为他续娶继室，纳兰站在后辈的立场上，无力反抗，但也无法欣然接受。在思念与执念的折磨下，他一直彻夜难眠。纳兰的许多首词，都是在辗转的深夜里写下的。"我自中宵成转侧，忍听湘弦重理"，是纳兰对父母再娶主意的最无力反抗。

纳兰是贵族子弟，婚姻多由不得自己，能够在一场包办婚姻里遇到情投意合的卢氏，已经是难得的缘分；而续弦，貌似就没有那么如意了。他的第二段婚姻，同样是家长包办，新妻官氏，姓瓜尔佳，父亲是一等公、内大臣颇尔盆，据说这位岳丈大人只比纳兰大10余岁，可见新妻子年纪不大。纳兰似乎很少透露官氏的事，只是含糊地表明一种"人不如旧"的态度。或许是因为一片痴心，也

【滴空阶·寒更雨歇】

105

或许是因为与新人的确不投缘,我倒觉得,还有一种可能就是他不想再受摆布。

他左右不了命运,左右不了与亡妻的情缘,竟连自己的婚姻生活都不能自主。不得不说,这就是他在贵族之家里所受的禁锢,一举一动,都没有自由。

后来,纳兰又纳颜氏为妾,对这位女子,更是鲜有提及。这几位路过了纳兰生命的女子,除了沈宛,连确凿的姓名都没有留下,后人考究也说不出个所以然,只好表妹、卢氏、官氏、颜氏地叫。

卢氏是纳兰的妻子,更是他人生的知己,所以失去的时候,才觉得分外可惜。她在纳兰心里耸立的高度,永远是无法被超越的。许多人都在猜想,那位神秘的表妹和这位卢氏,纳兰更爱哪一个?这种猜测虽然没有意义,更不会有明确的答案,但我们偏偏都对类似的话题有兴趣。

要我说,表妹是初恋,卢氏才是纳兰的归宿。总觉得,纳兰这样不温不火的性格,该是更喜欢与卢氏相伴的那种细水长流的爱情和生活;而与表妹的错过,就好比年少时候开出的一朵不结果的花,纵然美丽,却没有实质性的内容。初恋很美,但初恋适合圣洁,永远不要迈入家长里短、柴米油盐的人间烟火。卢氏,她的出现是天时地利人和,在最好的条件下出现在纳兰的生命里,带着他,款款地走入婚姻,陪他过完最好的三年时光,功成身退一般地去了。

如果论这两段情缘的凄悲程度,那倒是可以匹敌:一个是得不到,一个是已失去,都已经无能无力。若纳兰回忆起这两位女子,两段情事,更偏重后者也无可厚非,因为拥有过,才知道可贵,才知道失去的可悲。而得不到的东西,怕是遗憾大过悲恸。

"待结个、他生知己。还怕两人俱薄命,再缘悭、剩月零风里",这是纳兰对亡妻迟到的表白,希望同她重续前缘,来生再做对知心爱人,可是,骨子里的悲观仍然让他对这句"盟约"持保留态度,估计就算来生里再遇见,还是会缘分浅薄,没有办法圆满这份感情,就像剩月残风一样悲戚。

　　这一句,来源于晏几道的《木兰花》(一名《玉楼春》):"欲将恩爱结来生,只恐来生缘又短。"两句的大致意思是雷同的,但是总觉得纳兰的词要更入木三分一点。这或许跟他们各自的生活经历有关。感情这回事,"绝知此事要躬行",纳兰是个罕见的情痴,对每一段感情都难以割舍,纵身其中,就像义无反顾跳进一个无底洞。

　　而晏几道,他虽然也多怀往事,善写哀愁,但生活面却略微显得窄。他的情感经历,对后人来说一直是个谜,有人说他有过一个丝毫没有共同话题的妻子;有人说他一生浪荡,曾恋过一个歌女。无论是哪种版本的传说,有一点却是共同的:晏几道没有像纳兰那样,设身处地地享受又失去过美好的恩爱生活,所以,关于"来生缘"的认识,与纳兰比他稍有逊色,显得淡淡的,抽象而不具体,好像隔了一层纱。

　　说得通俗一点,纳兰的一腔情谊,对象是一个具体的"人",是卢氏;而晏几道,他是在抽象地写"情",就像坐在宴席之间欣赏面前一位舞姿翩跹的美人儿,中间,毕竟是隔了一段距离。

　　但纳兰枉自多情,也只落得个"清泪尽,纸灰起"的结局,人间冥界的界限不可打破,今生来世的鸿沟无可衔接。

　　这一幕,就像是电影结束之际的最后一个特写镜头,纳兰脸上挂着未干的泪痕,立在亡妻的坟墓之前,一袭的春光都变得惨淡。

【滴空阶,寒更雨歇】

他念一首《金缕曲》，终于再无别的话讲，燃起手中的纸钱，祭奠那一抹早逝的芳魂，一阵春风吹散了纸灰，漫天飞舞，正是纳兰对爱人铺天盖地的悼念。

如果卢氏泉下有知，怕也会欣慰不已，死亡虽然分开了他和她，但是，能得到这位天下第一痴心人的三年至爱和一生至哀，也是一大幸事。在纳兰的心里，她不会老，也不会死去、不会消失，她一直在他的生命里。

纳兰的悼亡词，作起来毫不扭捏矫情，就像是亡妻还在面前，二人仍旧赌书泼茶，相对而坐话家常一般的自然。

他把卢氏，放入了自己的词作里，字字句句，都是她的音容她的笑貌，都是他的欢喜他的美满。有了这些做铺垫，再悲怆的情绪都无法击垮纳兰。爱情便是如此，经历过再多曲折困难，每次想起来的时候，也都会莞尔成笑颜。

五月天，花冢边，纳兰如同一只啼血的杜鹃，念着那些旧事，向着爱人的坟墓，哀声悲啼。

关于这首《金缕曲》，还有一段不得不提的佳话。纳兰的一生，有一位至交的好友，也就是我们将要提到的顾贞观。纳兰的悼亡词写得如此悲戚，叫闻者扼腕，任何人站在旁观的角度，表态都是尴尬的。唯独这位狂生顾贞观，不介意他人议论，步纳兰的原韵和了一首：

> 好梦而今已。被东风、猛教吹断，药炉烟气。纵使倾城还再得，宿昔风流尽矣。须转忆、半生愁味。十二楼寒双鬓薄，遍人间、无此伤心地。钿钗约，悔轻弃。

茫茫碧落音谁寄。更何年、香阶刬袜，夜阑同倚。珍重韦郎多病后，百感消除无计。那只为、个人知己。依约竹声新月下，旧江山、一片啼鹃里。鸡塞香，玉笙起。

顾贞观是懂得纳兰的，他说："纵使倾城还再得，宿昔风流尽矣"，永失挚爱，就算是再遇上倾城倾国色，也难以叫心中的死灰复燃，因为"风流尽矣"。纳兰的"此情无计可消除"，也只为"个人知己"。

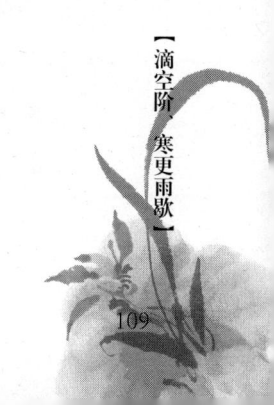

谁念西风独自凉

君不见,月如水

德也狂生耳。偶然间、缁尘京国,乌衣门第。有酒惟浇赵州土,谁会成生此意。不信道、遂成知己。青眼高歌俱未老,向樽前、拭尽英雄泪。君不见,月如水。

共君此夜须沉醉。且由他、蛾眉谣诼,古今同忌。身世悠悠何足问,冷笑置之而已。寻思起、从头翻悔。一日心期千劫在,后身缘、恐结他生里。然诺重,君须记。

——《金缕曲·赠梁汾》

这首词是纳兰赠与好友梁汾,也就是顾贞观的,作于康熙十五年。此年,纳兰参加殿试,获得二甲七名,赐进士出身,并授三等侍卫,不久之后,又晋升为一等。在外人眼里看来,可谓少年得意,意气风发。

正是在这个时候,纳兰结识了他一生的挚友。

顾贞观,也是一位颇有名气的清朝文人,与陈维嵩、朱彝尊并称为明末清初"词家三绝",同时,又与纳兰性德、曹贞吉共享

"京华三绝"之美誉。他跟纳兰之间的友谊，更是可圈可点，一直是后人褒扬的佳话。

顾贞观，字梁汾，江苏无锡人，是明末东林党人顾宪成的四世孙。他的祖父是四川夔州的知府，父亲顾枢，也是才高渊博，是东林学派另外一位领袖人物高攀龙的门生。

顾贞观自小秉性聪颖，再加上书香门第里的耳濡目染，幼习经史，尤其喜欢古诗词。少年的时候，参加了吴江名士吴兆骞主盟的文学组织"慎交社"。当时，他的年纪最小，却才华横溢，渐渐崭露头角，与声望在外的吴兆骞齐名，并且结为生死之交。顺治年末的时候，顾贞观远游京师，很快获得一些朝堂之士的注意，康熙三年，他任秘书院中书舍人，两年后中举，改任国史院典籍，官至内阁尚书。

此时，顾贞观的仕途之路，可以用不温不火来形容，没有大风大浪，也没有大的起色。倒是在康熙十年的时候，因为同僚的排挤而遇到一些挫败，辞职回了故里，之后生活似乎就一直不顺利。

康熙十五年，顾贞观再次上京，经人介绍，做了纳兰的家庭教师。纳兰和顾贞观一见如故，惺惺相惜，开始了一段珍贵的文人间的友谊。此时，纳兰22岁，顾贞观39岁，也算一段忘年之交。

纳兰是以贵族子弟、皇帝近侍的身份，与沉居下僚的顾贞观相识，大有相见恨晚之感，且对顾贞观的遭遇很是同情。

纳兰这首赠与顾贞观的《金缕曲》，就像是自己的一份简历，对初见朋友的自我介绍，又是心灵写照。康熙十五年的纳兰，刚刚高中，成婚两年，跟妻子恩爱有加，一切还都是安好的模样。

"德也狂生耳"，是纳兰对自己的"一言以蔽之"。他遇到顾

【君不见，月如水】

贞观,迫不及待地向他宣布,我是你的同类,虽然经历处境有所不同,但我们是一样的人。狂生,是那种不受世俗观念浸染,崇尚真性情的人,他们厌倦规矩与束缚,期望能够回归自由。

但偏偏,两人都身在官场,只能在现实的夹缝中规行矩步,踽踽而走。那个有着无数条条框框的官场,就好比一个巨大的熔炉,将许多人最开始的个性、棱角甚至志愿都泯灭了,只剩下贪恋权贵、尔虞我诈。而纳兰和顾贞观,正是被对方身上那一股本真的特征所吸引,他们都出淤泥而不染,身上仍带有最初的那一股"狂"。

多年后,顾贞观在《弹指词》里回忆刚认识纳兰的时候,还忍不住说,"乃一见即恨识余之晚"。

在纳兰的眼里,世俗充满了尘沙污垢,而他所生存的世家望族,同样有许多蝇营狗苟的肮脏,"偶然间、缁尘京国,乌衣门第",他说自己的出生不过是偶然,如果可以选择的话,宁愿生在平凡之家,少一些禁锢,多一些自在。

他以养士的平原君自比,喜欢结交好友,一起作词吟曲。"有酒惟浇赵州土",就像是纳兰的交友宣言。平原君,是赵州的公子,他死后虽然并没有葬在赵州,但人们还是将他的坟墓称为"赵州土"。

这一句,源自李贺的《浩歌》:"买丝绣做平原君,有酒惟浇赵州土",暗含一股怀才不遇、明君难求的愤懑,只好买来丝绣绣出平原君的画像,在他的坟墓上洒酒祭奠,这样的追忆古人,是因为现实中没有贤主。李贺生活在中唐时代,正是没落时候,宪宗和穆宗父子把朝政搅得一塌糊涂,沉迷玩乐与仙术,难怪李贺会有此感慨。

纳兰的洒洒向赵州土，是敬平原君的善交，他也希望自己能够广交天下文人志士，只是，这样的性格却很少有人理解。正是文人之间惺惺相惜的渴望，让纳兰向顾贞观抛出了友谊的橄榄枝。

"青眼高歌俱未老，向樽前、拭尽英雄泪"，是纳兰对顾贞观的安慰与鼓励。纳兰是仕途通畅的贵公子，而顾贞观，自从五年前的挫败之后就再不见起色，处处寄人篱下，受尽白眼，难免意志低沉。

他对顾贞观青眼高歌以待。关于青眼，有个有趣的典故。魏晋时候，竹林七贤阮籍是出了名的硬骨头，据说，他有一双青白眼，见愚俗之人就对其翻两只白眼，直接下逐客令；而见到高人雅士，与自己意气相投的人，就改为青眼，欢迎之至。

纳兰逢了顾贞观，忍不住庆幸终于遇上了知音，忍不住对酒当歌，酒到酣处，却又泪雨滂沱。对纳兰来说，能遇到一位至交好友极为不易。他的地位和身份，使得许多人妄图攀附，但那并不是纳兰想要的情谊。他要纯粹的干净的，能够与他一起斗诗作词的伙伴。而顾贞观在诗词上的作为，让他觉得交了这样的朋友，如获至宝。

他以月亮自比，"君不见，月如水"，这一句，是全篇唯一描写景色的句子，明月皎皎，水流潺潺，正如纳兰的一颗真心和一腔情谊。纳兰的这一首长调，以直抒胸臆为主，很少见他如此将自己原原本本地捧出来。他自始至终都是以婉约为特色，写草木，写庭院，写回廊或者摆设，这一《金缕曲》，却完全颠覆了过来。

下阕，仍旧是直抒胸臆，纳兰似乎有些醉了，口里还嚷着不醉不休，却开始步伐凌乱，视线朦胧，心也渐渐痴狂。"且由他、蛾眉谣诼，古今同忌"，像是对奸佞小人下的战书，就由着你们去造谣中伤吧，要知道，这种卑劣的事自古就存在，清白的人总是更容易被现实的污浊侵害。

这里，隐指着顾贞观的另一位好朋友，江南才子吴兆骞，后来，他也成为纳兰的好朋友。吴兆骞，也算是个倒霉的人，蒙冤入狱，如果不是纳兰父子的搭救，怕早就客死他乡。

纳兰历来就轻视权贵地位，从来不贪恋这些身外之物，那一句"身世悠悠何足问，冷笑置之而已"，就立场鲜明地表明态度，表明对荣华富贵的轻蔑。多少人要抢得头破血流的东西，在纳兰的心里，却不值一文。他从不为自己的出身而沾沾自喜，也乐意同寒门学士结交，正是这种淡泊名利的气质，让纳兰的身边一直好友不断。

按说，这个光景里的纳兰，生活是如意的，有娇妻，有良友，有周遭各种羡慕嫉妒的眼光。可我们说过，他总是悲观的，总是透过繁华看到隐藏着的破败，即便是与好友对酒当歌到微醺的时候，他也保持着心中的冷静，冷眼旁观命运的设局摆阵。

纳兰心有不安地说："一日心期千劫在，后身缘、恐结他生里。"正是良辰好景，只是现时安好里却隐隐透着一股不安，恰被纳兰嗅到，所以他才会小心翼翼地说，你我一日心期相许，成为了知己，即使以后横遭千难万劫，这份情谊也仍旧是在的。不只今生，但愿你我来世也能够结缘交契。

看来，纳兰对爱人与对朋友，有着同样的执着，都希望可以有不止一世的缘分。他是心思纤细的公子，对自己认定的人与事充满执着的念，巴不得永生永世都能够互相拥有，还不放心地追着向对方嘱咐说："然诺重，君须记。"

顾贞观没有忘却那天的誓言,许多年后,他在《弹指词》里不无凄婉地回忆起这首珍贵的《金缕曲》,说:"岁丙辰,容若年二十有二,乃一见即恨识余之晚,阅数日,填此曲为余题照。极感其意,而私讶他生再结语殊不祥,何意竟为乙丑五月之谶也。伤哉。"

丙辰,是康熙十五年,顾贞观与纳兰初相识;乙丑五月,康熙二十四年五月,是纳兰去世的日子。顾贞观说,当时初相见,看到纳兰为他写的这首《金缕曲》,在感怀的同时,还暗自讶异于纳兰竟说出那样不祥的话:"后身缘、恐结他生里",没想到居然一语成谶,不足十年之后,他就亡故。

哀,莫大于此。

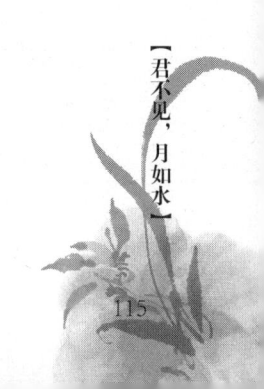

到更深、迷离醉影

生怕芳樽满。到更深、迷离醉影，残灯相伴。依旧回廊新月在，不定竹声撩乱。问愁与、春宵长短。人比疏花还寂寞，任红蕤、落尽应难管。向梦里，闻低唤。

此情拟倩东风浣。奈吹来、余香病酒，旋添一半。惜别江郎浑易瘦，更著轻寒轻暖。忆絮语、纵横茗碗。滴滴西窗红蜡泪，那时肠、早为而今断。任角枕，欹孤馆。

——《金缕曲》

纳兰是带了一些神秘的，他最触动我心的地方，就是言浅意晦。你以为自己读懂了他，可实际上，也许只是窥探到表面最浅的一层。他的心里有一片海，有些角落，是我们永远去不到的地方。这样说或许唐突，但每一个人，的确都是从自己的角度来释读着他。

喜爱他，并不仅因他的诗词，更因他凄美一生，洁白品行。细观历代诗丛词林，清丽脱俗的有，豪放不羁的也有，多少美好的篇章如同穿林打叶之声，让我们的耳际眼前目不暇接。窗前月下，多少代文人骚客欣赏过同一片淅沥雨，共享过同一片月光，为同样的残花落叶生出不同但殊途同归的心伤。

但唯独他，一生就好比一阕凄美的词，叫人不忍卒读，又情不自禁。

读纳兰的词，时而觉得亲近，仿佛他就在唾手可及的地方，时而又觉得疏远，好似从来不曾参透过他。其实只要以诚相待，把心思静下来跟着他的笔墨走，他的心，就算走不进，也可以尽量走近。他是那般认真的人，花前月下，掂着格律写诗，掐着词谱填词，把自己不足为外人道来的话，都诉诸和寄魂于丹青笔尖，融融浸淫其间，空气里都散着诗情画意，很容易把我们诱进那种气氛里，悠悠然不知归途。

子非鱼，安知鱼之乐。你我非纳兰，却可以透过一本《饮水词》的书卷，努力地洞悉着他镌刻在纸面里的纹路。尤其在潇潇夜雨的时候，如窃贼一般让自己潜进去，仿佛到了三百多年前的那扇茜纱窗下，用最诚挚的耳朵和心灵，倾听"瘦尽灯花又一宵"的寂寞。

《金缕曲》，似思故人，又似怀伊人，其实不重要。纳兰作词之时的场景情形，我们没有必要非要完完整整地还原，终归是思念，管他对象是谁，个中的情谊能懂即可。

这首词，据说作于孤馆。纳兰并不是怕寂寞的人，但我却心疼寂寞的他，每逢在词里看出伶仃感，都不由得阵阵心酸。他一直在孤单，一直一个人，走过繁华街道的时候他孤单，途经萧条驿站的时候他孤单，他的生命里浸染了各种各样的孤单。

谁念西风独自凉

读这样的词,最好是在深夜,天地清静的时候,人声渐渐绝了迹,唯独自然的动静开始悄然显露。泡一壶清茶,细细地品尝,让那种怀念的气息从舌尖开始弥漫。在紫砂杯暗红的汤色里,沧桑和渴望一起而来。他的词里有独有的陈年味道,只有懂得品味的灵魂,才能在静谧与哀婉中,读出那种挥之不去的殇。

"生怕芳樽满。到更深、迷离醉影,残灯相伴",芳樽,即是酒杯。我们的现实世界,已经太过直白,许多古时候美好动人的词汇,都已经不被人记得和知晓了。任思绪漫步在古典诗词里,就好比徐徐地打开了一卷丹青,那个叫纳兰容若的男子跃然在脑海里,他容颜不老但满面愁容,手里握着雕刻了精美纹路的酒樽,低头沉思。

寂寞空庭,春晚梨花,孤零零的他,却伴着半明不灭的青灯一盏,嗟叹那些蹉跎成惘然的大好年华。

借酒消愁,反而起了副作用。诗仙李白一生贪杯,也权威式地声明"抽刀断水水更流,举杯消愁愁更愁"。微醺的时候,满地的光影摇动,记忆也变得斑驳阑珊起来,仿佛随时都会喷薄而出。记忆有一道锁不住拦不断的栅栏,一有风吹草动,就会密密匝匝地侵袭过来,让他无所适从。

凉夜,九曲回廊蔓延到幽静的庭院深处,森森的竹林在晚来风中轻摇慢摆,发出窸窣的摩擦声,让宁静的夜里终于有了一点响动,又搅乱他的那片心池,激起些许涟漪,再也无法平静。

那个夜深难寐的人,站在一袭月光里,低声泣诉着夭折的缘分,绵密成丝的情肠。"依旧回廊新月在,不定竹声撩乱",月还是旧时月,竹子每年都有衰老和新发,而人,好似是从前那个人,又好似不再是——时光催老了人心,憔悴了旧容颜,他在白驹过隙的夹缝里，渐渐地进行了人生最残酷的苍老。

"问愁与、春宵长短"，夜长，夜短，当愁绪袭来的时候，时间忽然变得难以琢磨了。他的夜，比一生都悠长；而他的一生，却感觉比一夜还短暂。还记得从前那些旧的时光片段，琐碎地拼不出最初的形状。那时他与哪位女子在花树之下眼波流转，无声胜有声？那时他与哪位男子对诗填词，有了惺惺相惜意？只是后来，佳人倾城难再得，良友策马下江南，留得他一人，拖着病躯独对料峭春寒，此情此景，怎一个凄凉了得？

春天里花团锦簇，人人都爱其繁盛之美，可几人了解，花开越盛，花败越重。满枝的翠绿绯红到了末，也不过凋零，剩空落落的枝叶和寂寞的秋冬。相对于塞外北国，纳兰更爱江南，不只是因为他的好友多来自那里，更因为北方的两季过于荒寥。一树树的残花落下，随着风缤纷成雨，树枝萧条，他站在花雨里衣袂飘飘，却是，"人比疏花还寂寞"。

"向梦里，闻低唤"，最寂寞莫过于他，置身锦绣里却显得形单影只，因为心事从来没有人能懂。他在梦里紧一声慢一声地唤，过去的人，其实听不见。纳兰的许多哀调愁词，是唱给自己听，至于别人能不能懂，他是不会在意的。词人有且独有的这一份清高与自恋，叫人爱不释手。

"此情拟倩东风浣。奈吹来、余香病酒，旋添一半。"东风，在诗词里多代指春天，李白在《春日独酌》里说："东风扇淑气，水木荣春晖"，东风解冻的时候，春便来了。可它还有一意，说天长路远，难以相见，生人做死别。《红楼梦》里有"千里东风一梦遥"，就是此意。纳兰的东风，几多凄凉几多忧，吹浓了残花香，加重了酒病愁。

本就是相思叫人瘦，又赶上乍暖还寒的时候，身体的不适与心里的哀怨，层层叠叠地堆积起来，让这位多病多愁的公子平添哀伤。此情无计可消除，眉头、心头，都生出错乱的纹路，理不清出路。

纳兰总是把自己困在浓重的情绪里，在沉溺中寻找一种落寞的痛并快乐着。他或许是迷恋上了这种悲哀感觉，一面厌倦，一面深陷。"忆絮语、纵横茗碗"，往昔，我们曾煮茶作乐，挥洒诗情，那样的场景一去不复返。渌水亭里，茶酒助狂性，多少谈笑风生，却转眼成空。

"滴滴西窗红蜡泪，那时肠、早为而今断"，西窗红烛，取自李商隐的"何当共剪西窗烛，却话巴山夜雨时"（《夜雨寄北》）。最温情的时光，莫过于与亲友小坐，灯下相对，高谈阔论或者小有唏嘘，都叫人欣慰。只是人在途上，一次小聚却总是迎接来下一次的离别，蜡炬成灰，当时的喜悦，已经在路途上一点一点地遗失了。

追忆，追忆，你策马加鞭去回想，也追不回记忆，只会徒然地让伤更伤、痛更痛。但如果没有那时的欢喜可供追忆，又怎会晓得相逢相知一场，也是人生书卷中最值得吟诵的篇章。

"任角枕，欹孤馆"，萧条的会馆里，他依然孤枕难眠。

同是客居孤馆，秦少游有一首《踏莎行》：

雾失楼台，月迷津渡。桃源望断无寻处。可堪孤馆闭春寒，杜鹃声里斜阳暮。

驿寄梅花，鱼传尺素。砌成此恨无重数。郴江幸自绕郴山，为谁流下潇湘去。

很久之前第一次读到这首词的时候，颇有惊艳的感觉，句句描写的是景色，但揭开文字的面纱，才知道字字说的是人生。迷失的惘然，相思的凄冷，都入木三分地流露出来，仿佛要把人也笼罩进词的迷宫，在那孤独的驿馆里，寂寞地砌成愁恨。

纳兰的种种词句，往往是伴着一片啼声的，是心泪在低泣。《饮水词》中，一首首的词，写尽相思愁肠，却像是把自己的哀婉和执念，注入了读词人的心里；无数痴男怨女则仿佛发了癫，越是断肠越是痴狂，爱吟纳兰词。

他的一生，留下的诗词，仿佛是来收天下有情人的眼泪。不是人间富贵花，他有雪花般的轻薄模样，遇风翩跹。雪花冷从根处生，一片洁白，怕是因落地之后沾染了人世的尘埃，才戚戚然地融化而去。

尘土梦，蕉中鹿

问我何心？却构此、三楹茅屋。可学得、海鸥无事，闲飞闲宿。百感都随流水去，一身还被浮名束。误东风、迟日杏花天，红牙曲。

尘土梦，蕉中鹿。翻覆手，看棋局。且耽闲嫌酒，消他薄福。雪后谁遮檐角翠，雨余好种墙阴绿。有些些、欲说向寒宵，西窗烛。

——《满江红·茅屋新成却赋》

与他穷凶极恶去追逐名利的老爹明珠相比，纳兰虽人在仕途，却一副淡泊姿态，从来不被那些名利场上的是非所困扰。这世间，能够困得住纳兰的，唯独一个"情"字。

纳兰同陶渊明一样，厌倦官场与纷争，他一心向往和效仿陶渊明等先贤，曾有诗曰："吾本落拓人，无为自约束。偶傥寄天地，樊笼非所欲。"

陶渊明的情况跟纳兰并不相同，他的家庭条件一般，有的时候甚至会穷困潦倒,于是为了养家糊口,一生出世入世好几回,在官场来来往往,就当串门一样,缺钱了就去做个小官攒点碎银,累了就二话不说抬腿走人,日子过得相当惬意。而纳兰,出身贵族,没有"机会"体会陶渊明的生计之苦,也没有机会像他那样,能潇洒到说走人就走人。

所以说,富贵有时候,也是一种累赘。

纳兰作这一首《满江红》,有一个因由,这是一首为"茅屋新成"作的赋。"茅屋",多少让人有点困惑,该不会这位贵公子当真放着豪屋不住,去搭了一座茅草棚子吧?

说起茅屋,首先想到的却是杜甫的《茅屋为秋风所破歌》,"安得广厦千万间,大庇天下寒士俱欢颜,风雨不动安如山。"杜甫也是性情中人,不过他的性情,非在花前月下,却是国家社稷,是"天下寒士"。

纳兰的"茅屋",别有一番内情。

康熙二十三年,顾贞观南归三年整,为招他回京,纳兰特地建造了草堂三间,又写下了这首《满江红·茅屋新成却赋》,以迎接顾贞观。同时还作诗《寄梁汾并葺茅屋以招之》明志:

三年此离别,做客滞何方?
随意一尊酒,殷勤看夕阳。
世谁容皎洁,天特任疏狂。
聚首羡麋鹿,为君构草堂。

纳兰与顾贞观的友情深厚,在当时和后代都是佳话。纳兰很欣赏顾贞观的学识和才华，也为他的遭遇而不平。两人曾结伴在都城西南隅的秋水轩饮酒唱和，做尽风雅之事，这些惬意的好时光，以后再想起来，却只能泪湿青衫，难以忘怀。

在纳兰看来，顾贞观的才华就如同白雪或者烟火，遍布天空，却只能突然地凋零，找不到用武之地。顾贞观在江南的盛名传了二十余年，结果在京城处处受人排挤倾轧，几度被迫离开。

高才自古难通显，顾贞观自是再有凌云壮志，才华绝代，也难以发挥出来，因为在朝为官比登天还难，获得重视的往往不是人才，而是竭尽所能去钻营的小人。小人的圆滑，使他们在官场上像抹了油一样吃得开，而像顾贞观这样有真才实学的人，却走得如履薄冰，稍有不慎就人仰马翻。

仕途多坎坷，壮志太难酬，于是斯人独憔悴，却也毫无办法。虽是风流人物，竟只能充当一些为朝廷粉饰太平的角色，修书作传，歌功颂德，怎不让人愤懑？纳兰是文人做武官，也在为顾贞观的遭遇扼腕，明知道这会触怒朝廷，可能会招惹来灾祸，还是忍不住抒发心中的那些不满和感怀，因为刚直不阿的真性情，是不会随着环境而改变的。

纳兰为顾贞观修建那三间草堂，颇有一番心意：朝廷不待见顾贞观，但他纳兰，是尊重且珍视的，"问我何心？却构此、三楹茅屋。可学得、海鸥无事，闲飞闲宿"，纳兰似乎很喜欢在词的开篇以问题打头，读起来就带着一种决然和干脆的气质，不过，他提出的问题，不是明知故问，就是自问自答。为什么要修建这三间草堂？不过是想学海鸥那样闲适，无忧无虑地过生活，不必受拘束，自由自在。

纳兰费心修建草堂，是在效仿古贤人的隐逸生活。在喧闹的京城里修建一处古朴的屋子，虽然会显得突兀，却是纳兰愿望的曲折表达。站在他的立场，他没有办法完全放手，过向往已久的隐逸生活，也只好以几楹草堂来安抚寂寞的心。

"百感都随流水去，一身还被浮名束"，这是纳兰的状态，就算交集在心中的百般感受，都可以付诸东流，但他的身体，却毕竟还是束缚在所谓的身份和地位里。

"百感"是心，"一身"是身，他的心很大，但身体所处的世界却很小，小到动辄得咎，所以不敢有任何轻举妄动。他看似高高在上，其实周身全是无形的网，用了一生的时间也挣不脱庸碌的生活。"误东风、迟日杏花天，红牙曲"，就这般，负了好时光，又错过好风景，那些最想拥有的，偏偏是抵达不到的。

"尘土梦，蕉中鹿。翻覆手，看棋局。"纳兰的思想里，暗含着一种宗教或者玄妙的东西。在他的眼里，人生就如尘土中升腾起的梦，看起来扑朔迷离，其实尘埃落定之后，也不过是一场虚空。而世事从来真伪难辨，得失无常，从来都将人玩弄于股掌之间。命运，就好比一盘棋，而人，只能算是其中的几枚棋子，一直在被控制的领域，进退都不由自己决定——人生的棋盘，到处都充满陷阱和困境。

纳兰虽说是悲观型性格，偶尔也会有对生活充满希望的时候，但也多是自嘲，甚至近似于自暴自弃，"且耽闲殢酒，消他薄福。雪后谁遮檐角翠，雨余好种墙阴绿"，生活本来就无可奈何，不如纵酒作对，偷得浮生半日闲，淡然地对待外界环境，下雪，就去欣赏雪景；下雨，就去播种新绿。

这暗指了纳兰的一种处世态度，在嚣杂的环境里，他冷眼旁观而不屑参与，洁身自爱。有一些想倾吐的话，也只能欲语还休，寒宵深夜，西窗剪烛，其实看透了，也不过是一般的风景。

纳兰和顾贞观的友谊，经住了时间的考验，他看着他南北辗转，而他也见识了他的家世之变。顾贞观最初认识纳兰的时候，他还是22岁的美好光景，不过一年之后，悲剧就开始上演：纳兰丧妻，一蹶不振，陷入长久缅怀的泥沼里难以脱身。

顾贞观也目睹了他的续弦再娶和不快乐，他身边的人来来去去，心还在原地打转，这便是纳兰对亡妻表达坚贞的态度。

相对于爱情上的姻缘多舛，纳兰的友情运势明显要好得多。他与顾贞观交好之后，又通过他的关系，结交了数位江南才子，前篇《金缕曲》里提到的吴兆骞，就是其中的一位。

吴兆骞是个倒霉才子，他去考举人的时候，还早在顺治丁酉年间，本来是冲着大好前程而来，结果考试那天，却恰恰发生了一起轰动一时的考官舞弊案。许多人被牵连入狱，这位吴兆骞也未能幸免，蒙冤入狱，被判发配宁古塔。

宁古塔，是清代边疆重镇，也是著名的流放人员接收地。郑成功的父亲郑芝龙、文艺家金圣叹的家属、诗人吴兆骞、思想家吕留良等，都曾经因为各种是非祸端，被发配到此。

吴兆骞入狱之后，顾贞观就开始了他的漫长上诉路，可他想尽了一切办法，足足上诉二十年，从顺治都熬到了康熙，还是没能把狱中好友拯救出来。

一直到入纳兰府做了幕僚，顾贞观也始终没有忘却那个蒙冤入狱、正在东北边塞受苦的朋友吴兆骞，他以文人的方式，来表达了自己的怜惜——写了两首《金缕曲》，寄给了吴兆骞：

金缕曲(一)

　　季子平安否？便归来，平生万事，那堪回首。行路悠悠谁慰藉，母老家贫子幼。记不起，从前杯酒。魑魅搏人应见惯，总输他，翻云覆雨手。冰与雪，周旋久。

　　泪痕莫滴牛衣透。数天涯，依然骨肉，几家能够？比似红颜多命薄，更不如今还有。只绝塞，苦寒难受。廿载包胥成一诺，盼乌头，马角终相救。置此札，君怀袖。

金缕曲(二)

　　我亦飘零久！十年来，深恩负尽，死生师友。宿昔齐名非忝窃，试看杜陵消瘦。曾不减，夜郎僝僽。薄命长辞知己别，问人生到此凄凉否？千万恨，为君剖。

　　兄生辛未吾丁丑，共些时，冰霜摧折，早衰蒲柳。诗赋从今须少作，留取心魂相守。但愿得，河清人寿。归日急翻行戍稿，把空名，料理传身后。言不尽，观顿首。

　　正是这两首词，感动了纳兰，他一直把这件事放在心上，并在合适的时机，向父亲求助。明珠通过自己的人脉关系，当然，也少不了真金白银，没用多大功夫就把人从宁古塔赎了回来。那二十多年的冤狱和流放，终于画下了句点。

　　纳兰至情至性，他对朋友从来都是肝胆相照的，有文人之间的惺惺相惜，也有武者之间的仗义侠骨。吴兆骞结束了流亡生涯之后，已经从一位翩翩少年郎，变成了沧桑中年人。纳兰担心他久经风霜，生计上会有困难，在他重返京城之后就聘请他在府里做馆师，教授弟弟学业。

康熙二十三年十月,吴兆骞病故,纳兰亲自为他操办了丧事,并出资送灵柩回吴江。他对朋友的仁义,留下了一段"生馆死殡"的美谈。

教看蛾眉，特放些时缺

星毯映彻，一痕微褪梅梢雪。紫姑待话经年别，窃药心灰，慵把菱花揭。

踏歌才起清钲歇，扇纨仍似秋期洁。天公毕竟风流绝，教看蛾眉，特放些时缺。

——《梅梢雪·元夜月蚀》

纳兰的许多词，一目荒凉，读了叫人觉得心中不忍。其实纳兰是个"心狠"的人，他不犀利，但总能一针见血地道出人世间感情的真相，那种残忍的"慈悲"，叫人欲罢不能。他心中淤积了太多的哀怨，都释放在词里。

秉性高洁，如清水荷花，不染纤尘，这样的品性很难得。他命本金贵，在感情上却是一路曲折，多有损伤，短短的一生就像一部悲戚的咏叹调，一唱三叹，一波三折，希望和绝望交替：刚看到一

谁念西风独自凉

点残存而新生的美好，就迅速地泯入凄凉；刚遇到迂回之后的安慰，却溘然而逝。

纳兰的词里，也许没有华章遍野、瑰丽辞藻，但意味深长的句子俯拾皆是，就像一个手法娴熟的裁缝，针脚细密，如行云流水，一连串抹就成功。他的排词遣句颇为绵长，在节奏上，总让人感觉到一股紧迫感，仿佛所有的岁月都在身后急急地追，来不及回顾，有一股缠绵的力量。

纳兰写的，多数是自己内心的那一点情绪，却能够打动无数人。就算是悲伤的词，他也能让人在难过之后得到额外的温暖慰藉。把词写到明丽伤感，又恰到好处，能支撑这一点的无疑是洞穿世事的明澈、对人与事的透彻和一丝丝潜藏其内的悲悯。

纳兰的词几乎是不着痕迹的，圆润而自然，从不泛滥多余地煽情，更不会故弄玄虚地提炼人生大道理。他的聪明，均摊在字里行间，清新中带着忧郁。

"星毬映彻，一痕微褪梅梢雪"，看他写景，你会觉得是在赏画。正是料峭春寒时候，北国的夜别有一番风味。星毬，是一团团的烟火，星光灿烂，稀释了黑的浓度，也解开了夜色神秘的面纱，让我们可以借着星星之光，看一眼夜的颜色。

星光闪耀，但又不同于白天，既让你看得到美景，又不让你看得完全，好是好，只是有点气恼。但一点星火，足以燎原，透彻整个夜空。

"紫姑待话经年别，窃药心灰，慵把菱花揭。"月圆之夜，的确是容易叫人想起神话的日子。我们的元宵节，如今已经只剩下放烟火、吃汤圆的习惯了。而古时候，人们还会在晚上去迎接厕神紫姑,这个传统,大概从南北朝时候就开始了。

紫姑,又叫子姑或者坑三姑,是神话中的厕神。说也可悲,一个女子,却背上茅厕之神的名号。传说,紫姑乃是为人做妾,却遇上了个彪悍的正室。正室嫉妒紫姑年轻美貌,担心总有一天会取而代之,于是每天逼着她做一些洗马桶、倒尿壶的差事,把好好一个姑娘折腾得臭烘烘的。有一年的正月十五,紫姑就莫名其妙地死在了茅厕中,有人说是激愤自戕,也有人说是正室所谋。上神怜悯她的身世,于是就封她做了厕神,让人们每年上元节在厕中祭祀。

而嫦娥的故事,就耳熟能详了。那个偷取仙药飞天成仙的后羿妻子,也不过苦守广寒宫,永生寂寥。

月圆之夜,紫姑欲与人诉说一别经年的离恨之情,嫦娥却自愧当初的窃药奔月,被日复一日的天上时光,打磨得心灰意懒,以至于都不愿意揭开镜面。无人欣赏,也便无心对镜贴花黄。镜,月也,镜套不揭,圆月无光,正是月蚀景象!

中元月夜,却遇上月蚀天象,原本是一件憾事,却被纳兰写得极富情趣、回味无穷。他的一生虽然苦,但也是个能苦中作乐的人,能在繁华里写落寞,也能在落寞里自娱自乐,享受着寂寥。随遇而安,是纳兰一个极好的品质。你见他凄哀,见他感怀,其实他虽沉浸在这情绪中,却有一种怡然自得的心境。

"踏歌才起清钲歇,扇纨仍似秋期洁",钲是一种古代的乐器。古时候,人们的天文知识还不是很丰富,以为月蚀是天狗吃月亮,于是敲响钲、锣鼓,希望能赶走天狗。久而久之,这就成为了一个传统的欢庆方式,"清钲歇""踏歌起",希望明月快出现,仍能像中秋时那样皎洁如盘。

天若有情也风流,大概是喜欢看蛾眉新月,特地制造了这样的

【教看蛾眉,特放些时缺】

一场"意外",让人们看看月缺的弯弯形态。"天公毕竟风流绝,教看蛾眉,特放些时缺",纳兰的这一句里,居然渗透出一种喜出望外,他是喜欢新月多过圆月的,最迷人的就是那一股缺憾美,就像从来都不圆满的人生。

有不少人根据上元节月蚀的时间,推断这首词乃纳兰在公元1664年,康熙三年甲辰岁,也就是纳兰10岁左右的时候所作,不过根据进一步的考证,这个说法不尽合理。10岁孩童,纵然是天赋异禀,能有如此口吻也叫人难以置信。

于是有心者翻阅天文典籍,试图找到确凿的时间。词里有一句"放些时缺",应为月偏食,所以更为叫人信服的是1682年的那场月偏食。此时,纳兰28岁。28岁的纳兰,已经有了过尽千帆后的心境,也有了"窃药心灰"、甘心寂寞的胸怀,若说这首词作于此时,更有信服力。

上元之夜,正是月蚀之夜,这也算一种难得的巧合。且看另一首写上元月蚀的《清平乐》:

　　瑶华映阙,烘散霁墀雪。比似寻常清景别,第一团圆时节。
　　影蛾忽泛初弦,分辉借与宫莲。七宝修成合璧,重轮岁岁中天。

纳兰对"月"的偏爱可见一斑,他用了大量与"月"有关的代称,"星毬""菱花""扇纨""蛾眉""瑶华""影蛾""初弦""合璧""重轮"等,就像遇见了心爱之人,把所有的好东西都拿出来给她了一般。

这样的奇景与往年相比，更为朦胧，也更有味道，所以他称之为"第一团圆时节"，并忍不住填词再填词，希望能将这美丽片段记录在案。

莫墀，是长满了瑞草的殿阶，"烘散"二字用得极为生动。有了月光的挥洒，殿阶上的皑皑白雪也显得黯然失色，怎不叫人惊叹？纳兰喜欢月辉，是因为它的光洁美丽，正如自己洁身自爱的品性。

"影蛾忽泛初弦"，根据这段推论，应当是与那首《梅梢雪》写于同一时代，同样是月偏食，同样是上元节，同样是圆月忽然如新月般娇俏，虽不圆满，却更有一番情趣。自古以来十五便是圆月，虽是自然规律但也刻板无趣，而偶尔的一场"变化"，更容易让人喜欢，尤其是文人。即使是纳兰这样心思细腻如水的文人，也希望能遇到更多触动心的事，能有更多的灵感。可以说，上元月蚀，把他的文兴和文才都激发出来了。

"七宝修成合璧，重轮岁岁中天"，民间传说，月由七宝合成，便是"合璧"，下阕写了整个月偏食的过程，从圆到缺，再从缺到圆，像一个轮回。

纳兰有生之年，共发生过五次月蚀。在1682年的2月22日，曾出现一次月全食，他也曾留言以记之，便是《上元月食》：

夹道香尘拥狭斜，金波无影暗千家。
姮娥应是羞分镜，故倩轻云掩素华。

细心的我们可以发现，前两首词都是"月蚀"，而这一首，却变成了"月食"，这并不是纳兰的一次笔误，而是在古代的时候，

【教看蛾眉，特放此时缺】

133

"月蚀"一般指月偏食,而"月食"则多指月全食。跟两首词的"特放些时缺""忽泛初弦"不同,这一次,是"金波无影暗千家",是彻底的黑了,月亮完全没了踪迹,嫦娥也藏起了素华。

根据天文学考究,此次月全食发生在现在的凌晨五点左右,此时纳兰还在欣赏着天象,他可能又同无数次词里所写的那样,一夜难眠了。

纳兰对月的喜爱,大抵是跟心里的那份落寞与高洁有关。他正是一位月一般的公子,越是在黑暗里,越是放出光来。喜欢纳兰的人,多是欣赏他的那份风骨,温润如玉,眉目如画,如人饮水冷暖自知的孤芳自赏样,身处繁华之中,陪伴金銮玉辇,骨子里却还是一位隐士。

感情上的几度起伏,让他累了,倦了。短短的一生,却给了他太多的羁绊。偌大的盛世,也没有一处安稳的庇护所,心里飘零的时候,人就安定不下来。

一阕阕饮水词章,一幕幕回忆画面,拼接出世间的冷与暖,人生的爱与伤。

当初,曹寅读完《饮水词》,也怅然地哀叹:"家家争唱饮水词,纳兰心事几人知?"我们不过也是根据自己的心来揣摩着纳兰,在各自的故事里,冷暖自知。

飘零心事,残月落花知

别后闲情何所寄,初莺早雁相思。如今憔悴异当时,飘零心事,残月落花知。

生小不知江上路,分明却到梁溪。匆匆刚欲语分携,香消梦冷,窗白一声鸡。

——《临江仙·寄严荪友》

纳兰生性疏淡,却专注于一个"情"字,非单指爱情,也指友情。只有跟三五好友一起的时候,他身上仿佛与生俱来的那种孤单,感觉才稍微稀释了一点。

纳兰喜爱结交的人,多是才华横溢,不随波逐流者。他不问满汉,不分贵贱,称意即相宜,只要跟自己情投意合,他就愿意倾注所有。

这首词里提到的严荪友,便是严绳孙,号藕塘渔人,又称禺荡

渔人。古人的号，多是自己所取，加了些自己的情意进去，比如陶渊明号五柳先生，便是取名于屋前檐后的几株柳树。除了"先生"，"居士"也颇为受宠，李白号青莲居士，李清照号易安居士，白居易号香山居士，"居士"，多指有才德而隐居不仕或者未仕的人。而严绳孙的"渔人"，一份闲野之心就更为显露了。

严绳孙是江苏无锡人，是位小有名气的书画才子，一生渴求布衣，拒绝入仕。据说，他6岁就能写一手好字。严绳孙的山水画自有一番闲逸之趣，又擅长画人物花鸟，其中以凤最佳，翔舞竦峙，五色射目。

他也有一颗隐逸心，二十几岁就开始游历山水，与朱彝尊、姜宸英被誉为江南三布衣。他在顺治六年，参加了由江南名士太仓吴伟业主盟的慎交社，结交了一批东南名流。顺治十一年的时候，他与顾贞观、秦松岭等人结了云门社，当时号称云门十子，曾经名噪一时。

康熙十四年，严绳孙通过友人介绍结识纳兰性德，从此，两人结为莫逆。

严绳孙同纳兰一样，心里对仕途与官场的某些习气是不屑一顾的，不过他没有纳兰那样的枷锁，所以行为更为自由，做派也利索得多。康熙十八年的时候，朝廷调举博学鸿儒之士，有人举荐严绳孙以江南布衣身份参加考试，他却一心逃离避开，在考场上以双目有疾为借口，匆匆写成一首《省耕诗》便退场，期望脱身。

像避难一样避仕途，怕没有人比得过严绳孙，可是功名这东西却也有趣，有些人追着想要都得不到，严绳孙却是拼命想逃，同样也没有逃脱。那时的康熙，笼络士子之心正切，于是想方设法地留住严绳孙，破格录取为二等末，让他到翰林院编纂史书，后来又陆续地派了些职位给他做。

严绳孙虽然厌倦仕途,但一时半会也没有胆量忤逆圣旨,只好忤逆自己的心,违意做了几年官。在这些时岁里,最称意的怕就是与纳兰他们这些友人们饮酒作诗成画的日子了,各自都顶着沉甸甸的官职,心里却向往着鱼鸟之乐,只恨身不由己,又没有"仰天大笑出门去,我辈岂是蓬蒿人"的壮志,能做的只是委曲求全,枉费了心里的一腔悠然之情。

官职、富贵,这些都是樊笼,复得返自然,才是他们真正的向往。所幸的是,康熙二十四年,严绳孙终于辞职成功,摆脱了官职回到老家隐居,安心做他的藕塘渔人,从此闭门不出,以书画著述终老,也算遂了心愿。

纳兰欣赏严绳孙的才情,更敬佩他敢于抗衡命运的勇气,对着仕途勇敢地说"不"。严绳孙所作所为,是纳兰心中所想,却力不能及的一种境界。

这首词,是为严绳孙送别之作。珍贵的友情,总是在分离关头表现得更为明显。

"别后闲情何所寄,初莺早雁相思",严绳孙因事南下之后,纳兰的"闲情"就变得无所托寄。有一种友情叫做相濡以沫,而当天各一方的时候,许多情绪和心事,就忽然没有人可以交流,在心里逡巡着找不到出口。

纳兰在他所处的环境里,是有一些落寞的。因为他太特殊太洁身自爱,难得找到几个投缘的知音知己,所以他对结交的那些文人墨客们都心怀感激和珍惜。

文人之间的友谊很微妙,也很美好,那种煮酒论诗、激扬文字的风发意气很叫人神往。想象一下场景,也觉得该是一幅精彩的画面。纳兰对他的友人,没有一丝一毫曹丕说的那种"文人相轻,自古而然"的定式。顾贞观也好,严绳孙也好,以那个时代的世俗眼光来看,他们在"地位""权势"这些惹眼也扎眼的词汇上,是远远不及纳兰的,但纳兰凭着那颗从不追求权力的心,从未计较过这些。他跟所有的朋友,都是保持平等来往。

纳兰的一生,为友谊写下了无数的篇章,心中对这种情分的在乎,可见一斑。重情重义,是他一生的腔调,只要认定,就会全心意地付出,从不计回报。

初莺早雁,本该是欢喜的季节,纳兰却惯用这些有生机的字眼来写心中寂寞。他曾有一首怀念亡妻的《青衫湿》:"近来无限伤心事,谁与话长更?从教分付,绿窗红泪,早雁初莺。当时领略,而今断送,总负多情。忽疑君到,漆灯风飐,痴数春星。"同样是初莺,同样是早雁,同是在无限春光里却怀着一颗感伤的心,人家在迎春闹春的时候,他却独自抱着一颗缱绻的心,在美好光景中落寞地一个人穿行,辜负了好时光。

纳兰的寂寞,在他的《饮水词》里处处可寻:《青衫湿》里的"谁与话长更",《江南好》里的"谁与话清凉"等。他的心总是一副"寂寞开无主"的模样,喜怒哀乐仿佛无人分享,叫人心疼。

"如今憔悴异当时,飘零心事,残月落花知",还好还好,那些不能说出口的憔悴心事,还有残月落花知晓。人都说"相由心生",多是指一个人的面相上会反映出其对应的身心状态,我却觉得,"相由心生"说是心情影响你对外界的感觉更恰当一些。同样是春天,在有些人的眼里是生机,是欢喜;在另一些人眼里,却是落寞。

这是因为，这些情绪都是由心内而发，你的心会影响到你对外界的态度。相由心生，境随心转，人只要安抚了自己的心，就可以控制外界给自己带来的触动。可惜的是，纳兰天生一颗寂寞心，是无论如何都慰藉不了。他先天的敏感与后天的遭遇，把他紧紧地困在一种无法自拔的情绪里。他的一个梦，做了一生。

有时候，当我们思念一个人，会忍不住产生一些奇怪的想法，比如，去他住过的地方看看，去他待过的城市转转。顺着那些他留下的痕迹，走回过去的记忆里，寻找可以缓解或者加重思念的途径。

严绳孙回了江南，纳兰大概白天里也生了这样的心思，所以居然夜有所梦，"生小不知江上路，分明却到梁溪。"从小就住在京华，从来不知道江南之路，却在梦里，去了他的家乡，去了梁溪。梁溪，是江苏无锡的一条溪水，源自惠山，流入太湖，也是严绳孙的故土。

纳兰一生的行迹，是不由自己掌握的。平时他驻守殿堂，偶尔随康熙出巡，走过许多地方，看过很多山水，但因为出的是"公差"，心不自在，景色再美也是枉然。倒是去不了的地方，在梦里可以一偿所愿，思念太深，情谊难断，所以纳兰居然在梦里游历了从未去过的梁溪。

在那些结伴相随的日子里，严绳孙该是同纳兰描述过自己家乡的山水风光。纳兰虽然没有去过，却有了向往，梦里的场景真真切切，就好比设身处地踏上江南路，梦里游一场。

只可惜，梦也只能是梦，充其量短短几个画面，就回归到现实，"匆匆刚欲语分携，香消梦冷，窗白一声鸡"。他在梦中跋山涉水，终于见到了思念的友人，还来不及说出那些叙旧的话，窗外忽然传来鸡鸣之声，梦里的温馨场面忽然就消失不见，令人不胜惆怅。

纳兰府邸，那一座渌水亭，便是他与那些名士文人煮酒论诗的雅集之地。纳兰曾经如是描述它："夜色湖光两不分，碧云万顷变黄云。分明一幅江村画，着个闲亭挂夕曛。"他对这座亭子的喜爱，一是因为景光之美，二是因为它"谈笑有鸿儒，往来无白丁"，留下了许多与友情有关的美好记忆。

纳兰逝世之后，渌水亭的雅集也就终结，像一个戛然而止的音符。叫人欣慰的是，友人对纳兰的哀思，对渌水亭的怀念却仍是绵延悠长。纳兰逝世之后，仅仅收入《饮水词笺校》的墓志铭、表就有三篇，收入《通至堂集》附录中的祭文、挽词更是不计其数。渌水亭，已经成为一个不可磨灭的记忆，而纳兰同那些友人的交往，情义之真切，更是感人肺腑。

历史的砥砺下，渌水亭已经不见所踪，但那些存留在时光里的碎片，那一份古道热肠，却在词曲中，点点滴滴地渗透出来。

好花月、合受天公妒

只一炉烟，一窗月，断送朱颜如许。韶光犹在眼，怪无端吹上，几分尘土。鳞鸿凭谁寄，想天涯只影，凄风苦雨。便砑损吴绫，啼沾蜀纸，有谁同赋。

当时不是错，好花月、合受天公妒。准拟倩、春归燕子，说与从头，争教他、会人言语？万一离魂遇，偏梦被、冷香萦住。刚听得、城头鼓。相思何益，待把来生祝取，慧业相同一处。

——《大酺·寄梁汾》

大酺，天下欢乐大饮酒也，一开始带有政治意味，是一种"特许"的普天同庆。古人对于集聚豪饮作乐，有严格的规定，不是随便就可以进行的，比如汉律令里就有"三人以上无故群饮酒罚金四两"的规定。一般来说，"大酺"不会无缘由地发出，必须是皇室有喜事，下令"大酺"几日。

唐代的时候，教坊司专门制作大曲《大酺乐》用以佐兴，到了宋代，词人以古曲填新词，就成了词牌，渐渐淡化了政治味。纳兰的《大酺》，就单单是一首送友人顾贞观的词作。《饮水词》里，赠友人的作品也占了很大的比重。纳兰对所交朋友的情深义重，是许多人都不能做到的。

这首词，虽然是赠与梁汾顾贞观，但读起来，却又像心里的白描，每一句都是揭开平日里繁华的表面，透露出一种盛世背后的落寞与孤单。纳兰的气质里，是与生俱来的高洁，不堕入流俗。

"只一炉烟，一窗月，断送朱颜如许"，读到这句话，便想起民国才女张爱玲的《金锁记》，本是没什么特别的关系，但张爱玲笔下的一个场景却叫我一直记在心里。七巧嫁了姜家有残疾的二少爷，又因为个性问题而不讨家人喜欢。她就像整个大家庭里最突兀的一个问号，却在这里度过了多年时光。

张爱玲是如此描写岁月流转的：

> 风从窗子里进来，对面挂着的回文雕漆长镜被吹得摇摇晃晃，磕托磕托敲着墙。七巧双手按住了镜子。镜子里反映着的翠竹帘子和一幅金绿山水屏条依旧在风中来回荡漾着，望久了，便有一种晕船的感觉。再定睛看时，翠竹帘子已经褪了色，金绿山水换为一张她丈夫的遗像，镜子里的人也老了十年。

好的文字驾驭者，行文起来是滴水不漏的，寥寥数笔，看似简单平静，却暗藏着动态感。张爱玲的笔下，不过是对镜梳妆的片段，但转眼之间"帘子脱色""丈夫故去"，已是十年的间隔，让人丝毫不觉得突兀。同样的镜子，同样的人，只是容颜已被十年的流光侵蚀过。

而纳兰，他的世界里是少不了那一炉香，篆香燃完一盘又一盘，味道还是那个味道，天上的月也是年年日日都一样，唯一变化的，只是容颜渐渐老。"断送"二字，用得何其巧妙，带一股苍凉的无奈。人的老去，完全无法被外力左右，你再贪恋青春美好，都无济于事，时间是最公正的裁判。

旧时光历历在目，"韶光犹在眼，怪无端吹上，几分尘土"，无缘无故，美好的记忆就沦丧在现实的尘埃里。韶光就像一阵风，匆匆吹过，往事就蒙了灰。回忆里的面貌，逐渐变得不再那么清晰，仿佛隔了一层薄薄的纱。纳兰的生命，虽然在还未苍老的时候就戛然而止，但总觉得，他的心一直是老的。没错，他有年轻的容颜，但一颗心，在某些方面固守着童真一般的执拗，在另一些方面，却好似从未有过年轻的姿态。他总是在不停地回忆，不停地想念，做那些老人最喜欢做的事，叹尽人间繁华背后的凄迷。

"手撚残枝，沉吟往事，浑似前生无据"，拈花时候，往事接踵而来，但这一切却都像发生在前生，想起来觉得缥缈虚幻。思念的人都不在，那些共同欢宴的记忆片段，与现实对照而言，已经变得不着边际。他的生命，轻飘飘似湖面浮萍，虽然美丽但是浮华，我似乎听到纳兰的心里，悠悠地发出"绕树三匝，何枝可依"的寂寞感慨。

"鳞鸿"，指鱼雁，书信。因为人各自天涯，就连寄托思念的书信都不知应该寄往何处，"想天涯只影，凄风苦雨"，心里下了一场雨，淅淅沥沥，直把人逼进绝境里，无处藏身。"便研损吴绫，啼沾蜀纸，有谁同赋"，吴绫，是古代吴地所产的一种有纹彩的丝织品，轻薄，是贵族子弟常用的书写品。当友人各自散落天涯

【好花月，合受天公妒】

143

的时候，就算是一个人奋笔疾书，磨透了吴绫蜀笺，一腔的心事也无人倾诉，没有人共赋。

清末曾有人评析纳兰这首词，称其："念念以来生相订交，情至此，非金石所能比坚。"那些友人，在纳兰心中的地位弥足珍贵，在他们当中，他是"职场"地位最高的一个，却也是最不自由的一个。顾贞观、严绳孙等，虽然身份不高，生活条件上也比不上纳兰，但他们却可以来去自由。这一点，是纳兰可望而不可即的。

也正因为如此，他总是在为他人送别，总是在怀念，写下一首又一首的思念词。"当时不是错，好花月、合受天公妒"，当时不是错，还记得《采桑子》里有一句："而今才道当时错，心绪棋迷"，是说爱情过后便再无来计。这一句"当时不是错"，就另有一番意味，纳兰在感慨天意弄人：也曾有花好月圆人团聚的时候，可惜好时光却仿佛被天嫉妒，总是没那么持久，人总被命运拆散，却毫无还手的余地。

当时不是错，只是已经错过，再无回旋的余地。顾贞观这次离开京城，是因为身在家乡的母亲病丧。纳兰在思念友人的同时，也有对生命无常的感叹，所以整首词都被抑郁的气氛笼罩，怨天、怨缘。

"准拟倩、春归燕子，说与从头，争教他、会人言语？万一离魂遇，偏梦被、冷香萦住"，这一句，应该一气呵成地读出来，抑扬顿挫的强调，就好比一段百转千回的情绪，荡气回肠。从南方归来的燕子，自然不会说话，不会传达人与人之间的思念，就算在梦里相遇，也不过寥寥片刻，就要被现实的冰冷凝住。

纳兰的思友词，写得缠绵悱恻，如果不是标题中的"寄梁汾"，怕不少人会觉得是为情人所写。古代的文人，情感上比现代的我们要婉约含蓄许多，但独独对待友人却很张扬，诗词歌赋里，用尽华笔浅吟低唱。换作我们当今的时代，两个大男人就算交情再好，也不会这样肆无忌惮地表现出来。

浮躁的时代，再无人能够贴近自己的内心，倾听那里的真话。有许多言语，说出来会被指责矫情，于是生活变得平面化，太多事都只能尽在不言中。相比之下，还是古人之间的友谊更耐人寻味，就像纳兰这般，用情人的口吻说出对友人的思念，也不会觉得不妥，反而更加感人至深。

"刚听得、城头鼓。相思何益，待把来生祝取，慧业相同一处"，城头更鼓响，时间仍在不紧不慢地推移，它的姿态亘古不变，却因为蕴含着的流逝感而叫人心惊。纳兰一夜无眠，一夜徒度，相思其实没有益处，因为改变不了现状。他悲观地想，与其毫无益处地相思，倒不如寄希望于来生，来生各自别有这么沉重的枷锁和总被隔断的情缘，则可以相逢相知，相伴相随。

对今生不满且无望的人，才会言辞里总设想着来生。据说，纳兰逝世之后，父亲明珠曾经看着儿子的友人为他整理出的词集，老泪纵横。他也不明白，这个儿子生在人间富贵之家，为何笔下却那么多的凄楚之情，厌世之感。

这是无人能懂的一种寂寞。

纳兰，他虽然与现实格格不入，但一旦认定了一个人或者一件事情，就会义无反顾。对爱人或者朋友，他都是用心用情，还好，除了那些人力无法左右的天灾人祸，在他生前没有人负他，否则，一颗澄澈和无私的心将要受到怎样的折损？

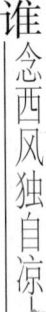

之所以说"生前"二字,是因为纳兰死后,他的交际圈子里,确实发生过一件不干净的事。这件事的主人公,叫姜宸英。

姜宸英,字西溟,浙江慈溪人,他与我们前面所说的严绳孙,同为当时颇有名气的"江南三布衣"。此人也做过严绳孙的同事,一起修纂明史,负责刑法志。早期,他曾经得罪过明珠,所以在朝廷里备受冷遇,不过,跟纳兰却很投缘。

姜宸英性情孤傲古怪,纳兰偏偏就对这些个性张扬的文人很是欣赏,经常邀请他参与名流欢宴,吟诗填词,暂时避开官场的争斗角逐。

词牌唱酬,可以说是纳兰与人结交的桥梁。他对中原古典诗词的浓厚兴趣,也是他乐于结交汉人才子的原因。那时候,朝廷里的满汉关系还是颇为紧张的,不过由于纳兰的特殊身份,所以就算当中有一些咏叹明亡清兴、世事无常的文字出现,也并未带来严重的后果。

据说,纳兰死前最后一次欢宴,就是同顾贞观、姜宸英在一起,还作了一首《夜合花》。他离世之后,姜宸英悲痛欲绝,专门写悼文以寄托哀思,大致意思是我个性倨傲癫狂,你却从不嫌弃我,反而一直支持着我,是真正了解我的人。

不过,这段友谊最后却是一记败笔。纳兰死后没多久,明珠失势,而这位已经一把年纪的姜宸英,为了迅速撇清关系,也为了报复当初明珠的打压,更是为了在殿堂上晋升有门,说了不少诋毁两父子的话。

这段轶闻鲜有人知,可能世人皆爱纳兰高洁,又怜惜他在情路上一路曲折,希望友情能给予慰藉,不忍他一生最引以为傲的渌水亭情缘,也因为个别人染上污点。那个完美主义者纳兰容若,必定无法忍受倾心付出的友情却被如此玷污，更是被他一生最厌恶的功名利禄所累及。

而姜宸英，则成为唯一辜负了纳兰的人。虽机关算尽，他的结局却并不圆满。在康熙三十六年，他以70岁的高龄考中进士，两年之后，赴顺天主持乡试，因主考官作弊而被连累，死在了狱中。

这一次，再无人像纳兰营救吴兆骞那样，不遗余力地为他寻生路了。

把朱颜、顿成憔悴

谁念西风独自凉

斜倚薰笼,隔帘寒彻,彻夜寒如水。离魂何处,一片月明千里。两地凄凉多少恨,分付药炉烟细。近来情绪,非关病酒,如何拥鼻长如醉。转寻思、不如睡也。看道夜深怎睡。

几年消息浮沉,把朱颜、顿成憔悴。纸窗淅沥,寒到个人衾被。篆字香消灯炧冷,不算凄凉滋味。加餐千万,寄声珍重,而今始会当日意。早催人、一更更漏,残雪月华满地。

——《忆桃源慢》

有句古话叫做,"古之伤心人,别有怀抱,俗人未必解此",用来说纳兰,恰如其分。

纳兰身为生活在衣香鬓影里的相府贵公子,享受着优渥的生活,也被过于复杂的政治压得喘不过气。他很难得,身为武官,又多经历塞外出巡,仍能保持心里那根细腻的弦,一生都有文人情怀。

纳兰逝于年华正好的时候,亲悲友痛,后世人扼腕说天妒,但想来其实老天也待纳兰不薄，才让他在31岁的年纪就死于寒疾。如此他就不必经历抄家灭门之痛，也不必遭遇世态凉薄之恨。

纳兰的一生，毕竟太过繁华奢侈，而他对某些东西又太多执着。总觉得，他的世界其实是不堪一击的，如此佳公子，不能堕入泥尘，所以说，纳兰死于那场浩劫发生之前，也不能算做一件太坏的事。

我倒愿意，他逝在那样年轻的时光里，从此不老，让我们如今追忆起来，他还是那副白衣少年的俊俏模样，眉宇间带着一股愁，但美好至极。

《忆桃源慢》，是一首塞外思念诗。桃源，自然会让人想起陶渊明的《桃花源记》，其实我们每个人心里都有一处桃源，只是后来，大多数都像故事里的那个主人公一样，找不到再去的路。

纳兰心里的桃源，却一直都在，他坚持到固执地保留着自己心中的方寸土地，在那里，冷暖自知。一个惯于思念的人，都是多情而善感的。他忘不却旧时光和故人物，忘不却心中的老爱情，于是把自己封锁在过去的记忆里，一遍一遍，走马灯一般地领略从前的片段，即使明知道，过去就是再也回不去。

"斜倚薰笼，隔帘寒彻，彻夜寒如水"，虽然行军塞外，纳兰却写出一股慵懒，就那么斜斜地靠在薰笼上，嗅到芳香。但凡他这样心思如水的人，都有一些偏执吧，不管身在何处，也学不会将就，总是要给自己留一些情趣在。

身在塞外的纳兰，也保持着自己对熏香的痴迷，这些生活中的小情调，让他被许多后人冠以"小资"的名号。的确，纳兰是有些"小资"调调的，他懂得享受风雅。据说，他有一方玉规，专门用来在餐前量饺子的大小，不合心意就不肯吃。这种可爱的偏执，倒也透露出他性格里的一些偏狂，自有一番执念。

不过，他与现代人口中那种刻意追求品味的"小资"并不相同。我们所说的"小资"，是一种有意的靠拢；而纳兰的气质，却是浑然天成。纳兰是个追求完美的人，他对"饺子"尺寸的执着不知真假，但对诗词的精心琢磨却是世人共睹，每一首词，都试图填到最好、最佳，天衣无缝。

"离魂何处，一片月明千里"，这一句，其实跟"日日思君不见君，共饮一江水"有相似的味道，只是后者共饮着一江之水来解相思的渴；而前者，却是共享着同一片月光。

"离魂"，是一个典故，最早源出唐传奇中陈玄祐的《离魂记》。故事里的女主角倩娘，本来被许配给表哥王宙。但她的父亲张镒却背弃了婚约欲将她另嫁。王宙悲恸离开，而倩娘思念过度，灵魂居然脱离了肉体，随他奔赴而去，一路从衡阳到了成都。二人成家立业，十几年之后再回到衡阳，他才发现，身边的人只是她的灵魂，那具肉身，还躺在闺房里病恹恹呢。

这段故事，到了元代还被剧作家郑光祖改头换面，编成一曲《迷青琐倩女离魂》，成了岳母逼女婿先取功名后成亲，结果女儿出魂陪考的故事，被传唱无数遍。

离魂，是思念到极致后的结果，故事就是故事，现实中任你思念再猖獗，也无法灵魂出窍、一人两用。纳兰在一室的熏香里问"离魂何处"，是觉那漂流在外的人，其实就像灵魂一样，居无定所，仿佛身无分量。缘分二字不牢靠，前一刻还对影成双，后一刻，风一吹就各地分散。只有那月光，各处都是同样的月光。

拿张九龄的那首《望月怀远》来解释，也颇为妥当，"海上生明月，天涯共此时。情人怨遥夜，竟夕起相思。灭烛怜光满，披衣觉露滋。不堪盈手赠，还寝梦佳期"。月光照耀千里，即便有情人隔着天涯，也能共赏同一轮明月，各自慰藉着相思。

只是，这样的慰藉多少有些无奈和落寞，所以才有了"两地凄凉多少恨，分付药炉烟细"的心绪。一样的月光，却照不亮未来的形状。那些缭绕在心里久久不散去的怨，就随着香炉细烟不断地笼罩弥漫，快要将人湮没。

"近来情绪，非关病酒，如何拥鼻长如醉"，那些心境，其实无关酒后醉意，但酒不醉人人自醉，曼声吟咏到如痴的姿态，就仿佛酩酊一般。思来想去，还是决心睡下，否则到了夜更深的时候，更难将息。纳兰说，"转寻思、不如睡也，看道夜深怎睡"，就好比一句"不如归去"，是无奈的总结，掺杂了些许凄凉。

纳兰作这首词的时候，似乎是消极到了极点，以至于读起来都觉得胸口闷闷的，有种不惬意的压抑。

"几年消息浮沉，把朱颜、顿成憔悴"，看似平凡的一句，却惊心动魄。那些离别的日子，对方几乎杳无音讯，偶尔有消息，也是断断续续，终归没有团圆的一天。韶光容易把人催，那些年他途经许多地方，才发现，没有尽头的不是深山，也不是大漠，而是等待。

等待，等到憔悴了朱颜，蹉跎了岁月，这是世上最残忍的事，因为你等待的时候，永远不知道那个人会不会来，就像怀了一个若有若无的希望。其实，也不过是给自己一个聊胜于无的借口。

"纸窗渐沥，寒到个人衾被。篆字香消灯灺冷，不算凄凉滋味"，这一句，仿佛让我看到一幕剪影：半明不灭的灯火，一个

【把朱颜 顿成憔悴】

谁念西风独自凉

人,茕茕孑立地站在窗边,聆听着屋檐之外的淅沥雨声。寒更雨疾,他孤单地睡去,单薄的衾被抵挡不了寒冷和思念。

纳兰的词里总是有一种淡淡的绝望,他喜欢描写那些残尽的东西,仿佛虚无就是人生的主题。"篆字香消灯灺冷,不算凄凉滋味",那篆形的焚香,已经烧到了尾,香气渐渐淡弱下去,灯烛也将熄,空留一地余烬,满心凄冷,可是他却说"不算凄凉滋味",这是一种内敛的忧伤。

他的词多如此,他的人也如此,不事张扬,用内在蕴含的那些本质的东西将你打动。这种慢工出细活的感动,更容易维系得长久。

就好比生活中,有一些东西也许初看的时候朴实无华,但经过时间的打磨之后,我们才会发现,它们才是最珍贵,像珍珠一样,必须在时光里日放光彩,被人所发现。"加餐千万,寄声珍重",这些话,都是在离别的时候的必吐之言,因为说得太多太泛滥,已经近乎空洞的客套话。可当离别之后,一个人经受风吹雨打,才知道,"加餐饭""多珍重"这样的叮嘱,才是我们最怀念的祝福。

况且,还加了"千万"二字,我们可以借此回忆起送别时候的场景,一方千叮咛万嘱咐,都从生活琐事着手,无非是衣食住行上的体贴;另一方觉得有些啰唆,于是信口答应,其实心里还向往着远方呢,一心想去看看新的风景。直到分开,想念的情绪才突如其来,"而今始会当时意",终于明白了从前的一片苦心,我们的脚步向前,记忆却一直回头看。

"早催人、一更更漏,残雪月华满地",同样是以景色作为全词的结尾,仿佛故意为之,想为前面大幅的伤怀找个台阶,撇清关系。想想，之前沉浸在几乎看不到边际的坏情绪里，一直压抑着愤懑着，到了最后，故作轻松地来写景，就好像把坏情绪都隔离开，词尾作完，收工回到现实生活。

　　纳兰在上阕就声明自己要去睡了，不过看来还是辗转反侧，才会一遍一遍地催促自己。更漏滴滴答答，不急不缓，其实真正不平稳的，总是人心。当夜深人静，却无睡意的时候，一点点的声音都会被扩到无限大，就像感伤也会铺天盖地袭来一样。

　　努力去睡之前，且再看一眼窗外，残雪、月华，铺了一地。

心灰尽，有发未全僧

> 心灰尽，有发未全僧。风雨消磨生死别，似曾相识只孤檠，情在不能醒。
>
> 摇落后，清吹那堪听。淅沥暗飘金井叶，乍闻风定又钟声，薄福荐倾城。
>
> ——《忆江南》

　　纳兰在我们的整个历史上，都算做一个"异数"，他洁白得仿佛故事里才会出现的完美人物，几乎没有任何负面的"绯闻"。历史上的文人，要么干巴巴，要么乱糟糟，还原全部的真相，多少有点不尽如人意。唯独他，真的像一株清丽的莲，再言语犀利的评论家，说到他，也会不自觉地口下留情，因为他的确难有落人口实的任何蛛丝马迹。

　　最难能可贵的是他的人生姿态，不受尘俗影响，不为名利所缚，清清爽爽，字里行间挥洒出真我本色。他一直坚守自我，坚守自己的一片赤诚和本真，一生清澈得叫人惊叹。只是，他的经历，毕竟悲凉了一点。

人们常说"哀莫大于心死"，我倒觉得，哀，莫大于"心不死"。

心死是绝望，至少不会再受反复之苦；而倘若心中还有念想，以为还有希望，就会周而复始地折磨自己，在希望与失望之间憔悴不堪。

纳兰的心病，在于他太透彻，没有那一份难得糊涂的心怀。缺少人身自由的侍从生活，与他生性惧怕束缚的个性背道而驰；心里藏着一份狂气，表面却必须伪装成规行矩步的模样，对他来说，是个艰巨而痛苦的任务。

他曾随康熙南巡，留下一路的《梦江南》，写尽风光，也暗自藏了许多身不由己的哀伤。扈从路上的车马劳顿，本是叫人疲倦，但对纳兰来说，他的休憩便是躲进书中，躲进填词作赋中。"日则校猎，夜必读书"，纳兰便是凭着这样的勤奋来两不耽误，既完成职责，又忠于梦想。他潇洒的才情和辗转的阅历，都成为充实了《饮水词》的魂。

还有一首《梦江南》，却是写于北国风光。那时候，纳兰的妻子卢氏刚刚去世，按照风俗，棺柩被临时安放在山西平遥双林禅寺有一年之久，再择吉日安葬。在这段时间里，他请了僧侣做法事超度卢氏亡灵。卢氏死于康熙十六年，却直到十七年七月二十八日，才归葬到玉河祖茔。

这首词，是纳兰为卢氏守灵期间所作。此时，他借住在禅院，正是葬花时节，又逢落雨，幽静的禅院里尽是风声雨声鸣钟声，他

【心灰尽·有发未全僧】

忍不住心生感怀。

有一种炉香,叫做心字香。据说是番禺人初创,把半开的素馨茉莉放入器皿中,再佐以薄薄的沉香片层层相间,密封起来。只需等一日,等花香都逼了出来,再将花瓣与沉香片碾成碎末,萦篆成心字。

纳兰曾在另一首《梦江南》里写道,"心字已成灰",便是说的这种心字香,同时一语双关,暗指"心灰尽"。

他的生命里,是一派澄清的颜色,心里也是一片冷清。"心灰尽,有发未全僧",是他对自己心灵的摹写:如果不是还留着一头青丝,就同僧人没有什么区别了。话虽这样说,但纳兰对卢氏,还是心存着希望,希望与她梦里相见,希望与她来生重续前缘。

纳兰与佛学,其实也颇有渊源。据说,他的生母爱新觉罗氏,就是一位虔诚的优婆夷,皈心释氏,每天早上起来必定焚香膜拜,诵读梵经。可以说,纳兰从小耳濡目染,对佛学也有些兴趣。明珠府中,有一些室名斋号,也颇具佛家色彩,比如"绣佛楼""香界"等。纳兰家还有两座家庙,一座叫龙华寺,一座叫高庙,他曾在这里接待友人。

他家的府邸,在现今的什刹后海附近。那时候的什刹海,又叫做净业湖,据说,明代的时候,这里曾有净业寺等诸多寺庙,到了清初依然香火鼎盛。

纳兰自号楞伽山人,楞伽二字,也是源于佛教词语。楞伽山,是佛陀讲法的地方,此二字有"难以进入"和"宝物"之意。他曾在《渌水亭杂识》中,把儒、佛、道放在一起讲述,对佛理的重视可见一斑。正是由于对现实的厌倦和对佛学的偏好,才让他在途经旅宿寺院的时候，说出"心灰尽，有发未全僧"这样的话吧。

只是，他对现实的厌倦，更多却起于贪恋。一个多情的人，总是遇到无情的事，所以才在经历过许多次的希望落空之后，渐渐心灰意冷。"风雨消磨生死别，似曾相识只孤檠，情在不能醒"，好一个"情在不能醒"，他的一生遇到了太多的生死离别，把一颗贪恋着"情"字的心折磨到冰冷。物是人非时候，同心离索时候，唯一似曾相识的，只是那一夜的孤灯一盏。

情在不能醒来，不是不能醒，是不愿醒，现实太过残酷了一些，倒是梦里更容易叫人迷恋。纳兰的许多词里，都写了梦里的重逢和醒来的冰冷，这是一种折磨。那些人，那些事，在现实中似乎永远得不到圆满。说完了梦，他总是习惯性地又开始说来生，仿佛今生已无望。

这个旷世情种，抱着"若是情多醒不得，索性多情"的姿态，终生未能摆脱男女情爱的束缚，"一种情深，十分辛苦"。

纳兰也算是个情孽深重的人，一生困于感情。卢氏的去世，给他带来的打击是空前的。在守灵的日子里，他把自己隐藏在寺庙里，终日听经声钟声，沉溺其中，似是一位未剃度的出家之人。

"摇落后，清吹那堪听"，爱妻亡故之后，他的心绪变得轻飘飘，一阵清风就足以把记忆吹得东倒西歪，寻不到正途。纳兰再回想起从前朝夕相伴的旧情形，似乎做了一场握不住的黄粱梦。

目之所及、耳之能闻，全是凄楚，"淅沥暗飘金井叶，乍闻风定又钟声，薄福荐倾城"，淅沥的雨声，树叶的凋零，风停了，钟声又敲响，此情此景，都如纳兰的心境，那里起了一场凄风苦雨。

纵使如花美眷，也抵不过福分浅薄。

另一首《望江南·宿双林禅院有感》，也与佛事有关：

挑灯坐，坐久忆年时。薄雾笼花娇欲泣，夜深微月下杨枝。催道太眠迟。

憔悴去，此恨有谁知。天上人间俱怅望，经声佛火两凄迷。未梦已先疑。

同一首词牌，看情境，应是作于同一时代。"经声佛火"，似乎也是在这座守灵的双林禅寺中。他在这里居住了一段日子，虔诚地向佛稽首跪拜，拈香诵经，苦于天人永隔。

从前的生活场景，他还记得：每逢夜深，薄雾之下花影朦胧，月下杨梢，她仿佛还在催促他早些休息，嫌他睡得太迟。

卢氏不会知道，后来纳兰因为怀念她，一个人度过了多少无眠之夜。他在诵经声和佛火光之间，情绪渐渐凄迷，记忆和现实交错，明明还没有睡过去，已经分不清如此光景是梦还是幻。

这个痴情的人，还曾对着佛祖许愿，希望来生可以再结缘，弥补今生的福薄：

手写香台金字经，惟愿结来生，莲花漏转，杨枝露滴，想鉴微诚。

欲知奉倩神伤极，凭诉与秋擎，西风不管，一池萍水，几点荷灯。

——《眼儿媚·中元夜有感》

中元节，许多寺庙里都举行盂兰盆会。纳兰追忆着卢氏，把亲手所写的佛经，拿到寺庙里祭祀亡灵，又把象征着思念的荷花灯放到庙前的水池里。

深夜，月冷天寒，池水里芙蕖漂泊，堤岸上杨柳凝霜，花灯随着轻风与水波流转，载着纳兰一颗赤诚的心和一腔"愿结来生"的愿望，渐渐淡出视线，只留星星点点，闪烁在雾蒙蒙的水面上，也留在伤心人的思念里。

纳兰的亡妻之痛，试图在佛学中找慰藉。"香台""金字经""莲花灯"这些都是佛教里的词汇。那无限的神伤，却还是无处诉说。

中元节，农历的七月十五，已经是夏末秋初，天转凉，杨柳也渐渐褪去翠绿，即将叶落，正如纳兰的心，渐渐地苍老着，这一切都在不知不觉中悄悄地上演。西风无情，更反衬出人的多情。多情，但福分薄。

那一池的点点灯火，渐行渐远，好比一去不返的旧时光，只能在记忆里开出花来。

眉谱诗全删,别画秋山

眉谱待全删,别画秋山,朝云渐入有无间。莫笑生涯浑似梦,好梦原难。

红味啄花残,独自凭阑。月斜风起袷衣单。消受春风都一例,若个偏寒?

——《浪淘沙》

又是眉毛。自古,我们把男子称为须眉,因为古代的男子,以须眉稠密为美。

男子之眉不用打理,而女子之眉,就繁复得多。据说,古时候的女子习惯把眉毛去掉,再按照时兴的样式,用黛重新描画,所以才叫画眉。

这种说法并不是毫无凭据,翻看汉代刘熙的《释名》,里有:"黛,代也。灭眉毛去之,以此代其处也。"黛,是用一种青黑色的矿石，加了麝香等香料制成，用来画眉，色香俱全。

化妆，是古代女子最重要的功课，也是最聪明的杰作。"妇容"，是四德之一，除了天生的模样，适宜的装扮可以让姿色更美。从历史上来说，画眉，也算是最传统的化妆术之一。早在战国时代，她们就开始用铅粉扑面、黛黑画眉，让自己更加动人。

女子之所以如此注重自己的眉毛，其实也是在迎合男子的喜好。无论在哪个时代里，要想征服和留住心上人，容貌也算一件最有力的道具。据说，隋炀帝时代，曾经从波斯引进了一种螺子黛，又称蛾绿，被后妃争相珍爱。这位骄奢的皇帝，喜欢看宠妃画眉，每每"倚帘顾之，移时不去"，流连忘返。

姜夔有"犹记深宫旧事，那人正睡里，飞近蛾绿"（《疏影》），李煜有"云一绸，玉一梭，淡淡衫儿薄薄罗，轻颦双黛螺"，晏几道有"晚来翠眉宫样，巧把远山学"（《六幺令》），蛾绿、黛螺、翠蛾，都是女子眉毛的代称，除此之外，还有青恋、青蛾、翠黛等种种变称。眉毛不同样式，在男子眼里，也是不同的姿态。

说到眉毛，不得不提的一个典故是汉朝张敞。他和妻子情深，每天妻子化妆的时候，他就去为她画眉。本是闺房之事，却不知道为何传扬起来，京城的人都知道了，还传到汉宣帝的耳朵里。汉宣帝亲自过问这件事，认为失了朝廷命官的体面。张敞却不卑不亢，解释说，男女闺房之事，画眉已经算是正经的了。

君臣二人，把家庭琐事搬到大殿上去义正词严地讨论，的确有趣。汉宣帝觉得张敞的话也有道理，就没有再过问，但也没有再重用他。倒是"张敞画眉"，成为一段夫妻情深的佳话。

【眉谱待全删，别画秋山】

161

其实画的不是眉,是感情。那些森严的戒律,把儿女私情也关在条条框框里,苦了天下多情的人。

画眉,需有技巧,不是随便涂抹两笔应付了事。它跟作词一样,讲究浓淡深浅,就好比欧阳修那首很有生活情调的《南歌子》:

> 凤髻金泥带,龙纹玉掌梳。走来窗下笑相扶,爱道"画眉深浅入时无?"
>
> 弄笔偎人久,描花试手初。等闲妨了绣功夫,笑问"鸳鸯两字怎生书?"

"画眉深浅入时无?"从这一句就可以看出,古时的女子也同而今一般,喜欢追着潮流。装扮精致的她,跟他一起走到窗边,边笑边问:"我画眉的方法,够不够时髦?"他写字的时候,她就刺绣,间或还颇有兴趣地问一句:"鸳鸯二字怎么写?"不是求知,是调情了。

眉毛的画法有很多种,所以,也有专门为女子准备的眉谱,里面有多种眉式,比如唐玄宗让画工作的《十眉图》。女子眉毛,看似小事,却也有君王煞有介事地搬到台面上来说,可见女子容貌对男子来说,也是占足了分量。

我们经常在故事里看到,大胆的女子把自己的唇印印在丝绢上,送给心上人。其实在宋代的时候,赠"眉印",也一度成为风尚。欧阳修有一首《玉楼春》,就专门写了眉印:"半幅霜绡亲手剪。香染青蛾和泪卷。画时横接媚霞长,印处双沾愁黛浅。当时付我情何限。欲使妆痕长在眠。一回忆着一拈看,便似花前重见面。"

这个聪明的女子,亲手剪下白绢,把自己的眉妆印上去,送给远行的恋人,希望他可以看着白绢上的墨印,一解相思之渴。

纳兰在《浣溪沙》里,就曾提及眉谱:"屏障厌看金碧图,罗衣不奈水沉香。遍翻眉谱只寻常。"

看样子,他对女子画眉的要求也颇高,希望眉毛的样式可以推陈出新。那些眉谱里的式样,被天下的女子模仿,各种眉毛,各有秋色,但终归还是看得有些厌倦了。

这跟现代女子化妆一样,追求个性化,一种妆容出来的时候很惊艳,但过阵子就会因为盲目流行而变得比比皆是。就好比那些明星腕儿们的晒伤妆、烟熏妆,石破天惊地出现,一开始引起非议,后来逐渐被接受、被模仿,一时间满大街小巷都是。

久而久之,也就变得不再新鲜,落了俗套。还会有新的妆容横空出世,爱美之心人皆有之,女子为了更美,总是不惜不断尝试和翻新的。

《浪淘沙》里的这位女子,就有此心意。"眉谱待全删,别画秋山,朝云渐入有无间",她为了让自己更加好看,对镜扫眉,可是翻遍了眉谱,精挑细选,还是寻不出称意的眉式。所有的样式看起来都寻常,似乎都已经试过、试倦了,再按图索骥,也找不出新的花样。

可以想象她的恼怒,带着一丝烦闷,把《眉谱》丢却一旁,赌气地开始凭空设想,自创一种新的眉式花样。女子一边看着镜子里的自己,一边苦心思量。

眉毛,是女子的风情元素,描画的技巧、手法、形式都至关重

【眉谱待全删,别画秋山】

要，切不可忽视。画眉，其实就跟写诗作词一样，也需要灵感，需要工笔细描。这是个聪明而有心的女子，她很快就有了思路，画出别具一格的眉式，"朝云渐入有无间"。

纳兰对这个眉式的描写，很含蓄。似乎古人谈起女子的眉毛，很喜欢用"山""云"这样的词。的确如此，眉毛在女子的脸上，要如山一样有耸立感，支撑整张脸的轮廓，又要如云一样带一股清逸之美。

"朝云渐入"，仔细地琢磨，应该是一种浓淡度恰当，又有层次感的眉式吧。想象一下早上的云，轻薄如烟，还有"渐"字的感觉，从眉梢到眉心，是有变化的。"秋山"也是个关键词，秋天的山，有一种朦胧的清秀，被早晨的云彩笼罩着，别有一番风情。

纳兰笔下的女子，精心画出了娟秀的眉，脉脉含情，楚楚动人。可整首词的后篇，却与女子的眉毛并无多大的关联。猜想，他可能是在忆旧，怀念起爱人在镜前装扮时候的场景。女为悦己者容，一个女子越是注重自己的妆容，就说明她对心上的人越是情真意切。

那时候的女子，养在深闺，识人不多，唯一常见的便是自己的丈夫和家人。再美丽的容颜，也只有他来欣赏才算有了价值。

其实爱美，应该是每个女子都具备的品质才好。精心地呵护与装饰自己的如花容颜，不一定是为了某一个人，更该是为了自己。韶光转瞬即逝，花容月貌也只留在记忆里，就在最繁盛的时节里肆意地释放美丽，理所当然。

不禁联想到纳兰，他自己作词的时候，该也有这样的细致心思吧。"眉谱待全删，别画秋山，朝云渐入有无间"，这也可以借用来当作一种填词的心态。词有词牌，有韵律和平仄上的规格，可如果太迁就于那些条框，就限制了词兴和心，他也愿意随着自己的心来走，抛弃尘俗规矩，不拘一格。

纳兰的《饮水词》中，也有不少自创词调。他不是因循的守旧者，而是别出心裁的人。他的文字里，总是能给人生动的新意和吸引力。

"莫笑生涯浑似梦，好梦原难"，这是纳兰的生活态度，不要嘲笑人的一生如梦，能酣畅地做一场好梦，本来就很难得了。纳兰对情爱很偏执，对人生的态度却是洒脱而随性的。大多数世人计较和追逐的事，在他眼里一钱不值，他坚持恪守着自己的心，保持本真。

梦，也是纳兰无数次在词里提起的，多是好梦易醒，他却享受着那么短暂的梦中迷醉。对他来说，一场好梦，一场似真似幻的醉，就已经是一种难得的享受了。

"红咮啄花残，独自凭阑。月斜风起袷衣单。消受春风都一例，若个偏寒？"

下阕，人在景中走。我们尾随着他的脚步，一起回到三百多年前的那个月夜，又是春末葬花时节，本来已落花缤纷，更有鸟雀添乱，将那残花啄得更加凋零。

大片的花纷纷落下，似乎扰乱了春风的路径，让空气里弥漫着一股自然的清香。落花之香，比篆香更亲切，比怒放时候的扑鼻香更凄美，似乎正在释放着最后的生命力。用不了多少时日，春尽花败，那香气也只萦绕在记忆里，似真似幻，似梦。

我们看到那个独自倚着阑干的纳兰，他身着单薄的衣衫，再无人劝他早入眠，勤加裳，他站在春风里分外孤单。

【眉谱待全删，别画秋山】

身寒，心寒，哪一种更冷一些呢？身寒可以借由衣物来温暖，心里的冷，却是无论如何都焐不热。而心里的寒冷，又会变本加厉地加重身体的寒冷，因为当一个人的心单薄如纸，一阵轻风都可以将他吹得支离破碎。

有心的人会发现，纳兰在许多词里都喊着"寒""冷"，可其实，许多他的词都在写春夜或者夏夜，即使北方的夜晚天气再冷，也不至于到无法忍受的地步。究其原因，纳兰自小身体就差，又染有寒疾，所以他一生苍白畏寒，这是其一；其二，怕是他心里天生就是凉的，他对爱人情真意切，对友人古道热肠，但这也无法抵消他的灵魂里，对这个世界和自己一生的心寒。

如人饮水，冷暖自知，他的"寒疾"，生在身体，也生在心里，自是无人能懂，无人可治。他把《饮水词》留给了后世，我们从中检阅，试图感受他的冷暖，其实大多数时候，也只能是断章取义。

一丝残篆、旧薰笼

翠袖凝寒薄,帘衣入夜空。病容扶起月明中。惹得一丝残篆、旧薰笼。

暗觉欢期过,遥知别恨同。疏花已是不禁风,那更夜深清露、湿愁红。

——《南歌子》

说起《南歌子》这个词牌,最先跑到我心里的,却是李清照填的那一首《南歌子·天上星河转》:

天上星河转,人间帘幕垂。凉生枕簟泪痕滋。起解罗衣聊问夜何其。

翠贴莲蓬小,金销藕叶稀。旧时天气旧时衣。只有情怀不似旧家时!

谁念西风独自凉

这首词，是李清照在流亡江南时候所作。喜欢它，只因最后末句看似平凡普通，却动人心魄。抛弃整首词叫人喘不过气的哀婉，单看那点睛之笔，"旧时天气旧时衣。只有情怀不似旧家时"，后发制人，直直地扼住人的柔肠。

这句话没有任何修饰，正与纳兰的"当时只道是寻常"异曲同工，平白得像一句口语。只有历尽了沧桑之变的人，方能从中品出它其实是带了血的哀叹。秋凉天气年年如旧，金翠罗衣褪去颜色，由旧时走来的人也逐渐苍老，而情怀，已经不是从前的情怀了。

好的句子，未必非得繁花似锦，《漱玉词》是，《饮水词》也是，最被人竞相传颂的，总是这些看似寻常的语句，但反复诵读起来，字字悲咽，句句伤怀。

"翠袖凝寒薄"，这一句与杜甫《佳人》中的一句颇为相似，"天寒翠袖薄，日暮倚修竹"，不过，两人的区别，全从一个"凝"字里流露出来。杜甫的诗豪放为主，不会有那么多的修饰，不会纠结于细节。而纳兰不同，在文字上，他有自己的风格，便坚持恪守。纳兰是个遣词用句的完美主义者，正因为如此，他的词才意境全出。

他就像是一个为夜而生的人，每当夜里，身体里的各种情愫与词情，都蜂拥而出。茕茕子立的纳兰，翠衣美衫，单薄地站在寒夜里，帘幕垂下，屋里却是空空寂寂，正如一颗早已经被掏空了的心。

"病容扶起月明中"，并非为赋新词强说愁，而是纳兰本就是多病之躯。上天给了他太多的恩赐，无可挑剔的出身，多才多情的心肠，却注定了要让他一生受病痛之苦。纳兰天生畏寒，愈逢凄冷的夜,愈容易病发体冷。寒疾,它就是纳兰生命里的一个致命克星,偷偷地躲在阴暗之后,一直窥探着纳兰,时常不请自来,反复地折磨着他。

康熙十二年,纳兰年近19岁,在顺天乡试中顺利中举,准备参加殿试的时候,寒疾就突然来袭,让他毫无征兆地败下阵来,不得不卧床数月。其中的惆怅感伤,在他那时所作的《幸举礼闱以病未与廷试》的字里行间,可以感受一二:

晓榻茶烟揽鬓丝,万春园里误春期。
谁知江上题名日,虚拟兰成射策时。
紫陌无游非隔面,玉阶有梦镇愁眉。
漳滨强对新红杏,一夜东风感旧知。

正在最该狂妄的青春年纪,却被疾病打垮,纳兰的愤懑油然而生。

此刻,他仍旧在被天寒与心寒折磨着。词里有残余的篆香、废旧的薰笼,这一切都如同李清照的那一句"旧时天气旧时衣",篆香虽然燃完一盘还有一盘,味道却还是那个味道;薰笼用过无数次,却还是那个薰笼;物是,人却不再是从前的那个人了。残余的香屑燃烧到了最后,好像一个生命到了终点、苟延残喘的人。

月明,本也是一种朦胧的美丽,加上缭绕的烟雾和氤氲的香气,场景的清丽秀美中,还带着淡淡的忧郁之气。忧郁,是纳兰生命的本色,他的身上,他所有的诗词歌赋中,都带着一股清丽的哀愁,叫人在不知不觉中沉溺其中。

自古红颜薄命,美好的公子也同样。与生俱来的寒疾,是一团巨大的阴霾,一直笼罩在纳兰的生命里。这种病,似乎越来越顽

固，而且来袭的时间越来越紧凑，叫他防不胜防。在出差的途中，纳兰也经常被寒疾打扰。"黄昏又听城头角。病起心情恶。药炉初沸短檠青。"（《虞美人》）"曾记年年三月病，而今病向深秋。卢龙风景白人头。药炉烟里，支枕听何流。"（《临江仙》）从那些词中，我们可以读到，他的寒疾发作越来越频繁，身体也越来越差。

康熙二十四年的时候，也就是纳兰31岁，他随着康熙南巡，行至无锡，又一次病倒。这一次，病情已经很重了，时好时坏地持续着，一直到了第二年的春天。康熙二十四年，纳兰的挚友之一严绳孙离开京城，返回故土江南，纳兰拖着病体，还为他送行，"可怜暮春候，病中别故人"（《暮春别严四荪友》）。

此时的他，可能已经感觉到了自己将要遭受的事，所以言辞里的悲戚已经昭然若揭。他在送给严绳孙的《送荪友》里心心念念地说，人生何处不相识，你我二人，将分居江南燕北，各自老去。如此说来，还不如相逢但并不合拍，那样的话，就没有现在的分离愤懑之苦。明知道留不住你，还是忍不住心如刀割，泪流如雨……

虽然没有直接道明，但纳兰的这首别离赠诗里，却有了最悲凉的调子，仿佛到了永别的关卡。果不其然，一个多月之后，纳兰同顾贞观、姜宸英等好友名流欢宴唱酬，第二天，就再次被猛烈的寒疾击垮，这也是最后一次。

他一病不起，七日之后，因寒疾而死。

其实，他一直都知道自己的身体状况，才一次又一次地在词里提起那些叫人心碎的字句，比如病，比如来生。历史上，凄婉悲观的诗人词人也不在少数，但动辄提起来生的，恐怕只有纳兰一人。那一点一点的情绪积攒到最后，就成了刻骨的伤。身体上的病痛，心灵上的缺口,都是纳兰生命中不能承受之痛。

对于未来将要发生的一切,他心里是有预感和直觉的。所以总在明里暗里,一直有意无意地透露出来。

"暗觉欢期过,遥知别恨同",没有好时光了,所有的甜蜜都变成了往事,只能沉淀在记忆里,再无重现的可能。日渐转寒,天地失色,他心里已经察觉到了命运的归宿,欢会之期已过,离恨难消,而更大的别离正等在后面。

纳兰生于腊月的北国,天生体质弱,容易遭受寒邪的侵扰。这让他能够更敏感地感觉到环境的变化。乍暖还寒,或者秋冷萌动,别人还浑然无觉的时候,他却可以清晰地感受到那些微弱的气息和变化。

纳兰的所有词里,几乎有三分之一都写到秋冬寒意,在家乡庭院,或者在塞外江南,他在寒日里看遍了满目的衰草连天,心里也渐渐荒芜成一片废墟,那是寸草不生的寂寥。耳边是西风萧条,那种岁月蹉跎而过、生命被无限放逐的凄苦,在他的心里萦绕了一生。

无常,是纳兰对人生最彻底的解读。他看似雍容华贵的一生里,经历了太多的无奈,并非无端就生成那股浓郁的缺憾和空漠。

"疏花已是不禁风,那更夜深清露、湿愁红。"人已经弱不禁风了,再看到夜深时候冰凉的冷露、凋零的残花,心中更添一种孤寂,怕自己真如那秋日里的残花,已经走到了终结。

纳兰天生一段愁肠,身体的病弱更增添了他忧郁的气质,就好像一坛老酒,在时光里不断地发酵,味道越来越浓厚,也越来越容易叫人迷醉。

他就在自己自酿自尝的苦酒里,醉了一生。

【一丝残梦、旧薰笼】

还留取、冷香半缕

别样幽芬，更无浓艳催开处。凌波欲去，且为东风住。

忒煞萧疏，争奈秋如许。还留取、冷香半缕，第一湘江雨。

——《点绛唇·咏风兰》

风兰，是一种寄生兰，喜欢在通风、湿度高的地方生长，尤其喜欢寄生在深山树干上，叶似兰但较短，在夏天开一种白色的小花，有微微的香气。这种兰最大的特色，是生命力顽强，没有土也可以生长。

这首《点绛唇·咏风兰》，是纳兰给好友张纯修所作之画的题词。张纯修，字子敏，号见阳，也是纳兰的渌水亭文人友谊中重要的一位。他擅长书法制印，尤其对临摹古画十分在行，可以模仿到惟妙惟肖。

张纯修与纳兰，因他的画、他的词而一见如故，相交深厚，还因为投缘而结拜为异姓兄弟。纳兰去世之后，翰宝传世的不多，迄今能见到的，唯张纯修集与其往来尺牍装订成册，也算幸事。

两人志趣相投，爱好相从，结识之后，张纯修还曾将自己的一部分藏品转赠给了纳兰。纳兰对这位挚友很是欣赏，曾在给张纯修的书信里写道："一人知己，可以无恨，余与张子，有同心矣。"

康熙十八年，张纯修奉旨赴任江华县令，将离京前往湖南。纳兰在渌水亭设下宴席给他饯行，想到又是一场不知重逢日的离别，不禁黯然神伤，各自唏嘘不已。分开之后，他们二人凭借书信往来，彼此互道衷肠，倾诉思念之情。

纳兰历来向往南方景色，于是在第二年写信给张纯修，说江南美丽，草木清绝，可否作画一幅赠我，待我闲暇的时候，自当奉上词作交换。于是，张纯修就以一幅《风兰图》赠与纳兰，他也如约为画题词，便有了这一首《点绛唇》。

"别样幽芬，更无浓艳催开处"，风兰与其他的花木不同，另有一番芳香韵味。它不是浓妆艳抹的美人，而是自有一番素雅恬淡，不沾染一丝一毫的浮华。这首词，看似是在评画、评花，其实纳兰想要表征的，是他向往与坚持着的品格。他愿意当一株与世无争的风兰，开在世外，不管现实多纷乱喧嚣，都兀自清冷地绽放，即使寂寞，也决计不肯屈服媚俗，再孤单也要恪守最本真的性格。

花，亦有花骨。兰之美，美在一股清幽傲气，不会垂涎奢华，不折服于浑浊人世间。

这一株兰花，乘着画卷来自南方。纳兰对江南的好感，是从不

【还留取 冷香半缕】

隐瞒的。他对张纯修可以出任湖南，心里是羡慕的。张纯修可以每天在良辰美景里赏花作画，这样闲逸的生活，却是纳兰求之不得。他在京城，他在南方，按说许多地方官员都是一心向着京华，费尽心思也要到京城混个差事，可纳兰，他却是想离开而不得。

"凌波欲去，且为东风住"，说的就是这样的心情，他驻守宫廷，表面风光，但对他来说，他被这种以自由做代价的繁华束缚得厉害，恨不得立即挣脱这金碧辉煌的樊笼，凌波而去。纳兰活在自己的世界里，冷眼看着周遭的一切，如走马观花。他宛若一株风兰，开在最艰苦的环境里，却仍然保持着清洁的品性。

洁身自爱的文人，多少都带有一点自恋，明里暗里，把自己比作花，比作草，比作美好的女子。纳兰也是如此。《点绛唇》明是写风兰，细看起来，字字句句都是自己的写照。"忒煞萧疏，争奈秋如许。还留取、冷香半缕，第一湘江雨"，风兰的叶子并不茂密，甚至让人觉得有些孱弱，却耐得住那么寒冷的清秋。

张纯修的画中，似乎还留了半缕从南方带来的香气，这幅画以及画中花，堪称绝色了。他以此赠与纳兰，正是对他品性的认同与赞扬。作为挚友，他深知纳兰心中悲苦，也知他身不由己的无奈，才用一幅画送上江南花，聊表慰藉，亦是对他的鼓励。

纳兰别有根芽，不是人间富贵花，却被放置在最富贵的皇宫大殿里，几乎是一株仅供观赏的植物，蔫蔫的没有生机，一副将要枯萎的姿态。只有在文人堆里，在诗词浩瀚里，他才能汲取到自己需要的养料。

纳兰一生渴望闲逸，对森严的规矩条理充满厌倦。虽然身为满人，他对汉文学却是崇尚至极，对以武力厮杀获取了政权的朝廷心里略有芥蒂。纳兰身为康熙的侍卫，虽然不用领兵作战，但他仍对自己被界定的"武官"职位毫无兴趣。

他眼中的自己，应该如风兰一般优雅淡静，便是在寒冷的秋日里日渐萧疏，也会留下缕缕清香，而不是穿盔甲、持武器，亦步亦趋地跟着帝王，浑身都是戒备的样子，这让他疲惫不堪——那里就像密封的牢笼，生命力再顽强的花木放进去，也会因为缺乏养料而失去生机。

人们都看着富贵花的堂皇一脸艳羡，却鲜有人知道，表面风光的背后，藏了多深的不甘愿。对向往着朝堂的人来说，纳兰对官场的厌倦态度无异于身在福中不知福，明明有钱、有势、有人脉，可以顺风顺水地爬到更高的位置上，他的志气却总也不在这里，一心只在琢磨那些笔墨纸砚，书辞画卷。

别有怀抱的纳兰，是开在世间的一朵风兰，香远益清，高洁孤傲，不屈不挠地开。他无怨尤地看尽斗转星移，品完世态冷暖，开尽繁花、落透繁华，就算无人采撷，无人欣赏，心里也泛滥成一片香。

收到纳兰题词的时候，张纯修喜爱之际，曾乘兴回了一首词，名为咏兰，实为念旧叙旧，便是以下《点绛唇·兰·和容若韵》：

弱影疏香，乍开犹带湘江雨。随风拂处，似共骚人语。

九畹亲移，倩作琴书侣。清如许，纫来几缕，结佩相朝暮。

张纯修的《点绛唇》里，可以说是三句话不离对友情的眷恋了。"弱影""疏香",那风兰看起来是孤单的样子,带着一股雨气,看起来分外清新。徐徐的风吹来了记忆,全是美好的从前,"共骚人语""亲移""琴书侣""结佩""朝暮",全都是对影成双、欢喜的好时光,更衬得现在人各萧索,好不凄凉!

这隔了南北的对画共题词,一来二往的书信,就成了佳话。

两个人的友谊,有时光空间都割不断的坚韧。只是,叵测的未来却翩翩而来,看不清面孔,只露出一口森森的牙齿,象征着厄运的不期而至。六年之后,纳兰病故,他的性命如无根的浮萍,黯然地随着落花流水而去,留下无限感伤。

此时,张纯修已经离开湖北,转任扬州府。由于路途和官职的原因,他没能返回京城见纳兰最后一面,成为一生的遗憾。

为了表达自己的哀思和愧疚,从那以后,张纯修每次画兰,都会题上纳兰的《点绛唇》,算是对友人的惦念和追忆。只是从此,再无人与他鸿雁传信,再无人同他对词作曲,共赏一株风兰。曹寅听说了这件事,还曾作诗赞誉张纯修和纳兰之间可贵的友情,说他"万首自跋纳兰词",这样的金石之交,可感可叹。

不久之后,明珠失势,被降职使用,灾难接踵而至。比起那些迅速撇清关系,甚至肆意诋毁的人,张纯修对纳兰的友情却一直没变,不以世情辜负。一直过了许多年后,他还联系到顾贞观,两人相聚广陵,追数往事,感叹纳兰的英年早逝。在张纯修的提议下,他们一起整理了纳兰的诗词作品,刻成《饮水诗词集》。

纳兰生前,可以说是满汉文人圈子的关键人物;他去世之后,张纯修协助曹寅,建立起了新的满汉文士交游圈子,也算是完成了纳兰的心愿。

纳兰如一粒微尘,从人间路过,然后迅速地离开,只留余香缕缕。那些被他擦肩而过的人，再凝神去看，也看不到他的背影，只嗅得芬芳，缭绕在牵肠挂肚的那一腔柔情里。他一直活在后人的想念或者想象里，好似从未离开。

玉人已逝，终于得偿所愿地凌波而去，这次，任何风都再也留不住他。只剩下风兰，还在独自盛衰，一秋又一秋，在尘世的苍凉与风霜里，看遍了一场又一场的离殇，憔悴了人心，也只是脉脉不得语。

风兰有花开花落，而纳兰与张纯修的友谊，却像已经刻画在了纸面上的《风兰图》，永开不败。

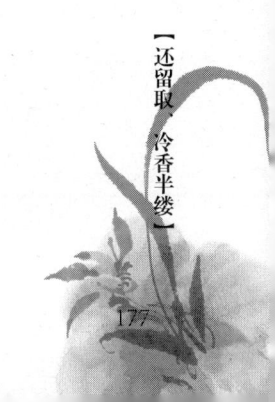

> 莫减却、春光一线
>
> 薄劣东风，凄其夜雨，晓来依旧庭院。多情前度崔郎，应叹去年人面。湘帘乍卷，早迷了、画梁栖燕。最娇人、清晓莺啼，飞去一枝犹颤。
>
> 背山郭、黄昏开遍。想孤影、夕阳一片。是谁移向亭皋，伴取晕眉青眼。五更风雨，莫减却、春光一线。傍荔墙、牵惹游丝，昨夜绛楼难辨。
>
> ——《东风第一枝·桃花》

到了春天，赏桃花似乎已经成了必需的传统项目。记得有一年，冬天走得特别晚，桃花节却还是如约举行了，我们又迫不及待地赶过去，果然看到粉红如云。可惜，只能远观，一近看就看透个中"玄机"。

山民为了招揽生意，在寒意料峭的时候就让百花怒放，从山下望上去，满目的翠绿绯红煞是好看；可走近了才发现，花是塑料花，叶是塑料叶，一朵朵、一片片地插在枝丫上，而真正的桃花桃叶,因迟迟不走的冬寒,还只是羞涩地含着苞儿,怯怯地打着卷儿。

再逼真也是假,漫山遍野的假桃花,倒映衬得好似整个春天都是假的。不过,倒也欢喜热闹,毕竟不能辜负了山民不辞劳苦的装扮。也总算知道,荒芜之下掩埋着蠢蠢欲动的春意,耐心地等,总有桃红柳绿的那一天。

桃花,于文人诗词之中出场次数不少,《诗经》里有"桃之夭夭,灼灼其华",用艳丽娇柔的桃花来比喻女子,最恰当不过了。也有明代唐寅,故作疯癫地唱:"桃花坞里桃花庵,桃花庵里桃花仙;桃花仙人种桃树,又摘桃花换酒钱。"种种般般的情趣,写成种种般般桃花的姿态。

纳兰填来咏桃花的《东风第一枝》,像一幅徐徐打开的好景,有风,有莺,也有佳人移步轻踱,走到一线春光里。纳兰的生性悲凉,让他的眼前笔下也带着一股淡微的凉意。东风送春,在多数人眼里看来是欢喜的,到了他的词中,却是"薄劣东风,凄其夜雨",一提笔就奠定了主旋律,还是惯有的伤感路线。

同样是春天雨夜,在杜甫的笔下就是一幕《春夜喜雨》:"好雨知时节,当春乃发生。随风潜入夜,润物细无声。"杜甫是一位实用主义者,看到春雨,最初想到的是万物复苏需要灌溉,雨水泽润了大地,自然是一件可喜的事。而纳兰,他不会想到这一层,风雨夜、滴空阶,只会将他心里浓厚的愁绪再添一层。

春夜,更漏点滴敲,声声催人老。窗外雨湿寒梢,窗内泪染衣襟,不肯相饶,共隔着一树桃花直滴到晓。早上,庭院倒还是昨日的庭院,只是多情的桃花突如其来地绽开了,卷起门口的竹帘,就

【莫减却 春光一线】

看到一幅春日桃花图。一树一树的桃花，用它娇嫩的色彩与姿态，点缀了整个春天。

"多情前度崔郎，应叹去年人面"，又到了崔护苦寻人面却只见桃花笑春风的时节，门外，是一片生机，"湘帘乍卷，早迷了、画梁栖燕。最娇人、清晓莺啼，飞去一枝犹颤"。

梁间栖息了新的燕子，而黄莺，开始在枝头嘤咛着唱歌，细嫩轻柔的声音动人，忽然它展翅飞走，花枝犹自轻微地抖动，清香就扑鼻而来。风过去，燕留处，莺啼处，满目的桃花摇曳，枝影摆动，仿佛在人流盼的目光中错乱了舞步，绚丽旖旎。世界的颜色，因刚被细雨洗刷过而纤尘不染，显得分外妖娆。

燕啧莺鸣里，唯独桃花是静的，犹如《诗经》里那一位静女其姝，脉脉地站在原地，一言不发，但其实藏了许多话，异常地可爱。没有勾魂摄魄的媚，却因淡雅而让人不忍把目光移开。

看到这些生机勃勃的景象，纳兰的心里似乎被感染，也有一丝雀跃，笔调也变得轻快了几分，清新可人。

夜色渐渐袭来，晚上的桃花，又别有一番景象。"想孤影、夕阳一片"，雨夜之后是天晴，日薄西山撒下轻柔的光，透过枝叶斑驳地落在地上，朦胧了许多景光。地面上风吹光影动，与满山桃花的颜色相映成趣。

桃花怒放，其实最多也不过数日就渐渐转败，又到葬花时节。所以，前人才会煞有感慨地说，花开堪折直须折，莫待无花空折枝。

此时的纳兰，还是年少时候，词里的伤感虽然有迹可循，但基本上，还能将自己多半的心思都放在景色草木上，信步赏桃花，没有过分浸染后来那些沉郁寡欢的情绪。

他又沿着那一树一树盛开的桃花，来到水边，"是谁移向亭皋，伴取晕眉青眼"，不只门前窗外、山郭上，连水边都有桃花盛开，伴着柳树新萌出的嫩芽，妆成一派桃红柳绿。红，是绯红，绿，是翠绿，像用丹青颜料涂出来的颜色，在潮湿的空间里，渐渐地晕染开来，更显娇媚动人。

"五更风雨，莫减却、春光一线。傍荔墙、牵惹游丝，昨夜绛楼难辨。"夜里的风雨交加，非但没有减却春光，反而平添了几分春意。桃花傍着爬满薜荔的墙壁，愈发显得红艳可爱，牵扯着几缕游丝，再与红色的楼阁相互掩映，一眼看去，仿佛尽是桃花；楼阁几乎已经无处遍寻，湮没在花的海洋里。

薜荔，是一种绿色的攀援灌木。柳宗元作过"惊风乱飐芙蓉水，密雨斜侵薜荔墙"，满墙的绿荫掩映，本就是一道景致，再衬上娇艳桃花，更是亮丽风景。

这首词，是纳兰早期的作品，描景居多，没有过重的情绪成分。拿他后来同样写桃花的一首《采桑子》做对比，会发现，差距宛如天上人间：

> 桃花羞作无情死，感激东风。吹落娇红，飞入闲窗伴懊侬。
>
> 谁怜辛苦东阳瘦，也为春慵。不及芙蓉，一片幽情冷处浓。

《东风第一枝》是长调，几乎所有的笔墨都用来写了桃花，而这首短调《采桑子》，却是字字关情。与前者的"赏春"不同，后者发展到了"伤春"。桃花怒放之后,并非无缘无故无情地落下,而是被东风吹落。纳兰用的"死"字,是他把这些草木当成有生命的灵体,同人一样有着生老病死。桃花死去,亦是一件值得哀伤的事,所以,才有了后来的"葬花"一说吧。

春意阑珊时候,好风又落桃花片,翩跹着飞入窗棂,陪着伤情的人儿共同度过已经所剩无几的春光。"伴㤚侬",有点感时花溅泪的味道,人心里有了缺口的时候,那些伤感的画面就会趁虚而入。落花,对纳兰来说是春光走到了尽头,而若到了乐观的"实用主义者"口里,怕就是"落红不是无情物,化作春泥更护花"了,没有落花,又何来的果实?

东阳,是指南朝齐梁时期的诗人沈约。沈约对近体诗韵的发展颇有贡献,还曾同谢朓开创了历史上值得一书的著名诗体——永明体。这位诗人,后来在灭齐时立功获封赏,那时他已经62岁暮年,成为梁武帝的宠臣,却从此日渐轻减,腰围瘦损,最后忧惧而死。

东阳消瘦的典故,就经常被词人拿来自比,李煜就有"沈腰潘鬓消磨"一句,形容自己日渐憔悴。纳兰的"谁怜辛苦东阳瘦",亦是在暗指自己如桃花般飘零殆尽、消瘦不堪的身体,为春光惨淡而懊恼不已,感到慵懒无聊。

"不及芙蓉,一片幽情冷处浓",芙蓉,从初夏花蕾渐生,一直到晚秋前后花期才基本结束,所以有诗说它"千林扫作一番黄,只有芙蓉独自芳"。可能正是因为桃花的花期短,又不似芙蓉那样开在秋,所以,纳兰才觉得它"不及芙蓉"。不过,桃花也有它的好处,一片幽香,在清冷的春寒里愈发浓重。

桃花随东风花开花落,好比玉人心中柔肠,绽放成朱华,翩跹在春色里，化作眉黛中若有若无的愁，薜荔蔓草肆意蔓延，天地仿佛被着了色。那亭边的曲水流觞，红楼掩映，也都成了绯红色。桃花开，怒放也孤单；桃花落，凋零了人的心事与师出无名的轻愁，空气里似乎弥漫起一曲行吟翻弹无数，却不倦的哀伤。

嚣扰的尘世里情缘轻若薄衣，流光如沙，对纳兰来说，沧海桑田的流转总是特别轻易。年年皆如此，一般风景，却渐渐地就有了两样心情。

他在一生经历过的数度花开花落里，从年少公子长成憔悴模样，消泯了数载的风尘与欢颜，从前的那种明丽心境，渐渐无处可寻，如花瓣纷纷摇落。

梦回莺啭，乱煞光年遍，他一直拥有四季轮转里的一瓣心香，只是寂寞开无主。

【莫减却，春光一线】

天公尽付，痴儿骏女

须知名士倾城，一般易到伤心处。柯亭响绝，四弦才断，恶风吹去。万里他乡，非生非死，此身良苦。对黄沙白草，呜呜卷叶，平生恨，从头谱。

应是瑶台伴侣，只多了、毡裘夫妇。严寒齑菜，几行乡泪，应声如雨。尺幅重披，玉颜千载，依然无主。怪人间厚福，天公尽付，痴儿骏女。

——《水龙吟·题文姬图》

纳兰写过不少怀古诗，这首便是其一。蔡琰，也是算中国古代传奇女子之一。总觉得，"红颜薄命"这四个字，因为被用得泛滥，多少沾了一点世俗之气，对这位才女，还是用"命途多舛"更恰当一些。

历史上、故事里那些所谓的薄命红颜，都多少沾了一些浪漫唯美的气息；而她，却是实实在在地沦陷在人生无限的苦难里，一生曲折不断，一路飘摇。只能说是命运把一代才女的尊严玩弄于股掌之中。

纳兰的《水龙吟》，是题画之作。虽然我们看不到那幅画的内容，却可以在纳兰的字里行间，看出应当是文姬遇到生命中最大的磨难，被南匈奴大军掳去时候的场景。

文姬人生最初的经历，其实跟纳兰有颇多相似之处。她博学多闻，又擅长诗赋，骨子里带着才女的清高和志气。后来嫁了良人，丈夫卫仲道更是才学出色的士子，年少夫妻志同道合，原本是恩爱无比，只是好景不长，未到一年，丈夫就因病而死，文姬归宁守寡。

文姬和纳兰，都曾失去过挚爱的人，虽说两人隔了上千年，却各自把凄哀滋味体会到淋漓尽致。只是，文姬的命运更多坎坷，纳兰更多的是沉浸在"情"字里，在辗转经行的万丈红尘里踽踽而行，再多凄楚，也只是心灵折磨。

而文姬，她情殇之后又遇到国破之痛，被掳去蛮夷之地。她成了胡人的战利品，被挟持着一步一步，步步都是踩在自己零落成泥的尊严之上，离开故土，走上茫茫不可知的前途。在那里，她又嫁了陌生的人，还生养了一对儿女。

也难怪，纳兰要说"须知名士倾城，一般易到伤心处"，文姬图里，描尽了当时的悲戚眼泪，都让他有惺惺相惜之感。明明都是水晶骨头玲珑心的人儿，却总是在被命运放逐，流浪在时光的荒野里，前进找不到出处，后退已忘了来路。

自古的名士和美人，似乎在上天垂青的同时也遭受了诅咒，一面是盛名，一面是凄楚，或者说，是凄楚让他们的传奇更为动人。他们又是敏感而细腻的，仿佛天生就是感伤的体质，一生都浸在眼泪里。

灾难总是不请自来，咚咚敲响命运之门的时候，良辰美景的画面似乎还在眼前，断裂就仓促地拉开了序幕。"柯亭响绝，四弦才

断，恶风吹去"，纳兰是个很喜欢做对比的人，这也是怀旧之人的通病，总拿而今与从前比较。

柯亭，蔡邕的父亲曾在那里取竹为笛，其声独绝；四弦，即琵琶，这些丝竹管弦之乐似乎还在耳边，哪想到，一阵恶风吹过，就尽数变了模样。文姬的胡汉不归路，走得辛苦至极，"非生非死，此身良苦"，不只是身体上的跋涉艰辛，更有精神上的折磨。

目之所及是黄沙白土，满眼荒芜，那心里的生机，也是一寸一寸弱下去的吧，直到寂寥成一片废墟。旅途上的记忆，异乡里的情绪，在时光荏苒中渐渐捏入心房，渗进骨缝，回忆是连着血带着肉的痛楚，换来歇斯底里的表情。

嚣张跋扈的是宿命，翻手云、覆手雨，淋漓地扯断人世间那一点藕断丝连的人情世故。纳兰也好，蔡琰也罢，不过是辗转在自己的命运里，无法忽视的，是内心里的隐隐作痛。这种感觉，受过伤的人都明白，所以面对画中她的苦难，他虽未能身临其境，却也感同身受。

再不见往昔，再不见欢颜，心里还有悬丝一般的思念，维系着最后一点聊胜于无的希望。她几乎是从一个世界掉入另一个世界。纳兰虽屡屡扈从去过各种地方，但无非只是路过，还有一方故土可以回归。文姬却是一去不知还有无归期。那里的风景很陌生，那里的语言她不懂，那里的民情更迥异，异乡异俗异族的生活，让她无所适从。

处境不同，但纳兰也有那般的感悟吧，仿佛掉进一个无底洞，光亮越来越远、越来越淡，出口渐渐遥遥无期、看不见。于是心中的期冀一点一点地泯灭，只剩沧桑。人都是这样学会对命运卑躬屈膝、委曲求全的，"平生恨、从头谱"，荒凉边塞、北风卷地，回忆是刀，一刀一刀划破人心里最鲜嫩的地方。

"应是瑶台伴侣,只多了、毡裘夫妇",原本是汉家的眷侣,却远嫁胡人天地,这是纳兰对有情人天人永隔,死者长已矣,生者却流离的感慨。

他虽然不是女子,却从一幅文姬图中读出她的曲折,也切合心里最痛最哀的无奈。命运叵测,缘分也由不得自己做主,二人同心的时候以为能天长地久,却不知中间隔了太多的无可奈何。那一些转瞬即逝的好情缘,说走就走,你追,无异刻舟求剑;你逃,却是无处可逃。

"严寒觱篥,几行乡泪,应声如雨",长笛琵琶声都不再,只剩悲戚的觱篥胡笳,悠悠荡荡地在心里响起来,催生乡情乡泪。

文姬在南匈奴,度过了十二年,一个女子青春里最后的美好时光都碾入异乡的尘埃里,零落到无法收拾。人的一生,总是有太多的牵牵绊绊,以至于生活容易拖泥带水,一如纳兰被身世所累,更如文姬在异乡留下的两个子女。

绝望与希望的博弈里,结局是谁也猜不透的谜。十二年后,得势的曹操念及同文姬父女的情谊,终于派来使者,赎回了文姬。盼望了许久、以为再无可能实现的梦,却忽然来到眼前。可这个梦,终归还是命运的玩弄。她是中原的女儿,却也是匈奴的一位母亲,左手故土,右手天伦,回归故土,便是要用抛弃子女来成全。她再一次站到了命运的锋利刀刃上,举步维艰,每走一步,都留下身心里滴出的血液。

任谁都知道,这一走,便是永别,但她已别无选择。她似乎从来没有权利为自己作出选择,去留都由天决定。她沿着同样的路,穿越十二年的时光,一步步走回故土。这沿途的风光几变,容颜也深沉地褪了几分,一颗颠沛的心已经布满苍老的纹路、深刻的经纬。

【天公尽付·痴儿骏女】

后来，文姬在曹操的安排下，又嫁了人，却早已与幸福无关了，无非是臣服在命运的脚下，苟延余生。

纳兰眼前的这幅画，"尺幅重披，玉颜千载，依然无主"，画中的人儿已过了千秋万载，历史再生动，到了最后，也只能在画卷或者诗词中被寥寥数笔地带过。后人唏嘘了几千遍，其实也只是惘然。

赏画吊古，无非是一种寄慨偿情，期冀于释放。纳兰在文姬图上，寄托自己的一腔落寞。

"怪人间厚福，天公尽付，痴儿骏女"，纳兰怨苍天总辜负天下痴儿怨女，使他们无福享受安平。太多的良辰美景都成虚设，太多有情人难成眷属，天公不作美，人间男女也没有反抗能力。那些不尽如人意的事，成为铭刻进骨血里的凄美画面，牢牢地攀援住记忆，在回想的时候，它会开出一朵花来，花根用眼泪灌溉，花瓣开出层叠繁复的往事。

惊心动魄是一种绝美，细水长流是一种纯美，只是这两种人间至美，往往不能同在。纳兰的一生里，虽然没有大风大浪，但他天性里的伤感也溢满他短短的一生。伤感，就像驻扎在他身体里的虫，时时啃噬着他的心。

其实每个人，无非是在生命的羁旅上，追逐着宿命的脚步，找不到一方安土可以休憩，如草芥一般随风飘摇，没有岸，没有栖身之处。

心萧索，情不能醒，竟是他贯穿了一生的主旋律。也正是如此，看到文姬图的他，才会心生无限感慨，为天下痴儿怨女徒然地鸣不平，怪天总把痴心负。

岁月长，衣衫薄，终于，再不见少年狂。

想玉人、和露折来

湘帘卷处,甚离披翠影,绕檐遮住。小立吹裙,常伴春慵,掩映绣床金缕。芳心一束浑难展,清泪裹、隔年愁聚。更夜深、细听空阶雨滴,梦回无据。

正是秋来寂寞,偏声声点点,助人离绪。缬被初寒,宿酒全醒,搅碎乱蛩双杵。西风落尽梧桐叶,还剩得、绿阴如许。想玉人、和露折来,曾写断肠诗句。

——《疏影·芭蕉》

诗词歌赋,就是纳兰的小江湖,在这里,他的精彩抒发得淋漓尽致。他是孤单的,看起来茕茕孑立,那么清寒。他的词里写尽四季更迭里繁华落尽的喜乐与哀愁,澄澈了无数人的心灵。

字里行间,许多逝去的美丽瞬间被生动地还原,就像是一朵花开时的神奇,不可思议。

那些放不下的情缘和来不及演绎的恩爱,伴着一丝惆怅,一份茫然,还有一些痛定思痛的感怀,慢慢地积累起来,再沉淀下去,

便是他最真实也最完满的一生。他最寻常的姿态,怕就是追忆时候,在无尽的往事里行走,然后陡然回身,返回到现实中,簌簌落下唏嘘的眼泪。

有时候,逞强只是脆弱的另一副面孔,看似坚硬的伪装下,藏着一颗极易受伤的玻璃心;相比之下,还是更愿意他痛快哭、痛快笑,把所有能言不能言的情绪尽数挥洒出来。

说起芭蕉,首先出现在脑海的是一首脍炙人口的元曲,徐再思的《水仙子·夜雨》:

一声梧叶一声秋,一点芭蕉一点愁,三更归梦三更后。

落灯花棋未收,叹新丰逆旅淹留。枕上十年事,江南二老忧,都到心头。

娓娓道来的是离愁,好梦被雨声搅碎,羁旅之苦又上心头。生命中,不断地有人进入再离开,不断地有得到和失去。诸多的情愫,说不出,道不明,偏偏从飘落的梧叶和雨打芭蕉声中,点点滴滴地渗透出来。三分秀美,七分清冷,都化作丝丝缕缕的牵挂,缭绕在心头。

歌迷光转之间,再繁华也掩盖不住胸口那一点的疼,藏不起心里一缕燎原的凉薄。纳兰心中的一声长叹,仿佛绕梁数百年,在我们的耳边不休不止。

他不是第一次写芭蕉,如"点滴芭蕉心欲碎,声声催忆当初。欲眠还展旧时书。鸳鸯小字,犹记手生疏"(《临江仙》)。回忆是不需要理由的,花间叶上都有线索,触动那些久藏在心底的痛。现在再看从前跟她一同翻看的书卷、写下的墨迹,却只能一个人泪眼模糊。无数个孤身的夜里,他为自己点一盏青灯,独自祭奠那些一去不返的好时光。他还在不甘心地问:"料应情尽,还道有情无?"

悔多情、不多情,终归还是太多情。情字对纳兰来说,是一生逃不出也自乐其中的魇。

《疏影》,这首词牌最早是北宋时姜夔的自度曲,他还有另一首颇有名气的自度曲,叫做《暗香》。因为是原创,格律韵调都由自己说了算,词牌名也是,自然也可以来取得雅致一些,不用因循旧词牌名的那些规矩。疏影,暗香,取自林逋《山园小梅》中的两句,"疏影横斜水清浅,暗香浮动月黄昏",因为姜夔最初自创这两首词牌,都是用来咏赞梅花。

后来,南宋的张炎借用两首词牌咏荷花、荷叶,还曾"自作主张"地改名为《红情》《绿意》,词人之间的情趣调调就表露出来。当然,多数人还是尊重"原创",采用了姜夔所取之名。

纳兰的这一首《疏影》,填得相对"花间",里面藏了一位花前月下楚楚而立的女子。她一直站在他的记忆深处,那一瞬间,即是永远的定格。

冷烟和月,疏影横窗,卷起门口的竹帘,看到摇动的芭蕉翠影婆娑,层层地盖住了屋檐,盖住亭台楼阁的棱角。芭蕉,那种宽大的叶子,兀自向上伸张,数片叠成浓郁的绿屏,再铺天盖地地遮下来,似乎把整个庭院都揽进了翠绿掩映里。

"湘帘卷处,甚离披翠影,绕檐遮住",这是纳兰用字句勾勒出的一幅背景图,然后,佳人就要出场了,"小立吹裙,常伴春慵，掩映绣床金缕"，伊人春日慵懒晚起，带着一股倦态，站姿娇俏，微风透过窗口，轻轻拂动她的裙摆，金缕绣床掩映，与美人的姿态相映成辉。

《疏影》是纳兰早期的作品，词里的这位女子，或为那位语焉不详的表妹，或是妻子卢氏，其实更像他见芭蕉滴雨，而将它想象成一位绝妙而可爱可怜的玉人。

读诗鉴词，未必需要事事追根究底，我们并非故纸堆里的学问家，有时候，放过那些较真的想法，把注意力集中到词人文笔下的情绪真意而非所谓的真相上，反而能坦然地碰触和领会到他最真的心意。

"芳心一束浑难展，清泪裹、隔年愁聚"，芳心，偏是一束，叫人难辨他所指是人心，还是檐下芭蕉。这两者，皆是缱绻的姿态，难以舒展开来，就好比裹进清泪里的愁。心绪压在心头，是沉甸甸的重量，但若将它吐出口，却是没有分量的，需要附着一点其他的东西，正如这雨中的芭蕉。诗词的魅力全在于此，借喻比兴，百般花样玩尽，想方设法把一句话说得美而不俗，把一处景写到意境全出，把一种心事挥发到淋漓尽致。

以笔抒心，纳兰的心似乎有一根琴弦，总在孤单地奏响。"更夜深、细听空阶雨滴，梦回无据"，又是夜雨，又是空阶，又是难以入眠，因为心里太乱，连做梦都没了依据。

春去秋来。芭蕉性喜温暖而耐寒力弱，秋天里的叶已经没有春里那种翠绿，正如写词人的心境，也会随着境而迁。"正是秋来寂寞，偏声声点点，助人离绪。缃被初寒，宿酒全醒，搅碎乱蛩双杵"，秋来寂寞的时候，再听到雨打芭蕉，简直是声声助怨，滴滴添愁。

天气转寒，锦被也难以抵抗日渐袭来的寒意，而他的心，也因浓浓的愁绪而失去鲜活的颜色。借酒消愁，也不过是一种暂时的缓解，酩酊时候忘了什么是凄，什么是苦，但再深的宿醉也不过一夜。待清醒过来，那些忧愁的情绪变得更加浓重，衬上虫鸣杵捣之声，愈发显得凄凉难耐。

秋天，似乎是沿着纳兰的耳边走过，他的心里全是秋之声，雨打芭蕉，乱蛩双杵，把一腔心事搅得支离破碎。一夜的秋雨，平添了几分秋色，景色渐渐变得萧条，再不见翠绿掩映。

北国的秋，是寂寞的。当繁花锦叶落尽的时候，天地间显得格外空荡，凭空大了一些，人因此而更显渺小，心里即便有再深再厚的情谊，在秋风秋雨中，也是单薄无力。

"西风落尽梧桐叶，还剩得、绿阴如许"，东风是春，有蓬勃的生命力，西风却吹来了秋意，梧桐落后，那不是叶，是满地的苍凉。芭蕉，原本生于南方，叶终年不落，移植到秋冬寒冷的北国，虽不会枝叶全落，但也因为温暖过尽，而渐渐地失去了春天的苍翠。它的颜色加重了几分，似乎是裹紧了衣衫迎接寒意。

"想玉人、和露折来，曾写断肠诗句"，还可以和着露水折下来，借叶题诗填词，书写着离愁别绪、相思诗句。四季轮回里的花木植物，亦是冷暖自知，叶落或者色深，全为保护自己，来年又是一春。

整首《疏影》，像是尚且年少的纳兰在自怨自艾地唱。也许是尚未经历后来的那些人情世事，所以没有太多繁重而撕心裂肺的情绪，只有淡淡的忧伤之感。他还只是一位悲春伤秋，喜欢用词抒写情谊的少年公子，正如词里的"玉人"。白玉未染尘，是最初无瑕

的模样。

纳兰词里，哀感之调占了多数。纳兰的伤感是天生的、渗透进骨髓里的。看惯了文人年少里张狂的意气风发，再来看他，觉得不可思议。这样一位锦衣玉食里的贵公子，字里行间全是空虚苦闷，他大概是以浓到化不开的悲伤做了墨，才能涂写出这样一曲曲叫读者无不受其感染的词。他的一生，都没有经历过太多的崎岖颠折，更没有奇灾异祸，是生就一副伤感的肝肠，在繁华里，一眼洞穿深层寂灭的本质，心里透彻得了如明镜。

芭蕉，是他的真实写照，应该长于南方的，却被扎根于北国。他，应该是一位自由快乐的公子，却在庭院森森中，寂寞地哭了一生。

扁舟，一种烟波各自愁

烟暖雨初收，落尽繁花小院幽。摘得一双红豆子，低头，说着分携泪暗流。

人去似春休，卮酒曾将酹石尤。别自有人桃叶渡，扁舟，一种烟波各自愁。

——《南乡子》

纳兰的词，好在有时光痕迹。怀恋和念旧，让他的笔下充满了流逝之感，有对过去的恋，有对当下的叹，也有对未来的无助和无奈。

情在不能醒，他的一生就宛若做了一场梦，梦醒时候，却正是离世时候。这一次，他终于潇洒地抽身离场，就像徐徐地谢了幕，留给台下观众一个渐行渐远的背影。后人追忆他数百年，跟着他扼腕，跟着他哭泣，跟着他刻骨铭心。

感情,是他生命的支柱,他浸渍在感情的海洋里,酿造出自己的心性、情怀、品格和那些醇醪甘露一般的千古绝唱,并为之付出了全部的心血和泪水,直到不堪重负,把自己埋葬在里面。

纳兰写尽了下雨天,无数次填词抒心都是在空阶听雨时。这一次,写到了雨过天晴。那样的景致很美,"烟暖雨初收",空气里都带着一股沁人的清新,世界仿佛被洗刷了一遍,心也再次经历过一次凄风苦雨里的旅行。庭院里显得格外幽静,只是还残留着方才风吹雨打的痕迹,繁花落尽,正如被现实践踏到脚底的一腔痴恋。雨可以收,可以停,但人心里那些涌动的情绪,却是无止休。

意境之美,在三言两语里就勾勒出来,词是切忌赘述的,而纳兰就仿佛手握一支神笔,落墨便是绝句。他能用最干净利落的句子,写出最缠绵缱绻的感情,所谓的意在言外,便是这个道理吧,永远让人觉得耐人寻味,值得一遍一遍地琢磨。

字字句句总关情,你看他似乎写花写鸟写天气,其实都是在讲同一个字。纳兰词,已经成为一个经典,就因为它仿佛一条小溪,能够直达和串通到人心里最容易被触动的一片湖水,惊起一滩鸥鹭,久久不能平静。

红豆是相思树的种子,自古以来就象征着无限相思,愿君多采撷,寄予那些无处安放的思念。要说红豆,最喜欢的还是温庭筠的《南歌子》里,那一句"玲珑骰子安红豆,入骨相思知不知",相思入骨,字句也入木三分。

据说,古人在送别的时候,会拿红豆系在衣带上,以寄托想念,所以温庭筠便还有"罗带惹香,犹记别时红豆"(《酒泉子》)的句子。

拿红豆入词，对于惯常相思的纳兰来说，也是家常便饭。"莲漏三声烛半条，杏花微雨湿轻绡，那将红豆寄无聊？"（《浣溪沙》）"肠断月明红豆蔻，月似当时，人似当时否？"（《鬓云松令》）偏偏都以问句的形式出现，口口声声，都是质疑但又无须解答。那个答案，他心里明白，只是有些事情如果说透，也便索然寡味。

他就是要像美食飘来的一缕香，勾出我们浓厚的兴趣。美食，需要慢慢品尝，倘若狼吞虎咽，贪图速度与一时的口舌之欲，就没了回味的余地。回想起来的时候，口齿留香，这才算享受过一餐佳宴。同样，读诗品词，也需要这样的兴致与情调，天下鉴赏之事，异曲同工。

"摘得一双红豆子"，最出彩的是一个"双"字，纳兰是个痴情的人，连采撷红豆都要成双成对，更衬得那树下的人形单影只。一双红豆在掌心晶莹剔透，像两颗熠熠生辉的心，只是再光亮的色彩，也将有暗淡的一天，一如曾美好的爱情。

那些红尘深处的情分，那些爱的甜，爱的苦，爱的欢，爱的恨，爱的毒，眼泪与感动，都曾一一地在心里沉淀过。心里渗出的血滴，凝结成一枚又一枚的红豆，滚动到哪里，哪里就是一阵抽疼。

纳兰是一个向往美好的人，他像填词一样认真地对待生活，但先天的敏感与后天的遭遇，却让他一直在向生活发出质问，充满怀疑，一直是个没有安全感的人，感慨为何美好的东西总是轻易失去。

这样的公子，指尖是拈了花的，在纷扰尘世里，不乱动不沾染，不追逐不逃避，拈花微笑，飞叶成书。笔下的那些词那些字，

【扁舟，一种烟波各自愁】

一眼瞬间,就会刺痛你的心,因为,你看到隔了数百年间飞逝在岁月里的情思,被他用文字绣花般地缀在那里,于滚滚流年中,从不曾坠落失色。

他低头,整个星宇仿佛坠落。"说着分携泪暗流",离别的时候,我们总是说再见,可其实各自都不知道,再见是何年,也许,就是不见。那些所谓珍重的话,其实无非是聊胜于无的安慰,都晓得各自南北的苦。

"人去似春休,厄酒曾将酹石尤",把酒送别,心中的感念如暗流湍急,失落的情绪几乎要决堤。分离,那种感觉,似乎离开的那个人,将整个春天都一并带走,少了赏花伴侣,从此眼中再无繁花。

石尤,来自于一个石尤风的传说。古代有一名姓尤的商家少年,娶了一位石姓女子,二人感情甚笃。可好景不长,一日,丈夫要远行,妻子怕分离之苦,不许;丈夫却不听,坚持要走,并久行不归。妻子久候,相思成疾,香消玉殒前愤恨兼遗憾地说,我恨未能阻止你走,才会有今日。死去之后,我愿当一阵狂风,为天下女子拦住所有远行的丈夫。

愿作石尤风,四面断行旅。挽留住将行的丈夫,是天下女子共同的心愿了。她们把经营家庭当作自己毕生的事业,把夫妻一生恩爱当成最大的荣耀,只是,这不是那么好完成的事。但愿石尤风,阻断离人远去的脚步,且当成美好奢望,在纳兰心里亦然。

这首《南乡子》是送别诗,并未言说所为何人,但这些分离时候的情绪,是大抵相通的吧,以酒饯行,人各东西,石尤风也挡不住各自奔走的脚步。

"别自有人桃叶渡,扁舟,一种烟波各自愁",离别是千古话题,纳兰也知道,渡口还会有新的人,上演新的离别,各自有各自的哀愁。

人与人,不过是一场场的相遇或离别,周而复始,如此而已。但纵然笑中有泪,遇见过与从未遇见,终归还是不一样,人生悲苦,情缘凄楚,一一品尝过,也算不曾虚度。

想来,犹记何夕何时,那举手回眸里的情,眉梢眼角里的意,因为被太久的时光消磨过,已经显得遥远而失真。璀璨的相逢是初燃起的火焰,却始终没有福气耳鬓厮磨、相伴终老,就如天空绽放过的烟花,你试图去接住那美丽,却突然抓住一把没有生机的灰土,正如散落在悄无声息里的流年。

道一声无缘,缘分浅淡到风一吹就散,就如同错手打翻一杯水,你眼睁睁看着它流下去,湿了脚下土地,却无力挽回,再眼睁睁看着它在阳光与空气之中,在风的催发下,慢慢地连那一点如同泪痕一般的湿印都褪却,直到,消失得无影无踪。

这世上有可挽回的事和无可挽回的事,时光的流逝、缘分的转薄,就是一种无可挽回的事,任你百般方法用尽,也留不住它分毫,只是徒劳。留下的疮疤,就以新伤医旧患吧,可你将大把的时间用来疗养,却不知怎么来填补心口那一丁点却如无底洞一般的虚无和空荡。

别后思念很浓,背后却是掩藏着更多的无依无靠。年华、容颜、心力,齐齐地向着苍老奔跑,这加速度无可遏制。记忆里刻骨铭心的碎片,是镶嵌在岁月里的书签。有些人亲手把情绪酿成一杯酒,自斟自饮,醉生梦死,就这样过了一生。

【扁舟,一种烟波各自愁】

谁念西风独自凉

> 珍重别拈香一瓣,记前生
>
> 风絮飘残已化萍,泥莲刚倩藕丝萦。珍重别拈香一瓣,记前生。
>
> 人到情多情转薄,而今真个悔多情。又到断肠回首处,泪偷零。
>
> ——《山花子》

《山花子》的词牌,最初是源于《浣溪沙》,由后者尾端各添加三个字而成,所以又叫《摊破浣溪沙》或者《添字浣溪沙》。词的风格与趣味也在于此,添字减字、组词断句之间皆有一番滋味。

词人是文字的工匠,在填词的时候,字句就仿佛是手中的模块,用不同的方式组装,可以摆出不同感觉的形状。他们的工作,就是让文字用最好的姿态来示人,便是圆满。

纳兰就是一个好工匠,文字在他的摆弄下,各个鲜活生动起来,他为它们注入了灵魂。他天生为词而生,总有按捺不住的思绪奔转,眼睛和心都是明亮的,纵是在繁华的世间仓促地奔走,不可停歇,也能信手收拾一路走来途经的好风光,揉进自己的情绪里,落字成章。

纳兰容若,他是千古寂寞第一人,明明生在奢华和喧闹里,却因为自己的冷清心思,而显得形单影只。

"风絮飘残已化萍,泥莲刚倩藕丝萦",这两句,就铺陈了他惯有的凄婉调子。柳絮是诗词中的常客,因它洁白、轻盈,见风便纷扬,但终也会有落地的一天,谢得没有分量,徒然沾染了尘埃。"飘残",应该是一种疲倦的姿态了吧,再无力借风而起,只是轻轻落到水面之上,从飘,到漂,如浮萍一般。

风吹也好,水载也罢,柳絮没有真正的自由,只能凭靠着命运辗转。看到那满池残落的柳絮如点点浮萍,纳兰的心中又该是如何凄风苦雨的景象?他太容易被外界触动,一再被内心牵制,所以一生都没有逃脱情字的缠绕。

倒是池中的莲花,从淤泥中探出数枝不染不夭、不蔓不枝的花盘。莲,天生高洁,粉蕊含苞,翠叶清凉,也是文人们寄托哀思的佳物。有一个词叫藕断丝连,即便分隔,也有那么多牵扯不断的思恋。

纳兰的这头两句,便是一幅绝佳的画面。想那天水一色,柳絮浮萍随着荡漾而起的涟漪,在一脉花痕和丛生的荷叶之间漂泊,密密匝匝的荷田里留下一道缱绻的水痕。潺潺的流水,袅袅的香,青荷碧影,空气潮湿得像混入了思念的味道。翠绿绯红,都仿佛混了色,带一股氤氲朦胧,似乎被眼泪浸染过。

【珍重别拈香一瓣,记前生】

> 谁念西风独自凉

一首好词，有时候是徐徐打开的画卷，有时候是婀娜奏起的乐章，它带给人的，从来不只是单方面的感受，而是"色、香、味"俱全。写景的时候，你就能身临其境；写情的时候，你也能感同身受。有人说，纳兰词是有"毒"的，怕就是这个道理吧，总能引导你在不知不觉的时候深陷其中，一步一步顺着他的视角、他的思绪走，几乎忘记了出路。

"珍重别拈香一瓣，记前生"，他迅速地从景色中抽身而出，回到自己的情绪里。拈花忆旧，在离别面前虽然有点无能为力，但也可以时时记着那些从前的事。回忆，其实也是一种祭奠。

在如此美丽的景光里，记前生，那些悲伤的往事像是长了刺，嵌在心里迟迟拔不出来，只能被血泪包裹，慢慢地结成茧、成疮疤，结成思念的旧病，随时可能会复发，隐隐作痛。

当我们开始思念的时候，说明那些东西、那些人已经变得遥远，远得似前生。我们应该都有这样的体会，太过遥远的事情，再想起来的时候都不知是真是幻。看一下身边，似乎再无证据证明那些人确实在我们的世界里存留过，而那些事，原本真切地在我们身上上演过，却仿佛都成虚构。

其实，心里知道都是真的，可记忆愈发真实，就衬得现实愈发冷清残酷，倒宁愿赌气地想，都是前生，都是前生，是与今世无任何牵绊的前生事了。愈是想撇清关系，愈是忘不了，扯不清，放不下，走不出。

词里，从写景到抒情，他走得不着痕迹，那么顺理成章。"人到情多情转薄，而今真个悔多情"（一说"情到浓处情转薄"）。这似乎是一种无奈的写照。一个人如果太过多情，却更容易被无情打磨，用苏轼的那一句，倒是可以差强人意地解释一下，"多情却被无情恼"。

多情的人敏感细腻,心中被太繁复的情绪打扰,他的心里,是一处容不得任何沙粒的纯净之地。无情的现实中,种种无情的表现,都会更深地伤害到他——多情之人,心往往要比寻常人还要脆弱几分。

或者,不能说是脆弱,而是柔韧。敏感的他,在情感上承受了旁人无法理解的曲折,但明明"身在此情中",他却仍能澄澈地看清个中内蕴,并透彻地落实到笔尖纸墨上。

"人到情多情转薄",其实是见仁见智的一句话。你可以将它理解成刚极易折、情深不寿,感情越是深厚,到了最后,仍然就渐渐地归于平寂,就好似一起走过惊涛骇浪,万般风景看透,再来看细水长流。情转薄,是说少了激情,多了平淡,并非薄情,也未必是感情消耗殆尽,只是,更趋近于平静。

这样的落差,于心中充满了对激情渴望的人来说,会觉得难以接受,所以,才会"而今真个悔多情"吧——如果当初不是爱得太激烈,也许就不会如昙花一般,匆匆香了一夜,来不及仔细回味,甚至来不及惊艳,就已经仓促地凋谢了。还不如,一开始就淡一些,像温煦的木棉,用最平常的姿态向着阳光,努力开放,以稚嫩的身躯抵挡着外界的干扰,兴许可以维系得长久。即便最后凋谢,也是用一种淡然的表情缓缓坠落,末了,遗了一地的芳香。那美,如入无人之境,最博大,也最平常。

也有时候,情转薄并非因为自然规律,而是外力作用。纳兰的爱情,一直是安静的,却还是遇到诸多的变故。他的深情没有变,但两个人的情缘却变得薄弱,吹弹可破。

因为多情,遇到挫折的时候才更伤情。久而久之,纳兰的一颗

【珍重别拈香一瓣,记前生】

心也被打磨到薄之又薄，之后再不敢轻易动情，以免再次伤筋动骨。悔多情，正是因为被多情所扰。一段感情，别人用三分的力，他却是全心全意，终了总会没了力气，心里只剩气若悬丝的一抹魂。

纳兰在妻子卢氏去世之后，又有过几段感情，但再无当初那种悸动了，他只是在为失落的心寻找一处寄托。他亦是真心对她们，可惜，过去太刻骨铭心，于是后来再认真地想致力于新的感情，也只觉得意兴阑珊，力不从心。此时的他，情已转薄，爱已搁浅，那种仿佛落定尘埃、了无生机的感觉，让他心里万念成灰。

"又到断肠回首处，泪偷零"，顺着从前的脚步走一走，再回忆一遍往事，便又是摧心断肠的凄苦，有泪也只能暗自流，真正懂得珍惜他眼泪的那个人，已天人相隔不再见。末了这一句，其实偏偏拆穿了那个谎：对伊人的情谊，纵是隔了时光流耗，丝毫都没有折损，是没有转薄的。

不得不提纳兰填下的另一首《山花子》：

一霎灯前醉不醒，恨如春梦畏分明。淡月淡云窗外雨，一声声。

人到情多情转薄，而今真个不多情。又听鹧鸪啼遍了，短长亭。

窗外是舒云淡月，雨声潺潺。孤灯之前，他沉醉不醒，生怕梦境与现实的裂缝巨大，叫人心生畏惧。窗外又传来了鹧鸪啼鸣，不知那送行的长亭短亭之处是否有人驻足倾听？

古时候，驿站路上修有十里一长亭，五里一短亭，负责给驿传信使提供馆舍、给养等，也是人们郊游驻足和分别相送之地。经过历朝历代文人墨客的诗词吟咏，长短亭，渐渐演变成送别的代名词。李白就在"何处是归程，长亭更短亭"（《菩萨蛮》）里，把友人送完了一程又一程。亭，谐音"停"，而亭边通常都种了柳，谐音"留"，古人那些欲盖弥彰的小情趣，就全从这些可爱的小字眼里彰显出来。

有一些心事，介于说了矫情、不说窝心之间，借用这些含而不露的词汇表达出来，倒是另有一番趣味。比如故事里的祝英台，那样费尽心思地明喻、暗喻、借喻，无非是想让梁山伯知道她是女儿身，却又不肯直说。直说虽然可以直达目标，但迂回婉转着来，更有意思。

同样是上阕写景，下阕写情，这一首却比篇头的那一首，脆落了一些。但看那一句"人到情多情转薄，而今真个不多情"，上半句是完全一样，而下半句，"悔多情"，变成了"不多情"，前者还是陷入在纠结反复中；后者，却是直截了当地强调，而今"不多情"。

真个不多情，还是假的不多情？从他那么多的悼亡词、那么多的忆往昔里，就该看出一些端倪；不多情，怕还是一句没有信服力的说辞吧。

【珍重别拈香一瓣，记前生】

谁念西风独自凉

> 是一般风景,两样心情
>
> 燕归花谢,早因循、又过清明。是一般风景,两样心情。犹记碧桃影里、誓三生。
>
> 乌丝阑纸娇红篆,历历春星。道休孤密约,鉴取深盟。语罢一丝香露、湿银屏。
>
> ——《红窗月》

清明时节,祭奠往生者的人,让一路的风景变得拥挤。

其实,不是人与人之间的拥挤,而是心灵与心灵交汇处的拥挤。生与死之间的界限,只能阻隔身体的交流,如果她在他的记忆里永存,是可以一生不老的。都说人死如灯灭,可很多人,灯已经灭了,灯芯却还在那里。

祭奠故去者,无非是生者在寻求安慰,回忆着从前的事,记忆里就变得热闹温馨,可以暂时忽略身边的空落落。

纳兰对妻子的一往情深毋庸再赘述，那种隔在彼岸的爱，因为只能瞻望不能触及，让他在自己的余生里，以犹如水仙一般的决然姿态绽放，无声无息，却幽香入骨，在黯淡的环境里也寂寞地挥洒色彩，然后一夜，尝了寂静，香了昼暖，突兀而骄傲地存在着。

纳兰词，是历史长河里的余味尚存，美得不动声色。它的主人，气质中都带着清冷的寒，指尖却能绽出花来，吹花嚼蕊弄冰弦一般就出了好文章。那些字句，在时光里缓慢地开放，入了骨髓，占了心房，星星点点地触动你。

正是清明时节，天气渐暖，北燕归、春花谢。"早因循"，三个字里充满时光感，年年都是如此，四季轮回，风景其实如此类似，只是，心情却再不是从前那般的心情。

"一般风景，两样心情"，这看起来淡然的句子，仔细琢磨起来，却是残忍而叫人动容的，一如"人面不知何处去，桃花依旧笑春风"的一腔落寞。眼中的景致，还是一如既往地美好，与往年相比并无大的不同。那些花草树木，不会因为人间情事里的悲欢离合而有任何改变，变了的，只是人的心境。

桃花树下，缘定三生的场景还历历在目，二人的誓约似乎又被风吹到耳边，窃窃私语。但这一切，其实早已经沦丧在流年中，隔得很远了，虽然在记忆里，还是触手可及的样子。

曾有过好时光，记得当时年纪小，你爱谈天我爱笑，只是数年之后，风景如旧，人却纷飞。数百年数千年之后，也许这里的风景仍然不会有大的差异，而人的生命之脆弱，从来跑不过宿命的追捕。

据说，纳兰曾经在府上庭院里亲手栽种两株夜合花，而今，纳

【是一般风景，两样心情】

兰府邸已经成宋庆龄故居,夜合仍在,却已经不是纳兰时代的那两株。风花雪月都作了古,后人再沿着他的脚步,也寻不回从前的印记。一千个人有一千种心情,可有哪一种,契合了三百余年前树下他的那一种?

纳兰的绝笔,便是一首五律的《夜合花》:

> 阶前双夜合,枝叶敷华容。
> 疏密共晴雨,卷舒因晦明。
> 影随筠箔乱,香杂水沉生。
> 对此能消恚,旋移近小楹。

这个采撷红豆都要成双的公子,亲自把锄施肥,种下两株夜合,正是心中对"情"一字的深切眷恋。他害怕孤单,却几乎一生孤单:那么多人,在他的世界里来了又走,有的入了他的心,有的没有,但都是匆匆路过。他自己,亦是如此,来人间匆匆走了一遭,然后离开。留世的纳兰词,仿佛他苍凉的一道背影,我们远远地看着,亦步亦趋地跟随,却永远触及不到。

短短一生,逃不过情仇爱恨,管他俗世红尘有多嘈杂,哪怕只是匆匆地爱过恨过,转眼就过,也好过一事无成、牵绊了无。人生最珍贵的,就是心头那一丝一缕的纠缠不清,身在"情"中的时候,也许会痛苦不堪,甜蜜背后总有苦,欢颜转瞬就垂泪;百转千回之后,人仿佛已经不是自己,恨心情不被自己左右,总被无端牵动,整个人都没了章法。可一旦失去了它,你才会发现,正是那些或喜或悲、忽乐忽哀的纠缠,才是情爱这座围城的真谛所在。

"情"让人心有牵挂,灵魂变得饱满,也让回忆中有了丰实的内容，不会显得空洞。

纳兰词里，抒情写爱占了多半，倘若纳兰不是一生溺在情里，怕就不会有这许多的绝妙佳句传世。若不是亲身体会过，光凭臆想，无人能够打造出触摸到人心灵的文字。

人生初见的时候，你侬我侬的时候，劳燕分飞的时候，天人永隔的时候，刻骨追念的时候，他用笔端刻画出自己感情的全部轨迹，饱含了太多深情，才会读起来字字珠玑，念起来首首悱恻。

"乌丝阑纸娇红篆，历历春星"，文人的爱情，美好得叫人神往。他与她，在丝绢上写出鲜红的篆文，一粒一粒，仿佛天上清晰的明星一般，这些，都是情谊缔结的见证。生活中再寻常的旧场景，渐渐也变成了稀世真品、绝了迹。伊人已逝，再无人相伴煮茶泼墨、并手写盟约的旧光景。

而那些留下来的信物，也因为她的提前退场，落寞得像一个笑话。

丝绢之上，是他与她私下写下的约定，说好了彼此不辜负，"道休孤密约，鉴取深盟"，可惜造化弄人，命运就是那么不可理喻。它强加给你一些你不想要的东西，又会带走一些你最珍贵的东西。取舍之间，从不会顾及你的喜怒哀乐。

命运带走许多纳兰珍爱的人与事，31岁的年纪里，终于，他也被带走了。纳兰的一生虽然短暂，但并不单薄：那么多的繁华那么少的自由，陆续地得到与失去，都充盈了他短短的生命，让它变得更美丽。

他的词里，有悲观落寞的纹理，也许这些都是预兆。纳兰死于疾病，并不只是身体上的寒疾，更是那种病入骨髓的情毒。他的生

【是一般风景，两样心情】

命里，快乐太短暂，然后沦陷在无限的悲哀里，深深的，无法自拔。纳兰贪婪着这种自虐一般的快感，不愿也不能走出来，至死，都美得像个传奇。人生自是有情痴，能做到如此地步，他不愧情痴名号。

"语罢一丝香露、湿银屏"，话毕，其实思绪未罢，那些遗憾与缺失，凝成心里的不了情，直到他走到生命终结，才算勉强"罢"了过去。也许，还存留在诗词里，继续嘤咛地说，低低地哭泣。眼泪，解了欲语还休的尴尬，那些积淀在心里的话，其实已经说了太多遍，有时候，只能闷闷地堵在喉头，说不出了。话到嘴边的时候，未言先哽咽。

一夜，在悄无声息的思绪里，又渐渐地走到了天明。花木上萌生了清晨的露水，带着清新的香，在斜斜的叶面上滚动，陡然落下来，湿了一丁点，恰犹如坠泪。都说露水姻缘，正因为露水如姻缘一般，总是经不起折腾的，看上去很美，但必须小心地呵护，以免它滑落堕入尘土。但即便再用心，日出之后，它还是会慢慢地消逝，蒸发，升腾到空气里。

你道是明朝还有新露，却不知明日并非今朝。这世间有许多花木，细看都很好，但好归好，最称心的那一种，却再也不见了。纵使姹紫嫣红寻遍，也未必能再遇到下一种称意。

思念，有时候就像一种味道，在空气里慢慢地蔓延，营造成一种气氛。思念的人，置身于这种气氛里，被思念的味道缭绕，仿佛醉了一般。思念是一场宿醉，有的人醉了一夜，有的人醉了一生。

纳兰就是醉了一生的人吧，随时都是一副如痴如狂的模样以及铺天盖地的不幸福感，走在命运的天罗地网里。他是浑噩的，总在深夜梦时、醉未醒时、思成狂时落字成章；他又是无比清醒的，心是清楚的，笔下的每种情绪都是赤诚与真，没有沾染世间丝毫的尘埃。

康熙二十四年五月三十（阴历），纳兰死于寒疾，八年前的这一日，恰巧是卢氏逝世的日子。纳兰在卢氏逝世之后，多次许下来世再结盟约的愿，没想到，他居然当真与她同月同日死。这传奇一般的巧合，也许是他一生情殇里最不可思议的句号了。

"疏密共晴雨，卷舒因晦明"，能与心爱的人，如两株夜合花一般风雨共济，是纳兰一生的渴望，也是奢望，倒是死后得以圆满。随着天亮天黑，夜合花仍在兀自舒卷着枝叶，只是那个因爱成痴、为情而狂的人，已经把自己的生命，都献祭给情爱二字了，也算是得偿心愿。

他再也不必受扈从辛苦，身与心的煎熬，但从此以后，再无人侧身渌水亭边，为那南下远行的友人谱一首曲；再无人踱步蜿蜒回廊之间，独自倚着栏杆，无力地抒发无尽思念。

【是一般风景，两样心情】

凭君料理花间课，莫负当初我

> 凭君料理花间课，莫负当初我。眼看鸡犬上天梯，黄九自招秦七共泥犁。
>
> 瘦狂那似痴肥好？判任痴肥笑。笑他多病与长贫，不及诸公衮衮向风尘。
>
> ——《虞美人·为梁汾赋》

　　《花间集》，是后蜀人赵崇祚编成的一部词集，收录了从晚唐至五代18位词人的作品，其中包括温庭筠、韦庄等，共500首，作品多写上层贵妇美人的日常生活和装饰容貌，以及舞榭歌台、绮筵绣幌的才子佳人，辞藻也是极尽软媚香艳。

　　纳兰对花间词，颇为喜爱，赞其言情入微，且音调铿锵，自然协律。他在填词的时候，偶尔会有些用词遣字直取花间，比如"掩银屏"、"垂翠袖"等，不过，他并没有盲目跟风，而是自成一派。

　　花间词自然也是用情,但善矫饰。而纳兰情泻词中,随性而就,柔中还透着接近生活的气息,多了一份清新与自然。

　　这首《虞美人》,还是写给好友梁汾,也就是顾贞观的。顾贞观是纳兰的家庭老师,两个人,可以说是因文结识。纳兰身担武职,却以文会友,他一生中结交的挚友,几乎个个都是颇有名气的才子。

　　纳兰临终前一年纳的妾沈宛,也是因她的才名才结识。他对沈宛,更多的可能是一种才情上的惺惺相惜。绝色的女子并不难找,但有才情的红颜却并不那么轻易遇见。纳兰惜才、爱才,与沈宛也算一对情投意合的眷侣,只可惜,这段情缘本来就一路坎坷地走过来,结果一年之后,他匆匆地抱恙而终,还是无福长久。

　　料理花间词,是纳兰最钟情和痴恋的功课,渌水亭的众多友情,也便是以诗词文赋结下的不解之缘。《虞美人》里,纳兰的字里行间带一种文人的豪气,"凭君料理花间课,莫负当初我",是嘱咐顾贞观,精勤于作诗填词,莫要辜负了满腹才学、辜负了他的一片真心。

　　纳兰在词作上的才气与灵性,是毋庸置疑的。他的祖父,可以说是一介武夫,父亲明珠在文学上也没有多少可以留下谈资的建树,倒是第三代,出了纳兰容若和他的妹妹两个有才情的人。之所以要提纳兰的妹妹,是因为想起她在《绣余诗稿》里写给哥哥的诗《岁暮感旧赠兄》:

　　　　小楼承日暖,犹记读书编。鸟语纱窗外,花开绮阁

【凭君料理花间课,莫负当初我】

213

前。

　　羡兄才俊逸，愧我学徒然。更觉阳和转，春光又一年。

　　容若是长子，有三个妹妹，到底是哪一位在刺绣女红的间隙里信手偶得，竟写下百余首诗并收入《绣余诗稿》，不得而知。这位妹妹的诗句里，不乏可圈可点的佳句，虽然隐约看出一点怯生生的不自信，但正是这股生涩害羞的滋味，更让人觉得难能可贵。

　　《岁暮感旧赠兄》里，写跟兄长一起吟诗的时光以及对兄长才情的仰慕，这对纳兰来说，也是生命中的温暖吧。兄妹二人，还曾一起游园和诗，成《园居杂兴和兄原韵》。诗里，她说："一见新诗至，心怀觉稍宽"，可见，是一位闲暇时候喜欢舞文弄墨的女子。

　　有关纳兰三个妹妹的详细资料，已经无迹可考，不过似乎有一位一生未嫁，或许是心里的那一点凄美情结作祟了，总觉得这位《绣余诗稿》的女主人，正是未嫁的那一位。我们或多或少都有一点小的"悲剧情结"，仿佛好的事物要凄美一点方才更美丽、更让人动容。如果是她一生未嫁，或许孤单了些，但未沾染到柴米油盐的烟火味道，也是幸事。

　　纳兰的一生里，有过红颜知己，有过志趣相投的妹妹，也有过惺惺相惜的友人，更是一件幸事。他在朝廷入职，却对那个嘈杂的环境心生愤懑，也对自己的处境感觉到压抑、难以忍受。这种情绪，让他与怀才不遇、仕途蹉跎的顾贞观，大有同病相怜之意。顾贞观，可以说是纳兰的第一知己，二人不单交契笃厚，在词学上，更有相似的看法主张，因此经常在一起切磋，互相讨教。

对外界环境不满的时候,躲进诗词的天地里,回归到内心世界,是他们共同的选择。"眼看鸡犬上天梯,黄九自招秦七共泥犁",黄九,即黄庭坚,秦七,即秦观,纳兰以此两位北宋词人为典,做了一个对比:仕途得意的人平步青云、鸡犬升天,而真正有学识的人却一直失意,找不到自己的位置。

　　黄庭坚,诗词书法样样精湛,修史修了大半生,却因党派之争被一贬再贬,流离迁徙,含恨而终;秦少游,同为苏门四学士之一,文辞清丽而思深,也因皇室政变而遭到连累,一再获罪遭贬谪,那首著名的《踏莎行·雾失楼台》便是作于此时,"桃源望断无觅处",道尽心中凄楚迷离。据说,徽宗时代他获得了放还,行至滕州的时候,出游光华亭,索水欲饮时,笑视而卒,结束了坎坷的一生。

　　文人命途多舛,就跟红颜薄命一样,好似美好的东西总是要被打破给人们看的。后人推敲起来,觉得坎坷让他们的人生更有味道,更有咀嚼的余地,可却都怀了隔岸观火的心态,不会了解他们设身处地的悲哀。

　　纳兰虽为权臣之子、皇帝近臣,在仕途上虽然没有大的波折,不至于那般流离不顺,却因为所做与所喜"不对口"而落落寡欢,有郁郁不得志之感。他在官场,周围的人皆是急功近利之流,一心向往着攀附荣华。投机钻营的人,虽然容易爬到位高权重的位置,在纳兰的心里,却是一群鸡犬一般的人物,缺乏心灵上的清明透彻。

　　"瘦狂那似痴肥好?判任痴肥笑。笑他多病与长贫,不及诸公衮衮向风尘。"

【凭君料理花间课,莫负当初我】

失意之人哪有得意之人那种踌躇满志的姿态，且任由他们去嘲笑，嘲笑失意之人多病又贫穷，不如他们那般飞黄腾达，志得意满。虽然是赞痴肥"好"，纳兰的语气里却带着一股不屑，有讥讽的味道，讥讽清贫者穷且益坚，痴肥者身居高位却无所作为。

杜甫有句"诸公衮衮登台省，广文先生官独冷"，个中也是这样的道理。纷乱的官场，越是蝇营狗苟的人，却越是如鱼得水，而那些清洁如水的人，却总是得不到应有的重视，反而被排挤、被贬谪，承受权贵们鄙夷的眼光。

这首《虞美人》的下阕，写得颇为豪气，他见过太多的官场倾轧、尔虞我诈，却拥有一颗绝不同流合污的心。"痴肥"们一门心思谋取的权贵生活，在他的眼中看来无比单调与乏味，唯独潜入诗词书海里，方能寻觅到真实而充实的自我。虽身在烦嚣的官场，他却心存隐逸的情怀。这种情怀，是内心里的固执，更是他保持高洁的底气，不被那些"诸公衮衮"们的纷杂侵扰。

官场偏是"诸公衮衮"的天堂，那他与顾贞观，宁愿像黄庭坚秦少游那样，"共泥犁"，坠入地狱。纳兰之苦，苦在现实处境与心灵追求背道而驰，这矛盾是无法调和的。以他的心性，对这样的环境无法抽身、无法融入。作为康熙的"保镖"，他每一步都如履薄冰，必须极力地掩藏自己的至情至性、七情六欲，一言一行都有固定的条规边框，不能有任何差池。这种苦况，他也只能对友人抱怨诉苦，一如他写给另一位良友张纯修的信函：

"鄙性爱闲，近苦鹿鹿。东华软红尘，只应埋没慧男子锦心绣肠。仆本疏庸，那能堪此！"

慧男子有锦绣心肠，有萧疏散淡的真性情，他只适合做一个纯粹的文人，躲进诗词歌赋里，料理花间课，日夜与文字为伴。纳兰是一个长于思索、心事很重的人，他逝世之后，师友回忆起来，说他"料事屡中"，对世事看得清楚而透彻，但"不肯轻为人谋"，洁身自爱又主动远离是非。纳兰所处的位置，让他不得不谨慎入微，被问及敏感问题的时候，或者不答，或者引用他人言语，很少讲述自己的意见。

原本也是少年公子意气风发，却渐渐在官场上变成一个孱弱的人。纳兰知道一言一行都有可能会惹来祸端，才近似于极端地谨言慎行。彼时，满人汉人之间的关系紧张到如同站在薄冰之上，仍有顾贞观等那么多汉人才子围绕在纳兰的左右，正是看中他这一份谨慎和不多事，看中他的一腔真诚。

与政事上的沉默缜密不同，在情感上，他从来是不吝挥洒的，日常郊游，一花一木一生灵，触动心灵的时候，他都会通过吟诗填词来尽倾积愫，吐露衷曲。

纳兰在一个不适合自己的世界里，看着满目的纷争好比一场鸡犬争夺的游戏，守得那份瘦狂与本真，从开始到最后，都从未动摇。从这一点来说，他冥顽得可爱。

谁念西风独自凉

> 长漂泊，多愁多病心情恶
>
> 长漂泊，多愁多病心情恶。心情恶，模糊一片，强分哀乐。
>
> 拟将欢笑排离索，镜中无奈颜非昨。颜非昨，才华尚浅，因何福薄？
>
> ——《忆秦娥》

纳兰是个心思透亮的人，对世事看得清澈，却一直活得惴惴然，有一种临深履薄的忧惧感。他的心，就跟他的身体一样，都是脆弱而容易受伤的，对外界的冷暖变迁异常敏感，多受触动。

纳兰的忘年挚友严绳孙，曾回忆说，纳兰在逝世前一个多月，为他返回江南饯行。座上只有他二人，谈及生平聚散、人世始终，各自都有点戚戚然。执手握别之际，纳兰的神情里，似乎藏了许多不能释怀的心事，终了还是哽塞着没有吐露。

这一别竟然成诀别，那时纳兰欲言又止的难言之隐，恐怕就是对此有担忧，他的心思里有太多曲折，但所欲之言百不吐一。

他是一生囚禁在网罟里的鸟雀，如《咏笼莺》：

何处金衣客，栖栖翠幕中。有心惊晓梦，无计啭春风。

漫逐梁间燕，谁巢井上桐。空将云路翼，缄恨在雕笼。

享受着锦衣玉食的生活，却佩戴着宿命沉重的枷锁，沉重不堪。外人看来富贵安逸，而他，却深知其中无以言说的沉闷愤恨。纳兰的一生像一个被牵了线的木偶，最想要的自由，念了一生都没有得到。

"长漂泊，多愁多病心情恶"，纳兰后期的身心状态每况愈下，他用一具多愁多病身，常年漂泊在外，再加上对这般生活的深深厌倦，情绪长期处于低落状态。

富贵与功名里他栖栖遑遑，有心挣脱，却无计也无力，直被折磨到苟延残喘。笼子中的鸟雀，生活安乐，却往往命不久矣，因为本非笼中物，锁得住身体锁不住心，心向往在外面的世界飞，身体行尸走肉般地被束缚住。正是这种分歧，让纳兰的生命里充满了裂痕。他在《拟古诗》里，几乎愤懑地喊：

我本落拓人，无为自拘束。
偶倪寄天地，樊笼非所欲。

嗟哉华亭鹤，荣名反以辱。

生性散淡，却置身樊笼，这是纳兰"多愁"的根源。他不想受任何形式的约束，但无形之中却被牢牢地禁锢起来，心情变得越来越差。纳兰年少时候就性格淡然，但也有一些类似轻狂的志气，有"竟须将、银河亲挽，普天一洗"的豪气。但事与愿违，几年的侍卫生涯之后，这些气概渐渐消泯褪去，变了一副模样。

身为武官的纳兰，全无用"文"之地，碌碌乾坤，恨不得"判樽前杯酒，一生长醉"。

悔也好，恨也罢，都已经无济于事，面对命运他无计可施，无能为力。只有匠心未变，只有在翰墨艺林里，他才可以找寻到片刻慰藉。就算家世再显赫，在金殿上再得宠，又有何用？他的人生全然不是属于自己的，走在一条并不想走的路上，却无法回头，无法全身而退。至死，他都是凌寒独自开的姿态。

北上南下，无数次的扈从，无数次的出征，他的身心都疲惫至极。一路的舟车劳顿，尚不知天涯何处，更谈不上归期。他凄凉地倾诉，"比来从事鞍马间，益觉疲顿，发已种种，而执殳如昔，从前壮志，都已成灰。昔人言，身后名不如生前一杯酒，此言大是"。

这时候的心态，与少年时候的纳兰，已经判若两人。人都是这样，最初的梦想会在现实的生活中慢慢地改变或者破碎，经历过世事，才晓得生命最本质的模样，并不会如想象中那般的美好。天高任鸟飞的梦，在接踵而来的失望中一点一点地消磨成粉，挥洒在一路走来的路上，被无情地践踏在别人的脚底下。

凤愿，都是用来打碎的，一颗少年心一路走一路灰，终于连那一点星星之火都熄灭。

往事只堪哀,对景难排。年少时的稚气里也带着坚毅,给自己的人生规划一条理想路线,脚踏实地地走起来,才发现步步都是偏。于是,"心情恶,模糊一片,强分哀乐",喜怒哀乐就交织在一起,分辨不清。他分得清周围的暗流湍急,也辨得出谁是"瘦狂",谁是"痴肥",却正因为细腻而多愁,被自己的心事蒙混。心中团聚了太多的情绪,完全糅杂在一起,没有轻重主次,有些甚至无缘无故。

一面敏感,一面清醒,他几乎生活在焦灼之中,心境难得片刻的宁静。性情中人,是无法游刃有余地置身于规则条框中的。他除了在吟诗作词的时候出口成章,心里莺飞草长,而在其他的场合,却会感到捉襟见肘。他不会逢迎,也不会投机,只是不卑不亢地随在康熙身边,即使厌倦,也坚持完成自己的职责,却也只是敷衍而已,心思全不在这里。

唯一让他获得了解脱的,居然是死亡。于是哀也好,乐也罢,百感都随流水去,浊世佳公子,也终于离开了让他活得窒息的"金丝笼"。

《忆秦娥》,算是很古旧的词牌了,它和《菩萨蛮》,并为词中最古者,所以又被称为"百代词曲之祖"。秦娥,是女子的名字,据传是秦穆公的女儿弄玉,一位喜爱吹箫的女子,后来泛指美好的女子。

这曲词牌的妙处在于,它有回旋之处。"长漂泊,多愁多病心情恶。心情恶,模糊一片,强分哀乐。""心情恶",这个小单句是从上句里"掐"出来,又成了下句的开端。如此读起来,平添了一些乐曲一般的旋律感，重重叠叠，仿佛意犹未尽，于是再来说一遍。

如李清照在她的《忆秦娥·临高阁》里，"断香残酒情怀恶，西风吹衬梧桐落。梧桐落，又还秋色，又还寂寞"。动用一下想象力，把思绪放回易安所处的那个北宋秋天里：原本微醺的单薄女子，临高望远时候，看梧桐叶片片地落。词里的叠字，更加深了落叶纷飞的凄迷感，秋色里混着的寂寞成分，便又厚重了几层。

纳兰的《忆秦娥》里，上阕的叠字是"心情恶"，下阕的叠字是"颜非昨"，从氛围上来看，似乎是情绪低到了穷途末路。

"拟将欢笑排离索，镜中无奈颜非昨。颜非昨，才华尚浅，因何福薄？"他其实是想改变这种坏情绪的，试图回忆往昔的欢颜，来对抗今日的离索。被现实伤害，"心情恶"的时候，总想从记忆里找安慰，用那些美好的回忆来麻醉自己，坏情绪也许就不再那么飞扬跋扈。然而，正如三百多年后，村上春树所说："再美好的回忆也有用完的一天，到了最后只剩下回忆的残骸，一切都变成了折磨。"

记忆告罄，是一种很伤感的病。镜子是不会骗人的，它会真实地告诉你，岁月已经将你变换成如何一种模样。苍老的痕迹悄悄地爬上你的眉梢眼角，两鬓悄悄地染了霜雪般的白，肌肤上有了年华蹉跎后留下的纹理。这些，都是备受摧残的容颜。

草木枯荣，人的苍老，是丝毫没有办法的事，只能面对岁月无奈地摊开手，又听见流年从指缝滑落的声音，那么轻却冷酷，宛如一声声无奈的叹息。我们听见纳兰在病榻之前，看着镜面里憔悴的自己，一声声低低地唤，"颜非昨""颜非昨"。他并非在追忆从前俊秀的容颜，而是想念年少里尚未把百般苦楚尝遍的纯真，好似一切都有希望，万事欣欣向荣。

渐渐地，这些都成奢望。其实他最"老"的年纪，也不过三十出头，初过而立，刚刚擦了"中年"的边儿。可抛却年龄，单看他的心境，却似是一位耆年老者，心里有着数落不尽的沧桑和落寞。"颜非昨"，亦有了"一般风景，两样心情"，他还是从前那位慧公子，但锦绣心肠已经被世事里的刺，扎到千疮百孔。

死亡的光影在门口徘徊，他似乎是觉察到了宿命的脚步，知道自己将要迎接生命的终点。"才华尚浅，因何福薄？"有一点微微的眷恋，此时的纳兰，健康问题已经突兀地昭显出来，他大概也猜到了自己的时日。想起来，还有许多事情未来得及做，还有许多阕词没时间填，怎么福分就单薄到如此？

纳兰不是第一次有"福薄"之感了，妻子丧世的时候，再无佳偶的时候，良友离索的时候，他都不禁发出这样的感慨。上天在眷顾他的同时，也在不停地怠慢，给了他许多人生旅伴，却让他们在他的世界里，没办法停留太久。

这些经年的痛、长久的伤，倒是折磨出了许多好文章。

谁念西风独自凉

叹纷纷蛮触，回首成非

埃雪翻鸦，河冰跃马，惊风吹度龙堆。阴磷夜泣，无人处、那有村鸡。只应是，金笳暗拍，一样泪沾衣。

此景总堪悲。待向中宵起舞，回首成非。须知今古事，棋枰胜负，翻覆如斯。叹纷纷蛮触，年华共、混同江水，流去几时回。剩得几行青史，斜阳下、断碣残碑。

——《满庭芳》

纳兰在漫长的随辇宦游生涯中，去过许多地方，辽阔空旷的大漠边疆，温暖秀美的江南，都曾留下过他的足迹。得以游阅南北风光，寻踪旧迹、追怀往古，也算是扈从唯一的福利，虽然他心里念念不忘的，一直是家乡和爱妻挚友。

一个人的心在哪里，他的世界就在哪里。纳兰的心，不论身走在何处，都停留在北京城纳兰府上那九曲回廊、渌水亭里了。对他来说，再好的风景也抵不过爱人一瞬间的眼波流转，比不过友人笔下泼墨挥洒的一篇文章,就如同他的词里,写尽风光旖旎,也不过是为了铺陈感情。

所以他,用一个情字为自己画地成牢,一辈子都没有走出这个圈。

康熙二十一年,27岁的纳兰随驾抵达今吉林,来到了松花江畔。那时候,这里叫混同江,正是满族入关之前,各个部族相互吞并厮杀的战场。

这就不得不提起纳兰祖上的往事。他可考的始祖,姓土默特,发展壮大之后改姓那拉,迁至叶赫河岸,形成拥有十五个部落的叶赫氏,被称为叶赫那拉(又译纳兰、纳喇)氏,成为满洲八大姓氏之一。

彼时的清太祖努尔哈赤,还处于势薄兵寡的时期。叶赫部长看重了他的才干,就将幼女孟古下嫁给他,生子,便是后来的清太宗皇太极。

随着努尔哈赤势力的逐渐壮大,他开始了统一女真的步伐,姻眷之间因为争夺疆土而水火不容,反目成仇。在战争中,叶赫部长战死,容若的曾祖父金台石被困,宁死不降,甘愿自焚,却未遂,被下令绞刑而亡。这里,有一段耐人寻味的题外话,据说,金台石在临死之前诅咒,就算叶赫那拉氏还剩一个女子,也要灭了清政权。相信很多人都知道,清末慈禧,便是姓叶赫那拉,大清亡国,的确也有她的一份"功劳",当然,这段诅咒应验的故事只算轶事,真假早已难以分辨。

随康熙出巡的纳兰,站在混同江畔,若说心中没有想到六十余年前的那场厮杀,似乎并不可能,他有缅怀的理由。纳兰心里也许

【叹纷纷蛮触,回首成非】

225

没有恨,但作为一个文人,他是厌倦厮杀和战争的,也对曾经发生在这里的死伤而心生悲怆。

隔了时光,祖上的纷争已经变得淡薄不清,旧战场遗址上,再无战火纷飞的任何踪迹,只剩下断壁残垣一片,他用纸笔词阕,展示了那个曾经兵荒马乱的白龙堆景象。"堠雪翻鸦,河冰跃马,惊风吹度龙堆",此处而今看起来,是寂寞苍凉之境,鸦飞雪上,马跃冰河,惊风吹度,充满荒寒阴森之感,再无法想象,这里曾经的腥风血雨。

他脚下的土地,也许就曾用先祖的血液灌溉,这种悲恸无以言说。成王败寇,是历史政治纷争的守恒定律,几乎每一次改朝换代背后,都有无数纷争死伤。一将功成万骨枯,这些道理,纳兰并不是不懂,只是依然悲苦。

"阴磷夜泣,此景总堪悲",阴磷,就是我们通常所说的鬼火,是战死的亡灵。惊风之中,似乎吹来亡灵夜泣的哀鸣,"新鬼烦冤旧鬼哭",此情此景,萧索肃杀,怎不叫人感怀心伤?更何况亡故在这里的,是纳兰嫡亲的祖上。那荒野里星星点点跳跃的,都是一个个战死的灵魂。战场上的人,死便是死,若是胜方,或许还会有人歌功颂德;若是败方,却是无名无分地枉死,成为兴亡变更上最无辜的牺牲品。

这样的思绪,似乎太多沉重。纳兰夜深不寐,"待向中宵起舞,无人处、那有村鸡。只应是,金笳暗拍,一样泪沾衣",本来想效仿那东晋的祖逖,深夜闻鸡起舞,可惜这悄无声息的无人处,压根就没有鸡啼。纳兰心中所想,自然不只是闻鸡起舞却找不到鸡那么简单,他只是以这样的落差,暗喻找不到属于自己的位置,一腔热情也只是徒劳。

没有鸡鸣，他暗暗吹起胡笳，声声阵阵催泪，不觉湿了衣襟，徒增伤感。

"闻鸡起舞"的典故，用得颇有深意，祖逖是东晋武将，日日天不亮就起床舞剑。纳兰也是武官，他所处的官职，很微妙，一品侍卫，常伴君侧，是许多人求之不得的荣耀。但纳兰，他心之所向却是扎身诗词歌赋里，做他的翩翩文人。因而，他在侍卫的职位上一生，却始终找不到存在感。

想来，总觉得可惜，一位为词文而生的他，却在不适合也不喜爱的职位上，碌碌地过了十年，直到生命终结。如果不是这样的生活，让他多愁多病，兴许他就不会在那么年轻的岁数里，匆匆地离世。

古今兴亡之事，如同棋局翻覆、蛮触相争，其实转眼成空。纳兰心中，正是这样一腔感慨，"须知今古事，棋枰胜负，翻覆如斯"，胜败得失，从来都是变化无常，在历史的长河里显得虚无而短暂，算起来毫无意义，却引得无数人纷争不断。

权威、地位之争，几乎是所有战争的起源，而这些东西，在纳兰看来却是那么不屑一顾。他怀着一颗闲逸的心，尘世间的杂物入不了他的眼。

"叹纷纷蛮触，回首成非。剩得几行青史，斜阳下、断碣残碑"，世人为名利所累，但一切的纷争，一切功业，无论胜也好，败也罢，到头来都是虚妄，无非是在史书上多留下几行文字、几段记载。而人，早已经长葬地下，夕阳下斜矗着已经破旧的断碣残碑上面，刻字已经模糊不清，除此之外，再无任何可以留下。

"年华共，混同江水，流去几时回"，混同江的水，日夜不停歇地流淌，水不会倒流，正如一去不返的悠悠年华。

这次出巡返回的路上,纳兰还到了龙潭口。此处离叶赫那拉部的祖居地不远,他心中仍旧感慨万千。他的族人曾在这里被努尔哈赤的铁蹄践踏,而他,身为叶赫那拉氏的后人,却随着努尔哈赤的曾孙康熙,重游旧地。一个是主、是君,一个是仆、是奴,似乎当年的那一场血战打完,一切就都有了定数——胜者代代为帝王,败者世世皆奴仆。

在龙潭口,纳兰作下一首《忆秦娥·龙潭口》:

山重叠,悬崖一线天疑裂。天疑裂,断碑题字,古苔横啮。

风声雷动鸣金铁,阴森潭底蛟龙窟。蛟龙窟,兴亡满眼,旧时明月。

龙潭口地势险要,被群山环绕,举目望上去,隔了悬崖只能看到一线天,仿佛整个天幕都裂开来。潭水边,残断的石碑上长满了青苔,仿佛在啃噬碑文,以至于已经看不清上面刻写的字。潭口,水声如同风雷大作,又似金钲戈矛撞击的巨大响声,似乎又回到了当初的战场上。那阴森的潭底,怕是蛟龙的洞府吧,显得幽深叵测。

还是抬头看,旧时的明月还在,只是他的心里,却满是怅惘的兴亡之叹。

这一次扈从所到的地方,似乎都是旧时战场。皇室是胜者,一路走来都是荣耀,黑龙潭,就曾一度被皇家诰封。而对纳兰来说,却是领略自己祖上旧部遗址,繁盛不再,只剩断壁残垣的凄苦。

无非是,宫阙万间都做了土。

添竹石,伴烟霞

小构园林寂不哗,疏篱曲径仿山家。昼长吟罢风流子,忽听楸枰响碧纱。

添竹石,伴烟霞。拟凭樽酒慰年华。休嗟髀里今生肉,努力春来自种花。

——《于中好》

纳兰对山林生活的向往之心,从他自建"草堂"的行为中,就足够得以体会——虽逃不脱樊笼,也可以自娱自乐一把,把"茅屋"搬到京华中来。这位自小钟鸣鼎食的贵公子,一直别有一番心肠。

忍不住想象,如果温润如玉的他生活在向往的地方有多美好,那里有桃源云漫,古道小村庄,琴弦轻弹,古曲悠传。明媚的春或者清朗的秋,他从单薄的岁月里只身而过,穿过花间,穿过林丛,穿过时隐时现的悲喜和无常，途经一路仓皇，一路寻找，最终抵达最想要去的地方。

那里没有嚣杂，没有繁闹，没有车马喧哗，更没有追名逐利，能看到自然最初的美好以及人心里最初的天真朴实。一箪食，一瓢饮，在陋巷，也不改其乐。

梦想在动辄得咎的现实里，被伤害到千疮百孔，纳兰心里却仍然有一处尚未崩坏的世外桃源。或许每个人心里都有属于自己的桃源吧，只是多数人在后来都沦丧在尘世的光怪陆离中，亲手切断了通往那里的路。自此，现实和心灵之间，隔了重叠的雾、深邃的涧，连窥探都难。

纳兰在这首《于中好》里，为自己想象了一种完美的生活状态。"小构园林寂不哗，疏篱曲径仿山家"，有一处寂静无华的园林，远离车马喧哗，更无人声鼎沸的纷扰。周围有一排疏松的篱笆，草木掩映中透着一条曲径通幽的小路，这里如同世外的山野人家一样，无拘无束，让人可以得到最随心的休憩，最放任的自由。

纳兰，在碌碌的人世里筋疲力尽，他一直向往着能有这一处地方，享受山水之乐。只需一盏花前酒，占得韶光，在喧哗的世界之外觅求一份安稳，片刻宁静，心就有了栖息的着落。在山野，再无烦琐的世事纷扰，也无"侍卫"那个沉重的枷锁，日子就变得特别长，可以尽情地沉溺在诗林词海里，"昼长吟罢风流子，忽听楸枰响碧纱"。

《风流子》也是词牌名，楸枰是木质的棋盘，在山林之家吟诗对弈，这样的生活好不惬意，这是他的心之所向。只是，从现实角度来讲，却没有达成的可能性。纳兰把《于中好》的上阕写得轻松而自得，但其实，如此简单闲逸的生活，对他来说却是求之而不得。

末句，使上阕的词熠熠生辉。寂静沉吟的时候，忽然听到棋子落到棋盘上的声音，这顷刻之间，他那颗向往闲逸的心似乎得到了抚慰，渐渐地平静下来。而那声响，已经扩散到词笺之外，充满了生机与空灵。

可惜，词一开始他就说了，"仿山家"，只是一个"仿"字，这里并不是真正的山野，也许是纳兰兴致之下按照"山家"的样子"构"成新的园林，也或许只是做客他人家，这样的生活，对他来说却是一种奢望。他没有办法当真抛开一切归隐到山林里，那种怡然自得的乐趣，在他的心里想了一生，却从未真正地体验过。

真希望他能挣脱所有束缚在身的绳索，痛痛快快地只为自己活一场，可他像命里就带着那些沉重的规矩，竟这样过了一生。

纳兰本性自然，非矫饰所能更改。他从来不是一个洒脱的人，正如他的词，心思曲折蜿蜒，对得不到、已失去的东西都从来放不下，对拥有的权势与富贵，又从来不屑一顾。

他的生命里，几乎所有的忧愤凄楚，都是由得失失衡而引起，拥有的并不是想要的，而他真正珍惜的，却一直在失去。等了一生，盼了一生，想要的自由还是如同镜中花、水中月，风一吹就消失不见。

天高任鸟飞，却非鱼儿所羡。虽然心里与尘世之间，有刻骨的疏离，恨不得一条一条打破世俗规矩，但到头来，纳兰还是只能规规矩矩地按捺心中烦闷，一生留在樊笼里，生也如此，死也如此。

他只是希望过寻常人的简单生活，不过这个愿望，看起来却高不可攀。纳兰的心里，有一幅美景，每一个日薄西山的傍晚，那些烟岚的色彩在夕阳的辉映之下，美丽至极，出游觅食的鸟儿，次第飞还，栖息在树木之上。

"添竹石，伴烟霞。拟凭樽酒慰年华"，竹石与烟霞相伴，在此把酒当歌，可谓人间极乐。竹，自古就是君子的象征，丝竹管弦，琴棋书画，是每个文人的向往。酒罢吟诗作词，那真性情，就随着微醉之后的笔端流露出来，不遮不挡，再无须有所顾忌，尽数发自肺腑、出自胸臆地将自己的心展露出来，不夹杂丝毫矫饰与做作，也没有隐晦说辞与欲盖弥彰。

纳兰的年华，已经在华贵的宫殿庭院里蹉跎了大半，若能抽身而退，回归到自然里，能够自在地把酒欢饮，也算是弥补了错失的好时光。想要"慰年华"，是因为自己对匆匆逝去的流年存有不满，最好的岁月，却是在牢笼一般的环境里度过，任谁都觉得心中有憾意；更何况，他是心中有天地的纳兰容若。

可是他这只孤独的蝴蝶，终归还是没能飞过宿命的沧海，坠羽而亡，留下最后一抹翩然的背影，徐徐地消失在世人眼里，去了另一方天地。在那里，有他真正想要的宁静和自由逸乐。

"休嗟髀里今生肉，努力春来自种花"，用这句话来点睛，恰到好处。何必徒然地叹老嗟卑，那只是自寻烦恼，不如等来年春天的时候，自己把锄种花植草，这样的日子岂不快活，羡煞旁人。还要记得，移来几丛翠竹，寻来几方山石，花间闲饮，填词抚曲，常伴于烟霞，就足以告慰平生。

"髀里生肉"，用的是刘备的典故。刘备曾感叹说，因为太久不骑马，大腿上的肉都横生，比喻一直过着安逸舒适的生活，渐渐地没了作为。纳兰文武全才，琴棋书画，刀剑骑射，无一不精通。

可是，文不能安邦，武不能定国，他的经世之才也形同虚设，全无用处。他对这一切，早已经累了，倦怠了，却无处言说。所以在《于中好》，纳兰用字句，为自己修建了一座室外山居，为自己虚拟了一个向往已久的精神世界。

刘备悲叹髀肉复生，是叹息他的江山，哭他的江山难再得。而在纳兰的眼里，这些却并无嗟叹的必要，一切浮名，也只是身外之物。如能闲看庭前花开花落，就是他的人生美事，只是，这样从容淡定的生活，只能是一个梦，一生感叹。

这个千古伤心第一人，终归至死也未能得偿所愿。就算诗里词里凭借想象捏造了一千遍，他还是必须回到那侯门深似海的相府里，回到高森威严的殿堂上，过言不由衷、身不由己的岁月。谁能与他在亲手种的花香里吟诗下棋，哪里又是他可以醉饮一场的地方呢？

纳兰有意模仿山居修建草堂，却无力当真效仿陶渊明那样守拙归田园，恣意地酩酊、宿醉，高兴的时候，忧愁的时候，可以自斟自饮或者觥筹交错，酒后胡言或者吐真言，随着口感醇厚的液体在口舌之间滑落，留下微辣的一道线，淡淡的一缕香，让眼前渐渐氤氲，梦想的轮廓却渐渐清晰，像浓雾散去之后的澄澈清明。

他喜欢深山远古里的幽静，是对嚣杂人间的厌倦。山水之间，反而有踏实的温暖，仿佛不与尘世有任何牵连，哪怕劳作生活疲劳了身体，却是休憩了心。

各有各的朝圣路，各有各的征途，有人渴望鲜衣怒马，也有人希望守拙田园，若能跟着自己的心走，为自己寻找最舒适的位置，有生之年，该是如何的绝世风光。

岁月渐度，许多往事在心里慢慢沉淀，却变得面目模糊，梦想

［添竹石，伴烟霞］

也在现实的倾轧下不得不藏了起来。有时候，说服了自己的心，就能够打开通往桃源的路。但纳兰，他有太多的顾忌了，整个人和心，都活在荆棘丛里。我看到他在锦衣玉食的世界里，却一生唯唯诺诺，一生都没能挣开禁锢他的枷锁。

他是宿命的囚徒，被幽禁在金雕玉砌的囹圄里，一个人，几乎要把牢底坐穿。却还在牢底，心心念念地营造出一幅自由的遐想，慰藉伤痕累累的心肠。

爱他明月好，憔悴也相关

飞絮飞花何处是？层冰积雪摧残。疏疏一树五更寒。爱他明月好，憔悴也相关。

最是繁丝摇落后，转教人忆春山。湔裙梦断续应难。西风多少恨，吹不散眉弯。

——《临江仙·寒柳》

说到柳树，最先想起的却是金庸先生的《神雕侠侣》。小龙女被情花毒所伤，再加上欲辩难言的误会，只身离开杨过的途中，遇到了公孙庄主。那位有妻有女却忽然春心萌动的庄主，问小龙女的姓氏，她思忖片刻，说，姓柳。

后来，杨过还是一路寻来，看着不肯与他相认的"柳姑娘"，肝肠一寸一寸地断，想，原来她姓柳，是因为我姓杨。

其实小龙女的本性，是像极了柳树的，美丽而有风韵，又不沦入寻常，既柔软，又自我，正是因为这种独特，吸引了所有人的心神目光。小龙女，无疑是金庸笔下最有神韵的女子。

柳，谐音留，在诗词歌赋里多用来烘托离别愁绪。那时候长亭短亭之间，都会植有柳树，送别的人在分别时掐一枝柳梢，赠与即将远行的人，寄托哀愁。折杨柳，渐渐就成了送别的仪式。

《诗经·小雅·采薇》里有："昔我往矣，杨柳依依。今我来思，雨雪霏霏"，一句话，道出了四季变迁里的离情愁意。

纳兰的《临江仙》，同样有季节轮回之感。"飞絮飞花何处是？层冰积雪摧残"，一问一答，问的是春，答的却是冬。春天的时候，柳絮漫天纷扬，飘忽不定，正如缘分浅薄却苦苦挣扎的人，企图攥紧手里的幸福，却被一阵风，就吹散到各个角落里。

到了冬天，再不见飞絮，再不见飞花，只有冰天雪地，积雪难消，天地显得空旷，如人心里空空荡荡的寂寥。北国的冬天，几乎是看不到绿色生机的，更何况在纳兰这位伤心人眼里？想那春天时候，东风恍若一个不轻不重的吻，吻得满世界春暖花开。嫩绿芽尖刚刚萌发出来，带着懵懂与慵懒，尚未沾染这时间的尘埃，而后慢慢地探出头来，柳絮似雪，芽尖也渐渐伸展开来，绿了整个天地。

树木里，松柏最刚劲，柳树则阴柔。它的含蓄曲折，缠绵悱恻，在文人心里是最得宠的吧？可人人都爱它春的妩媚，夏的娇艳，却鲜有人惦记它冬天里的稀疏。"疏疏一树五更寒"，纳兰用寥寥几字，似乎画出了寒柳的素描：只需匆匆的几笔落下，便是没有绿叶的枝条树干，显得孤单而落寞。

柳枝依然柔韧，只是严冬的风凛冽了许多，卷着枝条飞腾翻舞，受着冰雪摧残。

看多了咏叹春柳的诗词,印象中它一直是春天里的模样,柳枝乱成丝丝缕缕,叶密鸟飞得,风轻花落迟,如一位婀娜多姿的佳人,柳枝是发丝,柳絮是眼泪,站在春回大地里却盼不到该归来的良人,只好泣涕涟涟。

咏物诗,其实要写好并不容易,太专注于物,会显得拘谨不通畅;而脱离了物,又会晦涩而不明快。这就好比作画,如果只是把柳树惟妙惟肖地涂抹下来,再逼真,也总觉得呆板无神,因为缺少了最重要的"魂"。

纳兰却能做到不离不即,你可以说他字字描景,也可以说他句句抒心,他把自己的一腔感情都投注到柳树上了,再用笔写下来了,则有形有魂。而这魂魄,莫过于上阕的尾句,"爱他明月好,憔悴也相关"。

寒夜里的柳,在明月底下,即使显露憔悴,也是美好。纳兰挚爱的卢氏,曾出现在他的梦里,还留下口信,"衔恨愿为天上月,年年犹得向郎圆",我总疑心纳兰是想起了卢氏的梦中话,才会有这一句"爱他明月好"。卢氏的逝世,也没有斩断他对她的一往情深,哪怕姻缘憔悴到天人永隔,只要能看到一轮明月的地方,他也会无休止地想起她,想起她生前的音容笑貌,想起她托梦送上的诗章。

他与她的情缘如柳,有过春日里的萌发,盛夏里的怒放,而今入了冬,在冰天雪地里,表面没了生机,其实重生之力还在暗自涌动。

"最是繁丝摇落后,转教人忆春山",偏偏是叶片在秋光中摇落之后,更叫人反复地思念起春天里的美丽景致。而一段感情遇到

【爱他明月好,憔悴也相关】

237

了天人永隔，自此只能梦中相见。可那些初见时候的欢颜，相爱时候泼墨煮茶的默契，其实还一直留在心底呢，一时一刻都没有忘记过。

冬夜里光秃秃的柳条，也可以做穿针引线的线索，把那从前的美好记忆都引出来，串联起来。纳兰的视线与心之间牵着一条细细的线，所以容易触景生情，所见必有所感。柳枝翻腾，似是拨动了他心中最隐秘的一架琴，奏响悲伤不止的旋律，直听得闻者心里泛起一股涩涩的酸。

繁丝摇落，摇不尽相思，视线里越是荒凉，心里就越是热闹。他的心还停留在春天里，满目的柳，枝叶飘摇，飞絮似花还似非花，正如情丝缠绵。那千条万缕垂下的绿丝绦，好比生命的线条。

怨柳，几乎是一种传统了，提及它，就沾染了哀伤。不单在中国如此，垂柳，在英文里的写法竟是"weeping willow"，直译过来，便是"泣柳"，春光里柳枝低垂的姿态，恰如一位低眉顺眼的女子，羞涩欲泪的模样，而冬夜里稀疏的柳条，又如沧桑之后心伤神损的男子，一面缱绻，一面悲怆。

"湔裙梦断"， 湔裙，是古时的一个风俗，正月元日至月晦，女子醑酒洗衣于水边，可以躲避灾祸。也有传说，北齐时候大将窦泰，他母亲怀有他的时候，迟迟不产，忧惧不已。有巫士告诉她，渡河湔裙，产子必易。窦母照做之后，果然顺利地产下了窦泰。

卢氏，正是因难产而身亡，纳兰以此典故，是在哀叹。伊人已逝，二人只能在梦里相见，聊慰寸心，可惜好梦又易断，断梦再难续。那窗外寒风里的柳枝，来年春归，还有新的生机，而逝去的人，却只能活在记忆里了。

"西风多少恨,吹不散眉弯",凌厉的风中饱含着幽怨,却无论如何,都吹不散她在他心里留下的印记,她的眉眼,她的身姿,都在那里凝结成刻骨的回忆。

曾经的晓风残月,无数个杨柳岸边,多少人一去经年,又有多少良辰好景徒然虚设。纳兰就被封锁在时光的囹圄里,前进走不出距离,后退走不出回忆。他的心,在卢氏逝世之后,孤单流浪了许多年。

另一首《临江仙》,同为咏叹寒柳树,是一首思念诗:

夜来带得些儿雪,冻云一树垂垂。东风回首不胜悲,叶干丝未尽,未死只颦眉。

可忆红泥亭子外,纤腰舞困因谁?如今寂寞待人归,明年依旧绿,知否系斑骓。

上篇是"疏疏一树",这篇是"一树垂垂",料峭冬寒里柳树的姿态仿佛就在眼前,孤单到没有任何绿叶陪衬,只剩枯黄的一枝枝,随着寒风在天地间跌宕起伏,叫人没来由地涌出悲戚之情。

倒是,严冬里翩翩飞雪,似乎又重现春天里柳絮漫天的模样,只是不及柳絮的轻盈和温暖,它将包括柳树在内的整个世界都冰冻了起来。更何况,那一颗许久都体会不到慰藉的人心?

回首遥望春天的时候,不胜伤悲,而今,"叶干丝未尽,未死只颦眉",柳叶早已经落尽,伊人带笑的眉眼已经是明日黄花,但其实,柳丝并没有死亡,只是像愁苦的人一样,眉宇中紧锁了许多愁。

春日里柳梢飞舞,是如何恣意的欢闹?而今,垂柳带雪,望过去犹如片片浮云,再飘摇不起来,或许,这正是纳兰自己的写照吧,愁病交加,形同枯槁,多像严冬里没精打采的冻柳。

"可忆红泥亭子外,纤腰舞困因谁?"纤腰,是柳树春夏里的姿态,仿佛人到了温暖时候,脱下一身沉重的冬装,整个人都变得轻快,变得摇曳多姿。那样一树一树的柳枝舞动起来,纷纷扰扰地缭绕在一起,的确仿佛要将人"困"住呢。

红亭外,柳枝绕,应是送别时候的场景呵,可折柳一枝送上。纤柔的枝条,好比绵绵的情谊,剪不断理还乱,像绵长而柔韧的思念。

送走了离人,纳兰还留在原地,"寂寞待人归"。他的一生,都在等待着,等待着离开所有束缚着他的绳索,能够自由地如柳枝般垂摆飞舞。有古话说,无心插柳柳成荫,柳树,该是极容易存活的植物吧。风流多情,美好又不娇贵,它只是孜孜不倦地向下,向下,垂下身姿,既不事张扬,也不喜做作,兀自安分自然地立在长亭短亭之间,看尽了人间的悲欢离合。

冬天,它也会枯萎了叶,收起了妩媚,只留下丝丝干枯的枝条,颓然地被风雪封住。还好,"明年依旧绿",垂柳还是会在春暖花开的时候穿回那一身绿装,以一副从未受过寒霜侵害的模样,获得又一轮回的新生。不知它是否还记得,去年之春,在这里走散离别的那一对故人?

"知否系斑骓?"是否还会有新的人,在这里系上斑骓,在依依柳枝的抚送下策马离开?而去年从这里离开的那个人,又是否掉转了马头往回走,唱一出归去来兮?

李商隐在某首《无题》里的那一句:"曾是寂寥金烬暗,断无消息石榴红。斑骓只系垂柳岸,何处西南待好风?"也是写尽离别之后相思之苦。相思之曲,在各人心头里余音不绝,最好的时光,已经倾注在天各一方的离散里。

欲倩烟丝遮别路,垂杨也是那相思树,就算在和暖的春天里,眼底风光却总是留不住,就像东风也做不了繁华的主。杨柳岸边,离别,年年都会上演,春去秋来,衰草连天,满目苍凉,离去的人渐行渐远,不归的人始终不归,留守原地的人,则将盛衰看遍。

到头来,影影重重刻在人性中的喜怒哀乐,总是胜过自然里的春胜秋败。且将人间里的许多悲欢离合,分付亭前柳,叫那一树一树的枝,承载这许多愁。

为怕多情,不作怜花句

> 萧瑟兰成看老去,为怕多情,不作怜花句。阁泪倚花愁不语,暗香飘尽知何处?
>
> 重到旧时明月路。袖口香寒,心比秋莲苦。休说生生花里住,惜花人去花无主。
>
> ——《蝶恋花》

  人最大的敌人,是时间;人最公正的裁判,也是时间。多情人的字典里,若说最美丽的三个字是我爱你,那最残忍的便是,来不及。

  苍老,总是在你不知不觉的时候悄悄靠近,在你措手不及的时候忽然跳出来,让人察觉到,怎么这么快,就已经老了。还有许多花,没来得及欣赏;还有许多人,没来得及重逢;还有许多事,没来得及践行,却已经没有时间了。

《蝶恋花》这个词牌，历朝历代，不知被多少人拿来写尽了悱恻缠绵、多愁善感。无数的时光，都顺着文人们的笔尖纸沿，匆匆地流过。谁也说不准，还剩下多少岁月握在手里，多少用来蹉跎，多少用来追忆。

　　许多时候，等到一夕忽老，才发现，手心握着的只有一层接着一层的遗憾，旧梦难重温，所有握不住的流年，都已经悄无声息地离开了。

　　多情又多愁的词人纳兰，对苍老这件事，应该别有一番体会吧。他没有经历真正意义上的苍老，但他的心，却一直有些与年纪不符的成熟与沧桑。谁像他，从出生就长在一个凶险的环境里，身上背着的，有家，有国，无数的重担压过来，泯灭他一生只想与情字结缘的愿望。

　　其实，如果没有这些经历，后人也许就不会如此喜爱这位翩翩佳公子。纳兰的身上，几乎融合了绝大多数人心里对优秀男子的全部幻想：文武双全，相貌绝佳，天生带着一股翩然风度。他站在朝堂上、行走在边塞的时候，威风凛凛；他躲进庭院深处，执笔填词的时候，弱质纤纤。纳兰用笔写字，写下自己的一生，唤醒的，不仅仅是我们的悸动，还有同情、仰慕、扼腕、叹息。

　　"萧瑟兰成看老去"，在寂寞凄清中慢慢地老去，年轻的时候想起来，总觉得有一股阴森森的可怕。人人都希望时间慢一点走，苍老晚一些来，可公正的时间，却从来不会为任何人多停留一分。如果纳兰不是英年离去，有朝一日，他也会变成一位垂暮的老者，两鬓染了霜雪，步履开始蹒跚。他也许还会再遇到几位女子，数位友人，也许仍在痛心疾首地想念这卢氏，也许为家族的变故而生出

【为怕多情　不作怜花句】

更多的幻灭感。如果真有那时候，不知他还会不会，说与这时同样的话，"为怕多情，不作怜花句"。

纳兰说过不少谎话，说悔恨多情，说不再多情，说惧怕多情，可他笔下，却几乎句句都因"多情"起，都有"怜花"意。这是一种物极必反的效应，越是想隐藏，就越是欲盖弥彰。

在他的词中，我们总能找到一种真实，就好像已经在忙碌生活中麻木掉的那些情绪，一种一种地又回到了心境里。过去的岁月，是渐渐醒来的一个梦，像落花，像薄云，像鸟在天上飞，像鱼在水中游，像故人越走越远。看起来很自然，又夹杂着一些愁绪，一种欲罢不能的苦恼。

要知道，一生中一路走来所有的疼痛，其实也是生活给我们的馈赠。纳兰没有当真因为害怕多情，从而再不写怜花句子，他还是认真地剖析着自己的心，把那些沾着血泪的情绪倾诉到纸面上。

这几乎是他唯一的表达方式了，许多心里有一方天地的人，往往更喜欢纸面，而不是口上言辞。从纳兰的朋友对他的评价里，我们也可以看出，他并不是一个善于"说话"的人，常有惴惴然之感，唯在笔墨纸砚的世界里，方能真正地挥洒自己，暂时摆脱繁重的束缚。

"阁泪倚花愁不语，暗香飘尽知何处？"落花，暗香，自然是飘进了心里。若能在花开花落中怡然自得，不管流年度，也是一种坦然的幸福。只是纳兰的心，远远没有那么地洒脱，心事太重，成全了他词人的风韵，却也成就了他一生的愁。

要知道，年年岁岁花相似，所以沿着落花，沿着暗香，唏嘘仿若醉倒在情绪里的时候，总能找到通往回忆的小径，"重到旧时明月路"。这条路，以前曾经与谁并肩同走过？留下的脚印已经不在，路边的风景却一如往昔。

在孤身踏上的时候，迎着明月，轻风吹冷了衣袖，却吹来了花香。那些感觉与味道，似乎顺着衣袖一路钻进了心里，连心也忽然有了香寒，苦得似秋天里的莲，一派萧索。

心比秋莲苦，莲是夏天的宠儿，而到了秋天，莲花败落，莲叶黯淡，在瑟瑟的寒风里渐渐褪去红绿颜色，连一点幽香都不余下。此时，还有谁会记得那最初荷塘里的一片旖旎？自己经历过的感情，只有自己视若珍宝一样地收藏着，而在外人眼里，尤其是那些薄情人、那些眼中只有富贵荣华的人眼里，却如泥沙一般。

这正是纳兰的不同之处。古时的男子，一心朝堂，心里都是功名事业，只有女子，才把爱情当作维持鲜活生命的依恃。纳兰却也以爱为生，情是他一生决计不可缺少的那一部分，也缠绕了他一生，为爱，他写透怜花句子。

事实证明，也正是爱情以及他那缱绻的字句，如沧海遗珠一般地历代流传下来，最为后世人爱不释手。浩卷繁帙的历史中，唯独一个"情"字，是贯穿其中的主线。那些政治上的风波，朝堂上的纷争，在我们看来已经无关紧要，反而是那些渗透了血泪的情诗情词以及诗词里藏着的真心实意，最弥足珍贵。

"休说生往花里住，惜花人去花无主"，两情相悦的时候，彼此说下一些蜜语甜言，仿佛携手同老是一件简单的事。可而今，誓约许下的另一半，早就已经不在身边，一生都未能一起走到头，还说什么生生世世？

在现实面前，誓言就是风一吹就落的残花、易醒的梦。惜花人已去，再美丽的花也只能寂寞开无主。这寂寞的爱情花，其实就是纳兰心中的那一朵。因为久久无人灌溉，已经渐渐地减退了生机。

【为怕多情，不作怜花句】

他的心，就怀着爱情老去。对于相爱的人来说，对方的心，才是最好的房子；而她离开的那一刻，他就无家可归了，只能置身侯门大院里，一个人兜兜转转，再寻不到心的归途。

纳兰说，"不作怜花句"，可单这一首短短的《蝶恋花》中，就出去了五处"花"。兴许是因为卢氏在春末的时候逝世，他对春天，总是在欣赏的同时又带着一种怨愤。心绪恶的时候，满眼芳菲都惹恨。

尘缘易断，恩爱难长，这里的风景依旧，连蝴蝶都成双成对，他却只能对着一座孤坟，一遍一遍地唱出哀愁。那些甜蜜的旧时话，一刹那都化作呼啸而过的风，纳兰仿佛有一滴眼泪沿着脸颊坠落，在地上溅起层叠的纤尘，只这片刻，他心中固若金汤的堡垒，就轰隆隆碎成了断壁残垣。

他的确是人间惆怅客，把自己藏在断肠声里，孤单忆平生。

辛苦最怜天上月,一昔如环

> 辛苦最怜天上月,一昔如环,昔昔都成玦。若似月轮终皎洁,不辞冰雪为卿热。
>
> 无那尘缘容易绝,燕子依然,软踏帘钩说。唱罢秋坟愁未歇,春丛认取双栖蝶。
>
> ——《蝶恋花》

月亮是美的,尤其是放置在古代的场景里。想那怯生生的满月或者缺月,怯生生爬上树梢,再爬上屋檐,悄无声息,仿佛怕被枝头檐角划破一般。此时万籁俱寂,而月辉遍洒,整个世界都被涂抹成银白色。

古代人的夜晚,有点单薄。书生们点青灯一盏,半明不灭的光轻轻摇曳,照在书桌上。或提笔作诗词,或夜读书卷,疲倦的时候,透过疏窗去看天上的月亮,它皎洁的姿态曾让无数文人纷纷自比，对它赞不绝口。

最宠辱不惊的就是它，高悬在天上，见证了几千年人间的欢喜离合，还能保持一副不为所动的姿态。地上的人们喜也好，怨也罢，将自己种种般般的情绪附加上去，可它依然是它，不会有丝毫的改变。

现代，怕不会再有人认真地赏月了，处处是灯红酒绿，亮堂的灯光仿佛点燃了整个夜晚。月亮看起来，不再那么明亮，星星更是无迹可寻，这就是我们的夜色，少了含蓄之美，多了噪乱与嚣杂。

看到月上柳梢头的时候，你是否还会想起欧阳修笔下那位约在黄昏后的佳人？看到皓月当空的时候，你是否还会想起苏轼"把酒问青天"的醉态？看到上弦如眉的时候，你是否还会想起，月下那位形似单影的公子，曾怨尤地说，"辛苦最怜天上月"？

即便会，也再寻不到当初的意境了。

世间之事，不如意十有八九，纳兰短暂而曲折的一生里，尽是被诸多的不如意充斥，一颗玲珑的心在尘世中被不断地打磨，渐渐不再圆润如初。

心里有了缺口，视线之内，也尽是些愁苦。单说月亮，文人们煞费心思写尽了月亮的各种姿态，唯独纳兰眼里的月最悲，苏轼的"月有阴晴圆缺"，悲喜是平分秋色的，似乎分量还是有些不够；而纳兰眼里的月，只有一昔的团圆，其余全成缺憾："辛苦最怜天上月，一昔如环，昔昔都成玦。"

这一首因月起兴、以月为喻的《蝶恋花》，千古伤心第一人的伤心，体现得淋漓尽致。他和卢氏的尘缘，可不就像那天上的月亮？一朝圆满，剩下的却都是残破的梦。只是明月还有一月一轮回，人的轮回，却要漫长得多。他也曾无数次许愿祈祝，希望能与卢氏来世重续团圆，怕只怕，又是一度"成玦"的轮回。

与其说月亮辛苦，倒不如说是人心苦。月亮再美，本身也是没有喜怒哀乐的，那些情绪，无非都是人们的感觉。纳兰心中自有一番伤感情怀，于是在他的眼里，月是缺月，花是残花，世间万物都不尽圆满。

文人笔下，也多是这样不圆满的事物，故事要悲一点才耐人寻味，诗词要凄一些才韵味百出。无论是古代还是现代，文人大多偏爱悲剧，哪怕故事最后是团圆结局，中途也必是历尽曲折，被眼泪一路浸染。

其实感伤，才是人们最欣赏的一种情感。欢喜的时候只顾着欢喜了，就少了回味的余地，而悲伤的时候，连时间的脚步都变得缓慢，你可以慢慢地品尝苦楚，细细地舔舐自己的伤口。若用纸笔记录下来，入木三分地刻出那感觉，能够唤起人心里的共鸣，那就是绝美的字句了。

"一昔如环，昔昔都成玦"，说的是月，更是人生。卢氏的去世，对纳兰来说就恍若人生有了缺憾，再没有圆满。有人说，情人的前生是一个圆，今生被分为两半，而爱情就是一个半圆在寻找另一个。

那么纳兰曾经拥有过他的那个半圆，但时间很短。卢氏在他的生命里，仅仅停驻了三年的时间，还是聚少离多的三年，就撒手而去。他的余生，再没有遇到与自己缺痕吻合的另外一个半圆。

一生中，能遇到与自己灵魂都契合的伴侣，已经是难得的幸事，似乎不应该奢求更多了，哪怕只有短短的时光。纳兰还在不甘心地说："若似月轮终皎洁，不辞冰雪为卿热"，这一句，似乎是

对那日,梦中卢氏亡魂所说"衔恨愿为天上月,年年犹得向郎圆"的回应。

她说,我愿意衔着怨恨,做天上的一轮明月,一年尚有几次机会,可以向着你圆满。

他说,如果姻缘可以像月那样始终皎洁,我愿意对抗一切的艰难,哪怕在冰天雪地也为你驱寒。

提起月亮,难免让人想起广寒宫。月亮给人的印象一直是清寒的,一如冰封的情缘。他能不惧这寒冷,也想能与她重续前缘,把情爱再演一遍。

可惜,人已逝,在纳兰心里的那一轮月亮,一昔成玦,昔昔成玦,而且再也没办法修复了。

《蝶恋花》,连词牌名字都透着缱绻。纳兰在这首词里,果然尽写缱绻的事物,比如月光、燕子、花丛、蝴蝶、人心以及缘分。世上最脆弱的事物,怕就是轻薄的缘分了。情深缘浅,是谁都无力抗衡的事,你道是精诚所至金石为开,却不知当有些人遇见有些事,只能无能为力。

尘缘容易绝断,就是一件无能为力的事,一如断弦难续。有些人,遇不到寂寞,遇到了却匆匆错过,更是寂寞。最苦是享受过爱情短暂的甜,然后独自一个人品尝剩下来的悲。

"燕子依然,软踏帘钩说",月有阴晴圆缺的轮回,燕子有南飞北往的归去来兮,鸟雀轻轻地踩在帘钩上,呢喃叙语,吟唱着每一个春天。去年它们归来的时候,她似乎还在花前月下,嘴角浅浅的一抹笑是他记忆里最美的线条;今年它们再归来的时候,他却只能对着空空的身边,一个人浅吟低诉。

燕子还晓得成群结队，花丛中的蝴蝶也知舞姿成双，对对栖息在花尖上，肆意地嗅着月色下的暗香。却唯独他一个人，只能从记忆里寻找熟悉的温度。"唱罢秋坟愁未歇，春丛认取双栖蝶"，再写一首愁词，他再也回不去从前成双成对的好时光了。

只恨，不能如梁山伯与祝英台，双双化了蝶，终于在尘世之外，寻找到了另一种可以厮守的方式。可惜那些传说与童话，不过是受尽世俗折磨的人，在脑海中构设出的并不存在的美好。

纳兰孤零零唱罢了秋坟挽曲，还是愁未歇。他在月下独吟，抚慰着经年累月里沉淀下的痛感。春夜尚凉，在他的心头落下一层薄薄的霜，昨日她在耳边的软语似乎还在回响，那些甜蜜的情话，一瞬间化作呼啸而过的时光，在他的心上划下了伤。

若真能人生只如初见，没有枝节横生，没有缘分叵测，更没有生离死别，他们只做人间一对最平凡的小儿女，二人手携手，一生同游，那该多美好。而如今，那些关于再相逢的梦，只是一场自导自演的虚妄，是朦胧月光下最豪华的奢想。原来，月光也是可以醉人的，居然凌乱了脚步，扰乱了心肠。

无论月缺还是月圆，那些光，仍旧是在的，虽无法将断了的缘分衔接上，但至少能铺垫与支撑起纳兰他一个人的回忆，点缀着萧索的心事，这样足矣。

谁念西风独自凉

> 春归归不得，两桨松花隔
>
> 问君何事轻离别，一年能几团圆月？杨柳乍如丝，故园春尽时。
>
> 春归归不得，两桨松花隔。旧事逐寒潮，啼鹃恨未消。
>
> ——《菩萨蛮》

　　再年轻一点的时候，总觉得好风景在远方，一门心思想着离开脚下的土地，看看另外的天地。可真正地在路上颠簸了许久，才渐渐地发现，外面的世界很精彩，也很无奈；而一路走来最怀念的地方，竟然是当初迫不及待离开的家乡。

　　只是，有些地方一离开就再也回不去，就好比有些人，一离别就再也不相逢。

　　凭着年少时的痴狂和勇敢，决定总是很容易就做下。只是，一时英勇的决定，往往要用漫长的一生来实现，也许等把沧桑历尽，再回过头去看的时候，那些重重往事，才能看得更加清楚。

我们走再远的路，看再多的风景，兴许只是为了，看清自己心头那一方寸角落里的世界。

纳兰他对自己的心之所向，了解得已经透彻。我总觉得，他是愿意做一只"井底之蛙"的，固守着那块有家、有爱、有友人的土地，不离不弃。他抬头，看到井口那小小一片天空，但因为有足够大的内心，把世间诸多情感都装进去也不觉得拥挤。他还有足够大的视野，在浩瀚的诗林词海里，漫游了一生。

如果能一生如此，也是幸事。纳兰是个潜入心中的人，他不必走太多的路就可以知道许多的事，他只经历一份感情就可以洞悉所有情缘。即使在现代，隔着三百余年的岁月来欣赏他的一生，还是认为，这位公子应该活在花团锦簇里，而不是动荡流离。他生命里的诸多精彩和不幸，叫人一面不忍细究，一面又情不自禁。

这正是纳兰的魅力，他让我着了魔。喜爱他的人大概都如我一般有轻微的自虐心理，明知道自己脆弱，还总是忍不住去接触那些会刺痛我们的事，一面锥心刺骨，一面暗自庆幸能有这样的痛快淋漓。

脆弱的心是共通的，不管中间隔了多少的时空，《纳兰词》里那些字字句句，恍若针尖扎心一般的痛痒，都能清晰地"传染"给一世又一世的人。

活在金丝笼里的纳兰，唯一的慰藉就是那些给他"养料"的诸般感情以及沉浸在诗词里的快意。他富贵得那么可怜，只能小心翼翼地窥探着，却看不到自己想要的世界。作为康熙的侍卫，他唯一

【春归归不得　两桨松花隔】

能离开京华之地的机会,便是随君出巡——就好比跳出了樊笼,又跌进了陷阱。那个时代,好似从来都不属于他,所以他的一生都在缘木求鱼。

若说纳兰一生最有感触的一种情绪,应当就是离别了吧。他不停地在追忆,是因为不停地有离别。像这首《菩萨蛮》,大致作于康熙二十一年春,纳兰随着康熙,从北京城出发,一路走到盛京,并在松花江岸举行望祭长白山仪式。

长白山,是满族的兴起地,但盛衰之事似乎从来入不了他的眼。北方的冬末仍旧是一片蛮荒,他的心,也因为离别而寸草不生。

苍茫天地间,那么渺小的一个他,看着茫茫大地、冰雪初融,往事却如潮水一般汹涌而至,要将他湮没。而归去的念头,在心里愈演愈烈。他就像一只容易受伤的兽,一次又一次,黯然地缩回自己的角落,用文字来舔舐自己的伤口。

也许他,在思念之情无法排解时,也曾试图向身边的人倾诉,但并没有人在意。能随驾扈从,在旁人眼里是立功的机会;出巡祭祖,在君王眼里是荣耀,除了纳兰,竟没有人将思念看得至关重要。

因而,他才会说:"问君何事轻离别,一年能几团圆月",离别在那些人眼里是淡然,模糊一片,他们不会像纳兰这般,把心都系在家乡,系在爱的人身上了。在人人羡慕的征程上,他却苦忆当初与爱人耳鬓厮磨的好时光,别时容易聚无多!

心不在,哪怕置身人群中也会觉得落寞。纳兰的征程走得牵牵绊绊,相思无药,望隔山河,望穿记忆。无论北上,抑或南下,他都把心留在了故乡,因这时空的牵绊,一路走,一路疼。

东风解冻,鱼上冰,北国的春总是翩翩来迟。"杨柳乍如丝,故园春尽时",如丝,如思,当这里的翠绿方才从严冬里怯生生冒出尖角的时候,家乡,怕是已经到了春谢时光吧。纵是快马加鞭,也赶不上春天离去的脚步声了。那些在离别中蹉跎而过的年华,一旦流逝,就再也追不回。

古人也浅浅地吟一首,"同心而离居,忧伤以终老",分离的时光里,所思在远道,人该是老去得特别轻易。还顾望旧乡,长路漫浩浩,那些因着种种因由而到不了的爱情,比远方还要远。

"春归归不得,两桨松花隔。"归不得,身在京华,他是樊笼中的鸟雀;出巡塞外,他又好比脚上被拴了绳线,处处没有自由。对他这样一个纯粹的文人来说,没有自由,相当于没有文人的尊严。

春归,人不归,眼前的松花江,隔断了去路。其实纳兰比谁都明白,隔断了归途的不是松花江,不是长白山,而是世俗里条条框框的禁令。松花江尚且有桨可划,有船可渡,但那些束缚了人之身心的规矩,却几乎要嵌进肉,勒进骨髓、勒进命里。

纳兰就像穿了一身华丽的衣服,金丝银线织就,只是一穿上,就再也褪不下来,走到哪里便只能带到哪里,直到生命终结。身在异乡的他,日夜想着家乡的春,家乡的草木与人,越是想念,这身金银衣服就如紧箍咒一般收紧,再收紧,让他痛不欲生。

摆脱不了的,是命中带来的身份负累。倘若他只是寻常人家的儿郎,也许能做个自在洒脱的清寒书生,与心爱的女子执手偕老,与投缘的友人饮酒作词,没有羁旅之苦,没有朝堂喧闹,生活清静一如本初的颜色。

到那个时候,春来春归,由得赏,再不怕辜负好时光。只是心怀里的梦想,是泪水灌溉的朦胧,没有实现的可能。

谁念西风独自凉

"旧事逐寒潮,啼鹃恨未消",追忆而来的旧事在记忆里席卷而过,该是如同寒潮临至一般叫人难以忍受。"旧事逐寒潮",往事与现实狭路相逢,前者节节败退,溃不成军,后者咄咄相逼,不依不饶。

记忆之所以成为记忆,就是因为它只存在于人心里;而人心,真是最微弱的力量了。纳兰心里的记忆像寒潮一般地侵袭而来,也不过冰冷一场,徒然地掉几滴眼泪,终归无济于事。

只有杜鹃声声啼,催人老。杜鹃,又名子规,传说周末蜀地的君主杜宇,也就是望帝,禅位退隐之后不幸国亡身死,魂魄化作鸟,暮春时啼叫不已,以至口中流血。杜鹃悲啼,是心中余恨未消,声声里的哀怨凄苦,足以动人心腑,尤其是落进伤心人的耳里。

李商隐有"望帝春心托杜鹃"(《锦瑟》),望帝化鹃而悲啼,是对亡国之痛的哀怨凄断,心里有不泯的怨恨和身世的感怀。纳兰,他护驾至满族发源地,在思乡思人的间隙里,怕也会或多或少想起自己祖上的命运,在成王败寇的历史动荡中,被狠狠地压制下去。

这大概是纳兰所有悲愁中最秘而不宣的一种。情愁可以宣泄,离愁可以倾吐,但对那拉(纳兰)一族在清初时候的命运,却只能暗暗地藏在心里,隐晦地轻描淡写,生怕稍有不慎,就招来罪祸。

纳兰的悲剧命运,在于他始终无法褪下自己的身份,在外人看来高贵,只有他,才知道其中的卑微与碌碌。他只想留在家乡,陪着心头的人儿做一对快活鸳鸯,而不是驻扎在朝堂,征巡在天涯,迟迟不知归期。

也许,当他放下书卷,穿上侍卫军服,委屈自己的心拿起武器的那一刻开始,他的世界就再也没有绿洲,只有残破的海市蜃楼了。

聒碎乡心梦不成，故园无此声

> 山一程，水一程。身向榆关那畔行，夜深千帐灯。
>
> 风一更，雪一更。聒碎乡心梦不成，故园无此声。
>
> ——《长相思》

一次次的出巡之旅，让纳兰留下了不少偏离他最擅长也最喜爱的情感套路的词作。人多说纳兰哀感顽艳，婉丽清新，但他也曾在羁旅塞外的时候，一气呵成地留下风格恢宏壮大的句子。

说起《长相思》这个词牌，其实最先想起的是晏几道的那一首：

> 长相思，长相思。若问相思甚了期，除非相见时。

谁念西风独自凉

> 长相思,长相思。欲把相思说似谁,浅情人不知。

整首词念起来觉得很有趣,像叮叮咚咚地奏起一首曲子,尤其是前两句,直接取了词牌名的"长相思"三字,还一口气重复了四遍,写得有些调皮。其实陷入相思里的人儿,谁不是这样,带着一股倔犟和冥顽,甚至带着骄傲,任性地说:相思这回事,只有相逢才是解药,薄情的人永远不会知道。

以为纳兰见到《长相思》这样一个名字里就渗透着情谊的词牌,会一如既往填一首缠绵悱恻的情词,没想到,竟是描写了自己山水兼程的出塞之旅,倒也是个意外的惊喜。

榆关,便是山海关,康熙二十一年三月,康熙因云南这个大麻烦终于平定,决定出关东巡,祭告奉天祖陵。身为侍卫的纳兰一路随从康熙于永陵、福陵、昭陵告祭,并出山海关。

这个季节里的山海关,还是风雪弥漫,气候酷寒。但在《长相思》里,并未见纳兰的抱怨或者倦态,他只是轻描淡写地用文字画出一幅行军的画面。

一路的跋山涉水,一路的鞍马劳顿,此地数十年前还曾是战场,他仿佛看到一路的剑影刀光,一路的白骨森森,一路的纷乱和死亡。出征的日子如此枯燥,他一个人孤枕难眠,看过了月明如洗,再看江水拍岸。金戈铁马,不如爱人在耳边最轻的呼唤,那才是萦绕在心头的旋律,声声唤,都在说着,不如归来。

"身向榆关那畔行",那么心呢?步伐太快的时候,灵魂会渐渐地落后,纳兰的心,应该是留在故乡了吧,留在了思念的人旁边,与身体的行程背道而驰。

清冷的时节，苍凉的去处，万帐穹庐下夜深千帐灯的时候，他该用什么心情入睡？冰冷的回忆和冰冷的现实，让他总是痛苦地清醒着，种种心绪跳跃到不肯安宁。

他不得不参与这一次又一次的征程。纳兰的身份，使得他的一生便是一场摆脱不了的羁旅。因为这身份，他不能痛快地去爱，痛快地生活，在现实与梦想的碰撞中伤痕累累，也只能独自舔舐着疮疤，直到伤口里长出猛虎，大口吞噬了时光。

弦音铮铮，马蹄阵阵，都映衬着忐忑而倦怠的步调。这悲哀的旅途，迢迢路上的百般滋味，在他心里一次又一次地上演。这世上有些人宜动，喜欢且适合颠沛的生活；也有些人宜静，应该待在顾念的地方，有自己的小天地。纳兰就是后者，对他来说，无尽的征途，是对岁月的虚度与浪费。

好时光就是这样沦丧在路上，一程山，一程水地走过，却是一路丢弃，一颗文人柔软的心，被践踏在脚底下，踏到零落成泥。

纳兰的厌倦与不满，在一首首的出巡词里影影绰绰地表达出来。也许康熙并非不知，只是他君王的尊严，不会为了一个还算贵族的八旗子弟而改变。他将纳兰在身边留了一生，从22岁殿试扬名，到31岁英年薄命，算是最好也最后的光阴。

《长相思》，勉强算是纳兰的一篇游记。只是内容里，没有出游的喜悦与新鲜，只有沉沉的疲惫，力透纸背。当他随着部队山水兼程，一点一点向关外行进的时候；当夜深安营扎寨，千万灯火从行军帐中透出来的时候，再壮观的景色也填补不了他心中因为远离故乡、远离自身梦想而滋生的小小空缺。

这是一趟苦差事，步履维艰，如履薄冰。真心的话，不敢说出口；心里的苦，也需要牢牢地锁起来。他在自己不喜欢也不适合的

【聒碎乡心梦不成 故园无此声】

位置上，这是一生凄苦的主因。就好比莲花就应该生长在水里，若强行将它移植到陆地，便会因为缺水而干涸致死。

纳兰在空旷的塞外天地，蜷缩回自己的世界，唯独在那里，还有他私自藏下的最后供给生命的水分。用完殆尽的时候，也是他性命结束的时候，纳兰就是在日复一日的阴郁中耗尽了生命最后的一口气息。

"风一更，雪一更"，塞外恶劣的天气似乎要将人侵蚀，在深夜里偷袭而来。他尚未入眠，就看着它们肆虐。

"聒碎乡心梦不成，故园无此声"，乡心被何搅碎？是风雪交加，还是心里纷杂的情绪呢？都有，念着故乡的心，忽然就碎了一地，更难将息。想那北京城里庭院里，应当是风和日丽的景象，没有这塞外风雪怒吼之声。

故园之声，是燕语莺啼，是搅着柳絮的风声，是爱人在耳边的厮磨。若认真追究起来，纳兰所到之地，才是满族最初的发源地，而那座繁华的北京城，不过是清军入关之后方才开始居住的地方。纳兰对祖居地，似乎并无多大兴趣，他从出生到成长都在北京城，又热爱和吸吮着汉人文化，就把那里当作"故园"也不足为奇。

况且，其实"故园""家"之类的字眼比较笼统，有亲人、爱人、友人围绕的地方，方才是最眷恋的处所吧。于是说纳兰惦念着北京城，倒不如说他是开始思念那些至亲挚爱的人了。

纳兰的词，还是改不了初衷。你看他笔下写的是塞外，是征程，可其实亮点还是那最后一笔，又重新回归到忧伤的本性上。"聒碎乡心梦不成，故园无此声"，就像一个人走了很远的路，看了很多的山水，路过无数的风雪，其实他的心，还留在最初的角落呀，还在做着故乡的梦。

字字句句里，还是相思，还是追忆，他从来没有改变。

生活在现代的我们，再也无法体会到那种深刻的离别了。交通太便利，一张机票几个小时，离别变团圆；通讯太快捷，电脑一开手机一拨，对方的音容笑貌即可出现；实在不行，还可以对着照片如见本人。

又还有谁，仍在固执地眷恋着故土呢？习惯了行走在路上，爱恋着远方，这已经成为现代人的精神姿态。人与故乡之间的那条线，越来越细，越来越脆弱。此情此景，再说什么思念，什么故乡，仿佛有些不痛不痒，更谈不上刻骨铭心。整个人类的步伐，都走得太快了，来不及品味那些其实可以很美好的情绪，欣赏那些美好的风景。

相比之下，那些历史朝代里，一步一个马蹄印的缓慢征程，人与家乡之间漫长的等待与思念，都好比文艺片里可以放缓了的镜头，每一幕都那么精美。没有相机，没有素描，也还有流传下来的诗词文章，它们就是历史的旧照片，嵌在岁月的长河里，被我们重洗出来，再细细地观赏。

《长相思》这张照片上，征程是表面，相思是神韵，是贯穿其中的魂魄。

纳兰容若，即便是写出塞，他也始终没有辜负"长相思"这三个情深义重的字。

人生若只如初见，何事秋风悲画扇

人生若只如初见，何事秋风悲画扇。等闲变却故人心，却道故心人易变。

骊山语罢清宵半，泪雨零铃终不怨。何如薄幸锦衣郎，比翼连枝当日愿。

——《木兰花令·拟古决绝词》

喜欢陈旧的东西，古巷子，旧院落，琉璃瓦，再比如老爱情。经得起时间沉淀的东西，哪怕残破，也是美好的，带着几分与岁月抗衡过的痕迹，几分不甘却又无奈。

对照现在的时代，总觉得古时候的爱情要纯粹得多，爱的时候，有"山无陵，天地合，乃敢与君绝"（《上邪》）的气概；不爱的时候，有"从今以往，勿复相思，相思与君绝"（《有所思》）的决绝。

情爱，于痴儿怨女来说便是一片江湖，要的就是那心肠缱绻的姿态。现代的爱情，或许是因为顾虑太多、选择太多，回旋的余地大了，人反而变得踯躅不定，已经不清楚自己想要的是什么。

如果爱情像走马观花，被"快意恩仇"的时候，终归还是少了那种缠绵的韵味。

精致的爱情，分寸要恰到好处才妙，重一分怕崩离，轻一分怕粘连。可爱情终归不是戏码，可以由着事先写好的剧本有条不紊地上演，总会有变故，总会有离别，情到浓处还有情转薄的时候，那些意想不到的事总会仓促地上演。

我们欣赏故事的时候总希望曲折一点，波澜不惊的境界虽然也很好，但读起来仍会觉得意犹未尽。所以，历史上流传最广的爱情多半是动荡的，一如班婕妤和杨玉环。杜撰的故事就更不用说了，任何一位写故事的人都不愿捏造一个平静的故事给你，杜十娘、霍小玉，哪个不是苦受着爱与世俗的折磨？

那些史实缝隙里，藏着一段一段的悲惨爱情尤其叫人唏嘘。班婕妤也好，杨玉环也罢，她们经历的是真正的历史，而到我们这些后来人的眼里，成为饱满的故事。纵使再为其可惜、垂泪悲啼，也无法完全地体会到当初本色。

逝去的故事，化作一个个无法打捞的梦。还会有多情人懂得，提笔歌颂或者弹琴吟唱，用追忆的方式轻叩历史之门，沿着残余下的蛛丝马迹，一弦一柱思华年。

纳兰也是个喜欢旧爱情的人吧，所以才会填下这一首《木兰花令·拟古决绝词》，因为在其中动用了太多的感情，乃至成为最经典的绝唱。对于这样的一首词，除却喜爱，我是还带着一种敬畏之

【人生若只如初见，何事秋风悲画扇】

263

情的，仿佛不敢轻易去触碰，怕自己在嘈杂世界待久了的心，没有资格也羞于触碰这样绝美的词。

它原本便是用来意会的，用再多的语言来阐读，终归会觉得力有不逮，言不能尽达意。品味着它，你觉得有诸多情绪在慢慢地蔓延开来，绽放开来，就像在波光潋滟的心湖里，开起了一朵洁白的莲花。偶尔有鱼虾经过，拨动层层涟漪，是一腔心事被搅乱的感觉。乱也不是杂乱，而是一种略带了痛痒之感的纷扬，那种触动，绝妙到不可思议。

"人生若只如初见"，读这首词的时候，首先映入眼帘、冲入心里的就是这样一句动人心魄的话。谁没有与"初见"有关的凄美回忆？初见的时候，也许你们年纪方小，彼此多笑颜，快乐和伤心来得那么轻易，一碰就惊天动地，每一刻都值得记录与自豪。可是，你可还记得后来？

后来，枝节横生的后来。也许是两相无奈的离别，也许是无法解释的误会，也许是最悲催的人到情多情转薄，那么多的障碍接踵而来，非要毁了那"初见"时候的美好，怎不叫人痛心？

物是人非也许叫人感怀，可更戚戚的是，人是，但心情，已经不再是从前的心情了。与你初见两心悦的那个人，他还是他，可又似乎不是了。因着岁月流转，流年变迁，他的心已经变了。你看着那个他，面目也许还是从前的样子，只是苍老了几分，但初见的过去再也回不去了；而由于他的改变，许下的未来，也永远不会来。

"人生若只如初见，何事秋风悲画扇"，是班婕妤——这个葬身宫门，连名字都不曾留下、至死也只带着妃嫔称号的才女的写照。那时，是汉成帝。犹记得初见，她如《诗经》里的女子，无瑕柔润。他的倾心，她的情动，两个人的眷恋如同一叶蒹葭，一圈一圈地在心里盘绕，爱情滋生。

班婕妤最美在于从容，淡静素雅，也因此而深得帝王太后喜爱。她承受万千宠爱时，都不忘提醒他莫忘国事。有一次，他邀请她同辇而行，她望着锦绣做成的垫子，绫罗织就的帷帐，说，坐在您身边的人，应是贤臣，而非女流。他感动之余，亦是有一份落寞——纵是君王，也渴望能有寻常儿女的痴恋，可以任性，可以撒娇。

这样的女子，是一册精美的书卷，有些难懂，要细细地读才能品得明白。可是，好书未必有人好读，就如好女子落到不会欣赏的人手里。汉成帝，他终归还是被一对齐齐飞进汉宫的燕儿迷了心窍。飞燕、合德，她们与班婕妤截然不同。女子之高低优劣，本不该有排序，只看那个男子，百花丛中最眷恋哪一种。

爱上飞燕与合德，怕是要轻松得多。如果说班婕妤是一首佶屈聱牙的赋，那这一双姐妹，就好比浅显易懂的歌谣。汉成帝便将余生醉死在温柔乡里，赵氏姐妹的野心昭然若揭，扰乱整个后宫，再无班婕妤的立足之地。

可优雅如她，决计不肯以穷凶极恶的姿态来争夺爱人与地位，她只是宠辱不惊，独自在秋风里作一首《团扇歌》：

> 新裂齐纨素，鲜洁如霜雪。
> 裁为合欢扇，团团似明月。
> 初入君怀袖，动摇微风发。
> 常恐秋节至，凉飙夺炎热。
> 弃捐箧笥中，恩情中道绝。

【人生若只如初见，何事秋风悲画扇】

265

纳兰的"何事秋风悲画扇",讲的便是这样的情景。她深感一生如团扇,秋冬便被抛弃,女儿家的好年华,被取之尽锱铢,用之如泥沙。才女又如何,盛名绝代又如何,维系了一生的好姿态,却得不来他的长情。

纳兰一生深情,最不能忍受的,便是"变心"这一回事。他对班婕妤的故事,心里怀着哀怨凄婉。顺而对世间情事也有质疑,若总能像最初认识时一般的甜蜜温馨,该是多美好?可惜情深不寿,总会清空,总会耗完即止,总是会这样,一方还如珍宝般捂在心头的时候,另一方已经弃之如敝履。这世间牵扯了情爱两字,就见不得真正的公平,难得有皆大欢喜的终结。

纳兰的词里没有说,他也是知道的,关于班婕妤的结局。汉成帝死于温柔乡,乱世到来,那自愿守陵的只是她,陪着石人石马,聆听松风天籁,伴着长眠地下的爱人。"等闲变却故人心,却道故心人易变",初见也好,变心也罢,都已经没有关系。

繁华落尽,末了,还只有她一人同他不离不弃。

历史不紧不慢地行走,朝代一世一世地更迭,有些故事在时光的冲刷下已经了然无痕。而封存在时光里的情爱,却仿佛逃过这一劫,好故事总是愈陈愈香。

纳兰在《拟古决绝词》里,送走了班婕妤,又迎来了杨玉环。"骊山语罢清宵半,泪雨零铃终不怨",骊山,在今天的陕西临潼东南,据说某年的七月初七,唐明皇与杨贵妃在此地华清池长生殿里盟誓,愿世世代代为夫妻。他和她都没有变心,没有违背那时的盟约,所以当灾难接踵而来,生死相隔的时候,互相都没有怨悔。

杨玉环,就算有再多红颜祸水的名目强加到头上,她能得到盛世的恩宠与眷恋，也是幸事。马嵬坡之变，带走了她尚算年轻的生命，也带走了唐明皇所有的心力。他退了位，像一个寻常的老人一般，心心念念地回忆，回忆人生初见，回忆一生痴恋，不惜找寻巫师术士，试图寻回贵妃魂魄，二人梦里再见。

纳兰赞颂这样的情，在他看来，杨贵妃要比班婕妤幸福得多，难得有情郎，叫她遇上，即使有那么多突发的变故，能这样爱了一场，不枉短短此生——可以经历任何时局、事态乃至生命上的变故，都不愿意遇到"变心"。

"何如薄幸锦衣郎，比翼连枝当日愿"，见多了负心薄幸的人，还有没有人向往着骊山华清池里许下的连理比翼愿？多心地想，纳兰这是在说谁？说罢班婕妤的悲，道完唐明皇的痴，而这句"薄幸锦衣郎"，怕是直指元稹为代表的负心人。

元稹与莺莺的故事，已是耳熟能详，他将她的感情当作游戏来戏耍，之后抛弃。元稹曾作《决绝词》三首，写尽男女情事中的决然姿态，"君情既决绝，妾意已参差""我自顾悠悠而若云，又安能保君皑皑之如雪""有此迢递期，不如死生别"，元稹这种只在乎曾经拥有的情感态度，是纳兰为之不屑的。他是秉持"一生一世一双人"的有情郎，自然不苟同于元稹的始乱终弃。

汉诗《白头吟》里有，"闻君有两意，故来相决绝"，越是决绝，越是透出一腔怨情。情爱之事多如此，再如何地铿锵果决，也耐不住心中迂回百转的念想。苦苦记着初见的人，不是看不透，只是离不开；离开了那个人，离不开心中对过往的惦念。

这样的纳兰，心中开有一朵纯美的爱情之花，从来不曾衰败过。他一直将初见铭刻心头，曲水流觞，落红枝下，处处都是最初的印记，是岁月里的书签。

【人生若只如初见，何事秋风悲画扇】

267

人生若只如初见，如果这短短七字也曾将你打动，且将那些珍贵的片段记一生。每一种感情的初始都美好，不管之后遇到如何的波折艰难，初见时候的感觉也值得被珍藏——我第一次看到你，心里的花次第盛开，有蠢蠢欲动的春意在那里弥漫，直到春尽花谢的时候，也不曾将那时那刻忘怀。

谁念西风独自凉

纳兰词精选集

梦江南

昏鸦尽,小立恨因谁?急雪乍翻香阁絮,轻风吹到胆瓶梅,心字已成灰。

菩萨蛮

萧萧几叶风兼雨,离人偏识长更苦。欹枕数秋天,蟾蜍下早弦。
夜寒惊被薄,泪与灯花落。无处不伤心,轻尘在玉琴。

又

催花未歇花奴鼓，酒醒已见残红舞。不忍覆余觞，临风泪数行。

粉香看又别，空剩当时月。月也异当时，凄清照鬓丝。

又

春云吹散湘帘雨，絮粘蝴蝶飞还住。人在玉楼中，楼高四面风。

柳烟丝一把，暝色笼鸳瓦。休近小阑干，夕阳无限山。

又

隔花才歇廉纤雨,一声弹指浑无语。梁燕自双归,长条脉脉垂。

小屏山色远,妆薄铅华浅。独自立瑶阶,透寒金缕鞋。

又

晶帘一片伤心白,云鬟香雾成遥隔。无语问添衣,桐阴月已西。

西风鸣络纬,不许愁人睡。只是去年秋,如何泪欲流。

临江仙

点滴芭蕉心欲碎,声声催忆当初。欲眠还展旧时书。鸳鸯小字,犹记手生疏。

倦眼乍低缃帙乱,重看一半模糊。幽窗冷雨一灯孤。料应情尽,还道有情无?

又

昨夜个人曾有约,严城玉漏三更。一钩新月几疏星。夜阑犹未寝,人静鼠窥灯。

原是瞿塘风间阻,错教人恨无情。小阑干外寂无声。几回肠断处,风动护花铃。

虞美人

　　春情只到梨花薄，片片催零落。夕阳何事近黄昏，不道人间犹有未招魂。
　　银笺别记当时句，密绾同心苣。为伊判作梦中人，长向画图清夜唤真真。

又

　　曲阑深处重相见，匀泪偎人颤。凄凉别后两应同，最是不胜清怨月明中。
　　半生已分孤眠过，山枕檀痕涴。忆来何事最销魂，第一折枝花样画罗裙。

又

　　银床淅沥青梧老，屧粉秋蛩扫。采香行处蹙连钱，拾得翠翘何恨不能言。

　　回廊一寸相思地，落月成孤倚。背灯和月就花阴，已是十年踪迹十年心。

又　秋夕信步

　　愁痕满地无人省，露湿琅玕影。闲阶小立倍荒凉。还剩旧时月色在潇湘。

　　薄情转是多情累，曲曲柔肠碎。红笺向壁字模糊。忆共灯前呵手为伊书。

鬓云松令

枕函香,花径漏。依约相逢,絮语黄昏后。时节薄寒人病酒,划地东风,彻夜梨花瘦。

掩银屏,垂翠袖。何处吹箫,脉脉情微逗。肠断月明红豆蔻,月似当初,人似当初否?

青衫湿　悼亡

近来无限伤心事,谁与话长更?从教分付,绿窗红泪,早雁初莺。

当时领略,而今断送,总负多情。忽疑君到,漆灯风飐,痴数春星。

于中好　十月初四夜风雨，其明日是亡妇生辰

尘满疏帘素带飘，真成暗度可怜宵。几回偷拭青衫泪，忽傍犀奁见翠翘。

惟有恨，转无聊。五更依旧落花朝。衰杨叶尽丝难尽，冷雨凄风打画桥。

南乡子　为亡妇题照

泪咽却无声，只向从前悔薄情，凭仗丹青重省识。盈盈。一片伤心画不成。

别语忒分明。午夜鹣鹣梦早醒。卿自早醒侬自梦，更更。泣尽风檐夜雨铃。

蝶恋花

又到绿杨曾折处。不语垂鞭,踏遍清秋路。衰草连天无意绪。雁声远向萧关去。

不恨天涯行役苦。只恨西风,吹梦成今古。明日客程还几许。沾衣况是新寒雨。

山花子

林下荒苔道韫家,生怜玉骨委尘沙。愁向风前无处说,数归鸦。

半世浮萍随逝水,一宵冷雨葬名花。魂是柳绵吹欲碎,绕天涯。

清平乐

凄凄切切,惨淡黄花节。梦里砧声浑未歇,那更乱蛩悲咽。尘生燕子空楼,抛残弦索床头。一样晓风残月,而今触绪添愁。

又

风鬟雨鬓,偏是来无准。倦倚玉阑看月晕,容易语低香近。软风吹过窗纱,心期便隔天涯。从此伤春伤别,黄昏只对梨花。

如梦令

正是辘轳金井,满砌落花红冷。蓦地一相逢,心事眼波难定。谁省,谁省。从此簟纹灯影。

又

黄叶青苔归路,屟粉衣香何处。消息竟沉沉,今夜相思几许。秋雨,秋雨,一半因风吹去。

采桑子

彤霞久绝飞琼字,人在谁边。人在谁边,今夜玉清眠不眠。
香消被冷残灯灭,静数秋天。静数秋天,又误心期到下弦。

又

谁翻乐府凄凉曲,风也萧萧。雨也萧萧,瘦尽灯花又一宵。
不知何事萦怀抱,醒也无聊。醉也无聊,梦也何曾到谢桥。

又

冷香萦遍红桥梦,梦觉城笳。月上桃花,雨歇春寒燕子家。
箜篌别后谁能鼓,肠断天涯。暗损韶华,一缕茶烟透碧纱。

又

桃花羞作无情死,感激东风。吹落娇红,飞入闲窗伴懊侬。
谁怜辛苦东阳瘦,也为春慵。不及芙蓉,一片幽情冷处浓。

又

海天谁放冰轮满,惆怅离情。莫说离情,但值良宵总泪零。
只应碧落重相见,那是今生。可奈今生,刚作愁时又忆卿。

又

拨灯书尽红笺也,依旧无聊。玉漏迢迢,梦里寒花隔玉箫。
几竿修竹三更雨,叶叶萧萧。分付秋潮,莫误双鱼到谢桥。

又

凉生露气湘弦润,暗滴花梢。帘影谁摇,燕蹴风丝上柳条。
舞鹍镜匣开频掩,檀粉慵调。朝泪如潮,昨夜香衾觉梦遥。

又

土花曾染湘娥黛,铅泪难消。清韵谁敲,不是犀椎是凤翘。
只应长伴端溪紫,割取秋潮。鹦鹉偷教,方响前头见玉箫。

又

白衣裳凭朱阑立,凉月趖西。点鬓霜微,岁晏知君归不归。
残更目断传书雁,尺素还稀。一味相思,准拟相看似旧时。

又

谢家庭院残更立,燕宿雕梁。月度银墙,不辨花丛那辨香。
此情已自成追忆,零落鸳鸯。雨歇微凉,十一年前梦一场。

画堂春

一生一代一双人,争教两处销魂。相思相望不相亲,天为谁春?

浆向蓝桥易乞,药成碧海难奔。若容相访饮牛津,相对忘贫。

落花时

夕阳谁唤下楼梯,一握香荑。回头忍笑阶前立,总无语,也依依。

笺书直恁无凭据,休说相思。劝伊好向红窗醉,须莫及,落花时。

河传

春残,红怨。掩双环,微雨花画昼闲。无言暗将红泪弹。阑珊,香销轻梦还。

斜倚画屏思往事,皆不是,空作相思字。记当时,垂柳丝,花枝,满庭胡蝶儿。

浣溪沙

记绾长条欲别难。盈盈自此隔银湾。便无风雪也摧残。

青雀几时裁锦字,玉虫连夜剪春幡。不禁辛苦况相关。

又

莲漏三声烛半条,杏花微雨湿红绡,那将红豆寄无聊?
春色已看浓似酒,归期安得信如潮,离魂入夜倩谁招?

又

风髻抛残秋草生。高梧湿月冷无声。当时七夕记深盟。
信得羽衣传钿合,悔教罗袜葬倾城。人间空唱雨淋铃。

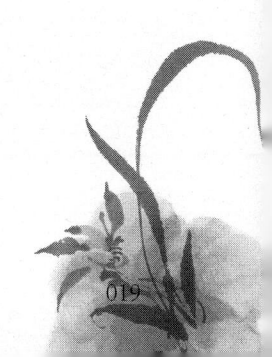

又

一半残阳下小楼，朱帘斜控软金钩。倚阑无绪不能愁。
有个盈盈骑马过，薄妆浅黛亦风流。见人羞涩却回头。

相见欢

落花如梦凄迷，麝烟微，又是夕阳潜下小楼西。
愁无限，消瘦尽，有谁知？闲教玉笼鹦鹉念郎诗。

减字木兰花

烛花摇影，冷透疏衾刚欲醒。待不思量，不许孤眠不断肠。
茫茫碧落，天上人间情一诺。银汉难通，稳耐风波愿始从。

又

相逢不语，一朵芙蓉着秋雨。小晕红潮，斜溜鬟心只凤翘。
待将低唤，直为凝情恐人见。欲诉幽怀，转过回阑叩玉钗。

浪淘沙

夜雨做成秋，恰上心头，教他珍重护风流。端的为谁添病也，更为谁羞？

密意未曾休，密愿难酬。珠帘四卷月当楼。暗忆欢期真似梦，梦也须留。

又

红影湿幽窗，瘦尽春光。雨余花外却斜阳。谁见薄衫低髻子，抱膝思量。

莫道不凄凉，早近持觞。暗思何事断人肠。曾是向他春梦里，瞥遇回廊。

鹧鸪天　离恨

背立盈盈故作羞,手挼梅蕊打肩头。欲将离恨寻郎说,待得郎来恨却休。

云澹澹,水悠悠,一声横笛锁空楼。何时共泛春溪月,断岸垂杨一叶舟。

生查子

东风不解愁,偷展湘裙衩。独夜背纱笼,影着纤腰画。
爇尽水沉烟,露滴鸳鸯瓦。花骨冷宜香,小立樱桃下。

又

惆怅彩云飞,碧落知何许?不见合欢花,空倚相思树。
总是别时情,那待分明语。判得最长宵,数尽厌厌雨。

荷叶杯

知己一人谁是?已矣。赢得误他生。有情终古似无情,别语悔分明。

莫道芳时易度,朝暮。珍重好花天。为伊指点再来缘,疏雨洗遗钿。

浣溪沙

消息谁传到拒霜。两行斜雁碧天长,晚秋风景倍凄凉。
银蒜押帘人寂寂,玉钗敲竹信茫茫。黄花开也近重阳。

又 西郊冯氏园看海棠,因忆香岩词有感

谁道飘零不可怜,旧游时节好花天,断肠人去自今年。
一片晕红才着雨,几丝柔绿乍和烟。倩魂销尽夕阳前。

蝶恋花

眼底风光留不住。和暖和香,又上雕鞍去。欲倩烟丝遮别路。垂杨那是相思树。

惆怅玉颜成闲阻。何事东风,不作繁华主。断带依然留乞句。斑骓一系无寻处。

谒金门

风丝袅,水浸碧天清晓。一镜湿云清未了,雨晴春草草。

梦里轻螺谁扫。帘外落花红小。独睡起来情悄悄,寄愁何处好?

金人捧露盘　净业寺观莲，有怀荪友

藕风轻，莲露冷，断虹收，正红窗、初上帘钩。田田翠盖，趁斜阳、鱼浪香浮。此时画阁垂杨岸，睡起梳头。

旧游踪，招提路，重到处，满离忧。想芙蓉湖上悠悠。红衣狼藉，卧看桃叶送兰舟。午风吹断江南梦，梦里菱讴。

梦江南

新来好，唱得虎头词。一片冷香唯有梦，十分清瘦更无诗。标格早梅知。

清平乐　忆梁汾

才听夜雨，便觉秋如许。绕砌蛩螿人不语，有梦转愁无据。
乱山千叠横江，忆君游倦何方。知否小窗红烛，照人此夜凄凉。

金缕曲　慰西溟

何事添凄咽？但由他、天公簸弄，莫教磨涅。失意每多如意少，终古几人称屈。须知道、福因才折。独卧藜床看北斗，背高城、玉笛吹成血。听谯鼓，二更彻。

丈夫未肯因人热，且乘闲、五湖料理，扁舟一叶。泪似秋霖挥不尽，洒向野田黄蝶。须不羡、承明班列。马迹车尘忙未了，任西风、吹冷长安月。又萧寺，花如雪。

又　姜西溟言别,赋此赠之

谁复留君住?叹人生、几番离合,便成迟暮。最忆西窗同剪烛,却话家山夜雨。不道只、暂时相聚。滚滚长江萧萧木,送遥天、白雁哀鸣去。黄叶下,秋如许。

曰归因甚添愁绪。料强如、冷烟寒月,栖迟梵宇。一事伤心君落魄,两鬓飘萧未遇。有解忆、长安儿女。裘敝入门空太息,信古来、才命真相负。身世恨,共谁语。

点绛唇

小院新凉,晚来顿觉罗衫薄。不成孤酌,形影空酬酢。萧寺怜君,别绪应萧索。西风恶,夕阳吹角,一阵槐花落。

百字令　宿汉儿村

无情野火,趁西风烧遍、天涯芳草。榆塞重来冰雪里,冷入鬓丝吹老。牧马长嘶,征笳乱动,并入愁怀抱。定知今夕,庾郎瘦损多少。

便是脑满肠肥,尚难消受,此荒烟落照。何况文园憔悴后,非复酒垆风调。回乐峰寒,受降城远,梦向家山绕。茫茫百感,凭高惟有清啸。

浣溪沙

欲寄愁心朔雁边,西风浊酒惨离颜。黄花时节碧云天。

古戍烽烟迷斥堠,夕阳村落解鞍鞯。不知征战几人还。

又

身向云山那畔行。北风吹断马嘶声。深秋远塞若为情。一抹晚烟荒戍垒,半竿斜日旧关城。古今幽恨几时平。

又

已惯天涯莫浪愁,寒云衰草渐成秋。漫因睡起又登楼。伴我萧萧惟代马,笑人寂寂有牵牛。劳人只合一生休。

又

万里阴山万里沙,谁将绿鬓斗霜华。年来强半在天涯。
魂梦不离金屈戍,画图亲展玉鸦叉。生怜瘦减一分花。

又 古北口

杨柳千条送马蹄,北来征雁旧南飞,客中谁与换春衣。
终古闲情归落照,一春幽梦逐游丝,信回刚道别多时。

相见欢

微云一抹遥峰,冷溶溶,恰与个人清晓,画眉同。
红蜡泪,青绫被,水沉浓,却与黄茅野店,听西风。

南歌子　古戍

古戍饥乌集,荒城野雉飞。何年劫火剩残灰,试看英雄碧血、满龙堆。

玉帐空分垒,金笳已罢吹。东风回首尽成非,不道兴亡命也、岂人为。

浪淘沙　望海

蜃阙半模糊，踏浪惊呼。任将蠡测笑江湖。沐日光华还浴月，我欲乘桴。

钓得六鳌无？竿拂珊瑚。桑田清浅问麻姑。水气浮天天接水，那是蓬壶？

好事近

马首望青山，零落繁华如此。再向断烟衰草，认藓碑题字。

休寻折戟语当年，只洒悲秋泪。斜日十三陵下，过新丰猎骑。

采桑子　九日

深秋绝塞谁相忆，木叶萧萧。乡路迢迢。六曲屏山和梦遥。

佳时倍惜风光别，不为登高。只觉魂销。南雁归时更寂寥。

南楼令　塞外重九

古木向人秋，惊蓬掠鬓稠。是重阳、何处堪愁。记得当年惆怅事，正风雨、下南楼。

断梦几能留，香魂一哭休。怪凉蟾、空满衾裯。霜落乌啼浑不睡，偏想出、旧风流。

点绛唇　黄花城早望

五夜光寒，照来积雪平于栈。西风何限，自起披衣看。
对此茫茫，不觉成长叹。何时旦？晓星欲散，飞起平沙雁。

蝶恋花　出塞

今古河山无定据。画角声中，牧马频来去。满目荒凉谁可语？西风吹老丹枫树。

从前幽怨应无数。铁马金戈，青冢黄昏路。一往情深深几许？深山夕照深秋雨。

菩萨蛮

朔风吹散三更雪,倩魂犹恋桃花月。梦好莫催醒,由他好处行。

无端听画角,枕畔红冰薄。塞马一声嘶,残星拂大旗。

又

为春憔悴留春住,那禁半霎催归雨。深巷卖樱桃,雨余红更娇。

黄昏清泪阁,忍便花飘泊。消得一声莺,东风三月情。

又

榛荆满眼山城路,征鸿不为愁人住。何处是长安,湿云吹雨寒。

丝丝心欲碎,应是悲秋泪。泪向客中多,归时又奈何。

又

黄云紫塞三千里,女墙西畔啼乌起。落日万山寒,萧萧猎马还。

笳声听不得,入夜空城黑。秋梦不归家,残灯落碎花。

清平乐

烟轻雨小，望里青难了。一缕断虹垂树杪，又是乱山残照。

凭高目断征途，暮云千里平芜。日夜河流东下，锦书应托双鱼。

又　发汉儿村题壁

参横月落，客绪从谁托。望里家山云漠漠，似有红楼一角。

不如意事年年，消磨绝塞风烟。输与五陵公子，此时梦绕花前。

又 弹琴峡题壁

泠泠彻夜,谁是知音者?如梦前朝何处也,一曲边愁难写。

极天关塞云中,人随雁落西风。唤取红巾翠袖,莫教泪洒英雄。

于中好

谁道阴山行路难。风毛雨血万人欢。松梢点霤鹰䌽,芦叶溪深没马鞍。

依树歇,映林看。黄羊高宴簇金盘。萧萧一夕霜风紧,却拥貂裘怨早寒。

又

雁贴寒云次第飞,向南犹自怨归迟。谁能瘦马关山道,又到西风扑鬓时。

人杳杳,思依依,更无芳树有乌啼。凭将扫黛窗前月,持向今霄照别离。

生查子

短焰剔残花,夜久边声寂。倦舞却闻鸡,暗觉青绫湿。天水接冥濛,一角西南白。欲渡浣花溪,远梦轻无力。

踏莎行　寄见阳

倚柳题笺，当花侧帽，赏心应比驱驰好。错教双鬓受东风，看吹绿影成丝早。

金殿寒鸦，玉阶春草，就中冷暖和谁道？小楼明月镇长闲，人生何事缁尘老。

浣溪沙

十里湖光载酒游，青帘低映白苹洲。西风听彻采菱讴。沙岸有时双袖拥，画船何处一竿收。归来无语晚妆楼。

渔父

收却纶竿落照红,秋风宁为翦芙蓉。
人澹澹,水濛濛,吹入芦花短笛中。

点绛唇　咏风兰

别样幽芬,更无浓艳催开处。凌波欲去,且为东风住。
忒煞萧疏,争耐秋如许?还留取,冷香半缕,第一湘江雨。

眼儿媚　咏梅

莫把琼花比澹妆,谁似白霓裳。别样清幽,自然标格,莫近东墙。

冰肌玉骨天分付,兼付与凄凉。可怜遥夜,冷烟和月,疏影横窗。

临江仙　孤雁

霜冷离鸿惊失伴,有人同病相怜。拟凭尺素寄愁边,愁多书屡易,双泪落灯前。

莫对月明思往事,也知消减年年。无端嘹唳一声传,西风吹只影,刚是早秋天。

卜算子　咏柳

娇软不胜垂，瘦怯那禁舞。多事年年二月风，翦出鹅黄缕。
一种可怜生，落日和烟雨。苏小门前长短条，即渐迷行处。

减字木兰花　新月

晚妆欲罢，更把纤眉临镜画。准待分明，和雨和烟两不胜。
莫教星替，守取团圆终必遂。此夜红楼，天上人间一样愁。

望江南　咏弦月

初八月,半镜上青霄。斜倚画阑娇不语,暗移梅影过红桥。裙带北风飘。

浣溪沙　姜女祠

海色残阳影断霓,寒涛日夜女郎祠。翠钿尘网上蛛丝。
澄海楼高空极目,望夫石在且留题。六王如梦祖龙非。

又 红桥怀古，和王阮亭韵

无恙年年汴水流。一声水调短亭秋。旧时明月照扬州。
曾是长堤牵锦缆，绿杨清瘦至今愁。玉钩斜路近迷楼。

于中好 咏史

马上吟成鸭绿江，天将间气付闺房。生憎久闭金铺暗，花笑三韩玉一床。

添哽咽，足凄凉。谁教生得满身香。至今青海年年月，犹为萧家照断肠。

采桑子

那能寂寞芳菲节，欲话生平。夜已三更。一阕悲歌泪暗零。
须知秋叶春花促，点鬓星星。遇酒须倾，莫问千秋万岁名。

点绛唇

一种蛾眉，下弦不似初弦好。庚郎未老，何事伤心早？
素壁斜辉，竹影横窗扫。空房悄，乌啼欲晓，又下西楼了。

朝中措

蜀弦秦柱不关情,尽日掩云屏。已惜轻翎退粉,更嫌弱絮为萍。

东风多事,余寒吹散,烘暖微醒。看尽一帘红雨,为谁亲系花铃。

天仙子　渌水亭秋夜

水浴凉蟾风入袂,鱼鳞触损金波碎。好天良夜酒盈尊,心自醉,愁难睡,西南月落城乌起。

浣溪沙

残雪凝辉冷画屏。落梅横笛已三更,更无人处月胧明。
我是人间惆怅客,知君何事泪纵横。断肠声里忆平生。

又

伏雨朝寒悉不胜,那能还傍杏花行。去年高摘斗轻盈。
漫惹炉烟双袖紫,空将酒晕一衫青。人间何处问多情。

虞美人

风灭炉烟残炧冷,相伴惟孤影。判教狼藉醉清尊,为问世间醒眼是何人。

难逢易散花间酒,饮罢空搔首。闲愁总付醉来眠,只恐醒时依旧到尊前。

风流子　秋郊即事

平原草枯矣,重阳后,黄叶树骚骚。记玉勒青丝,落花时节,曾逢拾翠,忽忆吹箫。今来是、烧痕残碧尽,霜影乱红凋。秋水映空,寒烟如织,皂雕飞处,天惨云高。

人生须行乐,君知否,容易两鬓萧萧。自与东君作别,划地无聊。算功名何许,此身博得,短衣射虎,沽酒西郊。便向夕阳影里,倚马挥毫。

清平乐

将愁不去,秋色行难住。六曲屏山深院宇,日日风风雨雨。雨晴篱菊初香,人言此日重阳。回首凉云暮叶,黄昏无限思量。

琵琶仙　中秋

碧海年年,试问取、冰轮为谁圆缺?吹到一片秋香,清辉了如雪。愁中看、好天良夜,争知道、尽成悲咽。只影而今,那堪重对,旧时明月。

花径里、戏捉迷藏,曾惹下萧萧井梧叶。记否轻纨小扇,又几番凉热。只落得、填膺百感,总茫茫、不关离别。一任紫玉无情,夜寒吹裂。

菩萨蛮

晓寒瘦着西南月，丁丁漏箭余香咽。春已十分宜，东风无是非。

蜀魂羞顾影，玉照斜红冷。谁唱《后庭花》，新年忆旧家。

于中好

独背残阳上小楼，谁家玉笛韵偏幽。一行白雁遥天暮，几点黄花满地秋。

惊节序，叹沉浮，秾华如梦水东流。人间所事堪惆怅，莫向横塘问旧游。

水调歌头　题西山秋爽图

空山梵呗静，水月影俱沈。悠然一境人外，都不许尘侵。岁晚忆曾游处，犹记半竿斜照，一抹界疏林。绝顶茅庵里，老衲正孤吟。

云中锡，溪头钓，涧边琴。此生着几两屐，谁识卧游心。准拟乘风归去，错向槐安回首，何日得投簪。布袜青鞋约，但向画图寻。

明月棹孤舟　海淀

一片亭亭空凝伫。趁西风、霓裳偏舞。白鸟惊飞，菰蒲叶乱，断续浣纱人语。

丹碧驳残秋夜雨。风吹去、采菱越女。辘轳声断，昏鸦欲起，多少博山情绪。

昭君怨

暮雨丝丝吹湿。倦柳愁荷风急。瘦骨不禁秋,总成愁。
别有心情怎说。未是诉愁时节。谯鼓已三更,梦须成。

赤枣子

风淅淅,雨纤纤。难怪春愁细细添。记不分明疑是梦,梦来还隔一重帘。

临江仙

丝雨如尘云着水,嫣香碎拾吴宫。百花冷暖避东风。酷怜娇易散,燕子学偎红。

人说病宜随月减,恹恹却与春同。可能留蝶抱花丛。不成双梦影,翻笑杏梁空。

忆王孙

西风一夜剪芭蕉,满眼芳菲总寂寥。
强把心情付浊醪,读离骚,洗尽秋江日夜潮。

又

刺桐花底是儿家,已拆秋千未采茶。
睡起重寻好梦赊,忆交加,倚著闲窗数落花。

减字木兰花

断魂无据,万水千山何处去。没个音书,尽日东风上绿除。
故园春好,寄语落花须自扫。莫更伤春,同是恹恹多病人。

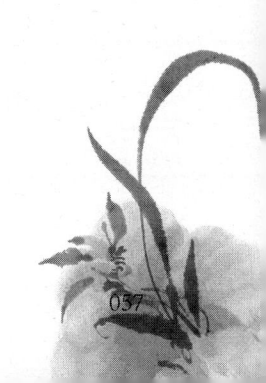

东风齐著力

电急流光，天生薄命，有泪如潮。勉为欢谑，到底总无聊。欲谱频年离恨，言已尽、恨未曾消。凭谁把，一天愁绪，按出琼箫。

往事水迢迢，窗前月，几番空照魂销。旧欢新梦，雁齿小红桥。最是烧灯时候，宜春髻、酒暖葡萄。凄凉煞，五枝青玉，风雨飘飘。

御带花 重九夜

晚秋却胜春天好，情在冷香深处。朱楼六扇小屏山，寂寞几分尘土。虬尾烟销，人梦觉、碎虫零杵。便强说欢娱，总是无憀心绪。

转忆当年，消受尽、皓腕红萸，嫣然一顾。如今何事，向禅榻茶烟，怕歌愁舞。玉粟寒生，且领略、月明清露。叹此际凄凉，何必更、满城风雨。

南乡子 为亡妇题照

泪咽却无声,只向从前悔薄情。凭仗丹青重省识,盈盈,一片伤心画不成。

别语忒分明,午夜鹣鹣梦早醒。卿自早醒侬自梦,更更,泣尽风檐夜雨铃。

水调歌头 题岳阳楼图

落日与湖水,终古岳阳城。登临半是迁客,历历数题名。欲问遗踪何处,但见微波木叶,几簇打鱼罾。多少别离恨,哀雁下前汀。

忽宜雨,旋宜月,更宜晴。人间无数金碧,未许著空明。淡墨生绡谱就,待倩横拖一笔,带出九疑青。仿佛潇湘夜,鼓瑟旧精灵。

青玉案 宿乌龙江

东风卷地飘榆荚,才过了,连天雪。料得香闺香正彻。那知此夜,乌龙江畔,独对初三月。

多情不是偏多别,别离只为多情设。蝶梦百花花梦蝶。几时相见,西窗剪烛,细把而今说。

沁园春

试望阴山,黯然销魂,无言徘徊。见青峰几簇,去天才尺;黄沙一片,匝地无埃。碎叶城荒,拂云堆远,雕外寒烟惨不开。踟蹰久,忽砅崖转石,万壑惊雷。

穷边自足秋怀,又何必、平生多恨哉。只凄凉绝塞,峨眉遗冢;销沉腐草,骏骨空台。北转河流,南横斗柄,略点微霜鬓早衰。君不信,向西风回首,百事堪哀。

临江仙 卢龙大树

雨打风吹都似此,将军一去谁怜。画图曾见绿阴圆,旧时遗镞地,今日种瓜田。

系马南枝犹在否,萧萧欲下长川。九秋黄叶五更烟,只应摇落尽,不必问当年。

又 谢饷樱桃

绿叶成阴春尽也,守宫偏护星星。留将颜色慰多情。分明千点泪,贮作玉壶冰。

独卧文园方病渴,强拈红豆酬卿。感卿珍重报流莺。惜花须自爱,休只为花疼。

虞美人

彩云易向秋空散,燕子怜长叹。几番离合总无因,赢得一回僝僽一回亲。

归鸿旧约霜前至,可寄香笺字。不如前事不思量,且枕红蕤欹侧看斜阳。

秋水 听雨

谁道破愁须仗酒,酒醒后,心翻醉。正香销翠被,隔帘惊听,那又是、点点丝丝和泪。忆剪烛、幽窗小憩,娇梦垂成,频唤觉、一眶秋水。

依旧乱蛩声里,短檠明灭,怎教人睡。想几年踪迹,过头风浪,只消受一段,横波花底。向拥髻、灯前提起。甚日还来,同领略,夜雨空阶滋味。